# 사랑에 관하여

KB192308

클래식 라이브러리    014
O lyubvi

안톤 체호프 지음
김현정 옮김

arte

사랑에 관하여　　　　클래식 라이브러리　014

차례

# 뚱뚱이와 홀쭉이

니콜라옙스키 기차역[1]에서 두 친구가 만났는데, 하나는 뚱뚱하고 다른 하나는 홀쭉했다. 뚱뚱이는 기차에서 막 식사를 하고 난 뒤라 입에 기름이 묻어 잘 익은 버찌처럼 윤이 났다. 셰리[2]와 오렌지꽃향기를 풍겼다. 홀쭉이는 여행 가방들에다 보따리, 종이 상자를 바리바리 등에 지고 막 객실에서 내린 참이었다. 햄과 커피 찌꺼기 냄새가 났다. 그 뒤에서 주변을 두리번거리는 턱이 긴 마른 여자는 아내였고, 한쪽 눈을 가늘게 뜨고 있는 키 큰 학생은 아들이었다.

"포르피리!" 뚱뚱이가 홀쭉이를 보고는 큰 소리로 외쳤다. "너 맞아? 내 친구! 이게 얼마 만이야!"

"아니!" 홀쭉이가 깜짝 놀랐다. "미샤![3] 어릴 적 친구! 어디 있

---

1   제정 러시아 때 모스크바와 상트페테르부르크에 동명의 기차역이 있었다.
2   브랜디를 첨가해 알코올 도수를 높인 스페인 와인.
3   미하일의 애칭.

다 이렇게 나타난 거야?"

친구들은 진하게 세 번 입을 맞추고는 눈물이 그득한 눈으로 서로를 바라보았다. 둘 다 몹시 반가워했다.

"이 친구야!" 입을 맞춘 후 홀쭉이가 말했다. "너무나 뜻밖이 야! 깜짝 선물이군! 그래, 어때? 날 본 소감이! 넌 예나 지금이나 잘 생겼구나! 훤한 게 딱 멋쟁이야! 아이고, 하느님! 그래, 어때? 돈 좀 벌었어? 결혼은 했고? 나는 일찌감치 결혼했다네, 보다시피…… 여기는 내 아내 루이자, 반첸바흐 가문 출신이지…… 루터교인이 고…… 그리고 여기는 내 아들 나파나일, 김나지움 3학년생이네. 나 파냐, 여기는 내 어릴 적 친구시다! 같이 공부했지!"

나파나일은 잠시 머뭇거리다가 모자를 벗었다.

"같이 공부했지!" 홀쭉이는 계속 말했다. "기억나나, 널 놀려 대 던 거? 너는 관공서 책을 담배로 태워 버렸다고 헤로스트라토스[4]라 고, 나는 고자질하는 걸 좋아한다고 에피알테스[5]라고 놀려들 댔지. 호호…… 철부지들이었다니까! 겁내지 마라, 나파냐! 좀 더 가까이 와 보렴……. 여기 내 아내는 반첸바흐 가문 출신이고…… 루터교인 이야."

나파나일은 잠시 머뭇거리다가 아버지 등 뒤로 숨었다.

"그래, 어떻게 지내는가, 친구?" 친구를 흐뭇하게 쳐다보면서 뚱뚱이가 물었다. "어디서 일해? 승진도 좀 했고?"

---

4  기원전 356년, 자신의 이름을 알리려고 그리스의 아르테미스 신전에 불을 지른 악한.
5  기원전 480년, 페르시아 전쟁 당시 페르시아군에게서 보상금을 받으려 고 스파르타를 배신한 인물.

"일이야 하고 있지, 친구! 8등 문관이 된 지는 벌써 2년 됐고, 스타니슬라프 훈장도 받았고. 월급은 얼마 안 되지만…… 뭐, 하느님이 함께하시니까! 아내가 음악을 가르치고, 나도 소일거리로 나무로 된 담뱃갑을 만들어. 담뱃갑이 근사하다네! 개당 1루블에 팔지. 열 개 이상 가져가는 사람에게는, 알지, 깎아도 주고. 그렇게 그럭저럭 살아. 중앙에서 근무했는데, 같은 부서 책임자로 지금 여기로 옮겨 온 거야…… 여기서 근무할 거네. 그래, 너는 어때? 벌써 5등 문관인 거 아니야? 어?"

"아니, 친구, 조금 더 위야." 뚱뚱이가 말했다. "3등 문관까지 벌써 올라갔지…… 별 두 개."

홀쭉이는 갑자기 얼굴이 허예지면서 돌처럼 굳어 버렸지만, 그 와중에 한껏 미소를 지어내려는 통에 얼굴 전체가 일그러졌다. 얼굴과 눈에서 불꽃이 튀는 것 같았다. 몸이 잔뜩 움츠러들고 등이 굽는 것이…… 그의 여행 가방들에다 보따리, 종이 상자까지도 움츠러들고 찌그러지는 것만 같았다……. 아내의 긴 턱은 훨씬 더 길어지고, 나파나일은 차렷 자세로 서서는 입고 있는 제복 단추를 모두 채웠다…….

"저는, 각하…… 너무나도 반갑습니다! 친구가, 그러니깐 어릴 적 말이죠, 갑자기 고위급 인사로 나타나시다니! 히히, 그렇습니다."

"뭐야, 그만해!" 뚱뚱이가 눈살을 찌푸렸다. "이게 무슨 말투야? 우린 어릴 적 친구인데 존대가 다 뭐야!"

"마음도 넓으셔라…… 무슨 그런 말씀을……." 홀쭉이는 더욱 쪼그라들면서 히죽거렸다. "각하의 자비로우신 배려는…… 마치 생명수와 같고……. 각하, 여기는 제 아들놈 나파나일이고……, 아내

뚱뚱이와 홀쭉이

루이자는 루터교인입니다. 어느 정도……."

뚱뚱이는 어떻게 반박이라도 하고 싶었지만, 홀쭉이의 얼굴에 드러난 공손함과 아첨, 느글거리는 존경의 표정에서 이 3등 문관은 비위가 상하고 말았다. 그는 홀쭉이에게서 몸을 돌리며 작별 악수를 건넸다.

홀쭉이는 뚱뚱이의 세 손가락만 잡으며, 몸통 전체를 굽히고 중국 사람처럼 히히히 하고 히죽거렸다. 아내도 미소를 지어 보였다. 나파나일은 발꿈치를 붙여 경례를 하다가 학생모를 떨어뜨렸다. 세 사람 모두 몹시 반가워했다.

# 피고인

치안 판사 앞에 너무도 왜소한 사내가 얼룩 묻은 셔츠에 낡은 바지 차림으로 서 있다. 머리는 덥수룩하고 얼굴은 얽었고, 짙은 데다 처진 눈썹 사이로 겨우 보이는 눈이 험상궂다. 빗은 지 오래되어 엉클어진 머리는 모자처럼 변해 사내를 더 험상궂어 보이게 한다. 게다가 맨발이다.

"데니스 그리고리예프!" 판사가 재판을 시작한다. "좀 더 가까이 와서 묻는 말에 답해. 금년 7월 7일 철로지기 이반 세묘노프 아킨포프가 아침에 철로를 따라가다 141베르스타[6] 지점에서 자네가 레일을 침목枕木에 고정시키는 너트를 풀고 있는 걸 발견했어. 바로 이게 그 너트야! 너와 함께 자네를 붙잡았지. 사실인가?"

"뭐라굽쇼?"

---

6  미터법이 시행되기 전에 러시아에서 쓰이던 길이 단위. 1베르스타는 1.07킬로미터.

"아킨포프가 진술한 것이 전부 사실인가?"

"뭐, 그랬습죠."

"좋아, 그럼 무엇 때문에 너트를 풀었지?"

"뭐라굽쇼?"

"그놈의 '뭐라굽쇼'는 집어치우고 묻는 말에나 답해. 무엇 때문에 너트를 풀었지?"

"필요가 없었으면 풀지도 않았겠지요." 데니스는 천장을 삐딱하게 쳐다보며 볼멘소리를 낸다.

"그러니까 무엇 때문에 이 너트가 필요했냐고."

"너트요? 우리는 너트로 추를 만드는데……."

"'우리'가 누구지?"

"우리는, 민중들…… 클리모프스키 농군들이죠, 그러니깐."

"이봐, 여보게, 바보인 척 굴지 말고, 핵심을 말해. 여기서 추를 가지고 거짓말할 생각은 말라고!"

"태어나서 거짓말이라곤 해 본 적이 없는데, 여기서 거짓말을 한다닙쇼……." 데니스가 눈을 껌뻑이며 중얼거린다. "그런데 나리, 추 없이도 된다굽쇼? 미끼 고기나 지렁이를 단 바늘이 그럼 추 없이 어찌 바닥까지 가지요? 내가 거짓말을 하고 있다니……." 데니스가 콧방귀를 낀다. "미끼 고기가 위에서 헤엄치고 있으면 참 좋겠습니다! 농어며 꼬치고기, 모캐가 전부 바닥으로 다니는데 미끼 고기는 위에서 헤엄이나 치고 있으니 잉어라도 잡으려나. 이것도 아주 드물겠지만…… 우리가 사는 강에는 잉어는 안 살아서…… 이 고기는 광활한 공간을 좋아하거든요."

"잉어 얘기는 나한테 왜 하는 거지?"

"뭐라굽쇼? 나리께서 묻고 계시잖습니까! 저희 마을 지주 나리들도 이렇게 물고기를 잡으십니다. 누구도 추 없이는 물고기를 잡으려고 하지 않을 거고요. 물론, 잘 모르는 사람이야 추 없이도 물고기를 잡으러 가겠지요. 바보한테 법이 가당키나 하겠냐마는……."

"말인즉슨, 추를 만들려고 이 너트를 풀었다?"

"그렇지 않으면요? 여편네들 장난도 아니고!"

"하지만 추를 만들려면 납이나 총알로도 되잖나…… 못 같은 거나……."

"납은 길거리에서 찾을 수 없으니 사야 하고, 못 갖고는 안 됩니다. 너트만 한 게 없어요……. 묵직하고 구멍도 있고."

"바보인 척도 잘한다! 어제 태어났거나 하늘에서 떨어진 놈 같군. 정말이지, 이 돌머리야, 이걸 풀면 무슨 일이 일어날지 몰라? 철로지기가 꼼꼼히 살피지 않았더라면, 기차가 탈선해서 사람들이 죽었을 거라고! 네가 사람들을 죽일 뻔한 거라고!"

"하느님 맙소사, 나리! 뭣 때문에 죽인답디까? 우리가 미세례자나 무슨 악당이라도 된답디까? 아이고 하느님, 좋으신 하느님, 살면서 살인은 고사하고 그런 생각은 한 번도 해 본 적이 없는데. 구원하시고 은혜를 베푸소서, 하늘의 여왕이시여. 말씀이 지나치십니다!"

"그러면 네 생각에는 기차 사고는 왜 일어나지? 너트를 두 개, 세 개 풀어 대니 사고가 생기는 거 아니야!"

데니스는 콧방귀를 뀌면서 미심쩍은 듯 판사를 보며 실눈을 뜬다.

"글쎄요! 얼마나 오랫동안 온 마을이 너트를 풀어 댔는데,

피고인

하느님이 보우하사, 그런데 사고라니…… 사람들을 죽이려 한다니……. 제가 레일을 빼 왔다거나 하다못해 통나무로 길이라도 막았다면야 기차가 엎어졌을지도 모르겠지만, 이건…… 퉤! 너트라니!"

"너트로 레일을 침목에다 고정시킨다는 걸 모른단 말이야?"

"그건 우리도 압니다. 그러니 전부 풀어 대는 것이 아니라 남겨 두기도 합니다. 아무 생각 없이 하진 않습죠……. 알고 있습니다……."

데니스는 하품을 하고는 입에다 성호를 긋는다.

"작년에 여기서 기차가 탈선했다." 판사가 말한다. "이제는 알겠나, 왜 그랬는지?"

"무슨 말씀이신지?"

"이제는 작년에 왜 기차가 탈선했는지 알겠냐고 말하는 거다. 나는 알고 있지!"

"아신다니 역시 배우신 분입니다요, 자비로우신 분이여. 누가 알게 되는지는 하느님의 뜻이라는데, 나리께서도 정황을 아신다니. 이 철로지기란 놈이 아무것도 모르면서 목덜미를 잡고 끌고 갔죠. 알고나 좀 끌고 가든지! 농사꾼은 제 깜냥만큼밖에 생각하지 못한다는 말도 있듯이……. 나리, 그놈이 제 이빨이랑 가슴을 두 번 때렸다는 것도 적어 주십시오."

"가택 수사에서 너트 하나가 더 발견됐는데……. 이건 어떤 장소에서 언제 풀어 낸 거지?"

"붉은 궤짝에 넣어 둔 너트를 말씀하시는 겁니까?"

"어디 있었던 건지는 모르고 찾았다는 것만 알아. 언제 풀어낸 거지?"

"제가 풀어 낸 건 아니고, 이그나시카라고 세몬의 애꾸눈 아들이 준 겁니다, 궤짝에 있던 너트는요. 마당 썰매에 있는 건 미트로판이랑 함께 풀어 낸 거고."

"어떤 미트로판이랑?"

"미트로판 페트로프랑요. 못 들어 보셨습니까? 어망을 만들어서 지주 나리들께 파는데. 바로 이 너트들이 많이 필요하지요. 어망 하나당, 보자, 열 개 정도요."

"들어 봐. 처벌 관련 1081조항에 따르면, 철도를 훼손시킬 수 있는 온갖 의도와 관련해서 교통에 위험이 될 수 있고, 범죄자가 불상사가 발생할 것임을 알고 있을 때. 알겠어? 알겠지! 이 너트를 풀어 내는 일이 어떤 결과를 초래할지 모를 수 없겠지. 범죄자는 강제 노역을 하는 유형을 선고받아."

"당연히 더 잘 아시겠죠. 우리는 까막눈들이라…… 뭘 알겠습니까?"

"너는 다 알고 있잖아! 아닌 척하면서 거짓말이나 하고!"

"거짓말을 왜 하겠습니까? 못 믿으시겠다면 마을에 물어보시든지. 추 없이 버들치나 잡으라는 건지, 하다못해 망둥이도 추 없이는 안 되는데."

"또 잉어 얘기를 하겠다!" 판사가 미소를 짓는다.

"우리 마을에 잉어는 안 다니는데……. 추 없이 물 위에 나비 모양 찌가 뜨게 낚싯줄을 던지면 피라미가 오기도 하죠, 간혹이긴 하지만."

"알았어, 입 다물어."

침묵. 데니스는 이 발에서 저 발로 힘을 주면서 초록 천이 덮인

피고인

탁자를 바라보며, 천이 아닌 태양을 바라보는 것처럼 눈을 심하게 깜박인다. 판사는 서둘러 글을 쓴다.

"저는 가 봐도 될까요?" 잠시 침묵하고 있던 데니스가 묻는다.

"아니, 너를 체포해서 감옥으로 보내야 해."

데니스는 눈 깜박이기를 멈추고, 짙은 눈썹을 치켜세우면서 의문스럽다는 듯 관리를 쳐다본다.

"그러니깐 감옥으로 말입쇼? 아이고, 나리! 그럴 시간이, 시장에 가서 예고르한테 비계 값 3루블도 받아야 하고……."

"입 다물어, 방해하지 말고."

"감옥이라니……. 가야 한다면야 그래야 하지만……. 착하게 살고 있는데 왜 그래야 하는지? 뭘 훔치기를 했나, 싸우기를 했나……. 세금 밀린 게 의심스러우시다면, 나리, 촌장을 믿지 마시고 현감이신 저희 주인 나리에게 물어보세요. 그 촌장은 세례를 못 받아서……."

"입 다물어!"

"입 다물게요……." 데니스가 중얼거린다. "그나저나 촌장이 계산을 잘못 해 놔서…… 제가 맹세라도 할게요……. 저희는 삼 형제인데, 쿠즈마 그리고리예프와 예고르 그리고리예프, 그리고 저 데니스 그리고리예프……."

"방해하지 말랬지. 어이, 세묜!" 판사가 소리친다. "데리고 나가!"

"저희는 삼 형제인데……." 데니스는 덩치 좋은 병사 두 명에게 붙들려 조사실에서 끌려 나가면서도 웅얼거린다. "형제는 피고가 될 수 없건만…… 쿠즈마가 체불한 것을 데니스, 네가 책임지라고 하시는 건……. 판사님들! 고인이 되신 장군 나리가 돌아가셔서, 하늘나라로, 아니면 그분이 판사님들께 알려 주셨을 텐데……. 잘 알고 나서 판결을 하셔야지, 제대로. 체벌을 준다 하더라도 그러려면 양심적으로다……."

피고인

# 애수

누구에게 내 아픔을 알리겠습니까?

노을이 진다. 함박눈이 막 켜진 가로등 주위를 느릿느릿 돌더니 부드러운 얇은 층을 이루며 지붕에, 말 등에, 어깨에, 털모자에 내려앉는다. 눈이 잔뜩 쌓인 마부 이오나 포타포프는 귀신 같다. 이오나는 몸을 최대한 숙이고 마부석에 앉아서는 미동도 하지 않는다. 큰 눈덩이가 떨어진다 한들 바삐 눈을 털어 낼 기미는 없어 보이고, 눈투성이인 그의 애마 역시 꼼짝도 하지 않는다. 툭 불거진 몸매와 막대기처럼 쭉 뻗은 다리로 얌전히 서 있는 것이 값싼 말 모양 과자 같다. 말은 분명 생각에 잠겨 있는 것이 틀림없다. 평범한 일상의 틀 안에 있다가 쟁기가 벗겨지고 여기, 해괴망측한 불빛에 한 치의 평온도 없는 소란과 분주한 사람들로 가득한 소용돌이로 던져졌는데 어찌 생각에 아니 잠길 수 있으랴…….

이오나와 애마가 꼼짝도 하지 않고 있은 지는 이미 오래다. 점심도 전에 숙소에서 나왔건만, 아직 마수걸이도 못 했다. 하지만 이제 도시에 어둠이 내린다. 창백한 가로등 불빛이 생기 넘치는 형형색색에 자리를 내어 주면서, 거리의 혼잡도 더해 간다.

"마부, 비보륵스카야 거리!" 이오나에게 들려온다. "마부!"

이오나는 몸을 부르르 떨고는 하얀 눈이 달라붙은 속눈썹 사이로 모자 달린 외투를 입은 군인을 본다.

"비보륵스카야 거리!" 군인이 다시 말한다. "뭐야, 자? 비보륵스카야!"

알았다는 표시로 이오나가 고삐를 당기자, 말 등과 자신의 어깨에 쌓인 눈이 털리고 군인이 썰매에 앉는다. 마부는 입술로 쪽쪽거리면서 고니처럼 목을 쭉 빼고 몸을 활짝 펴고는 필요가 아닌 습관으로 채찍질을 한다. 애마 역시 목을 쭉 빼고 막대기 같은 다리를 굽히며 우물쭈물 자리에서 움직이는데…….

"어딜, 망할 놈아!" 마차가 첫발을 내딛는 순간, 주위를 지나던 군중 속에서 이오나를 향해 고함이 터져 나온다. "어디로 가겠다는 거야? 오른쪽으로 몰아!"

"자네, 갈 줄도 모르는군! 오른쪽으로 몰라고!" 군인도 화를 낸다.

사륜마차를 모는 마부가 욕을 하고, 행인 하나는 길을 가로질러 뛰어가다 애마 상판에 어깨를 부딪치고는 소매에 묻은 눈을 털어 내면서 잔뜩 노려본다. 이오나는 바늘방석에 앉은 것처럼 팔꿈치로 여기저기 툭툭 쳐 대며 가스에 중독된 사람처럼 눈을 굴려 대는데, 마치 여기서 자신이 뭘 하고 있는지 모르는 듯하다.

"하나같이 뻔뻔들스럽긴!" 군인이 날을 세운다. "자네하고 부덮치든가 말 아래로 기어들 틈만 엿보고 있으니. 작당들을 했군."

이오나는 손님을 바라보면서 입술을 움직이는데 뭔가를 말하고 싶은 눈치가 분명한데도 목 안에서는 쉬쉬거리는 소리밖에 나오질 않는다.

"뭐?" 군인이 묻는다.

이오나는 입을 미소로 오므리고 목에 긴장을 줘서 쉰 소리를 낸다.

"그러니까, 나리, 그게…… 이번 주에 아들이 죽었어요."

"음……! 어쩌다 죽은 거야?"

이오나는 몸통을 손님에게로 홱 돌려서는 말한다.

"그러게나 말입니다! 필시 열병인데…… 병원에 사흘 누워 있다가는 죽었습죠. 하느님의 뜻입니다."

"꺾으라고, 미친놈아!" 어둠 속에서 큰소리가 들려온다. "뭣 하러 기어 나온 거야? 개새끼야, 눈 똑바로 뜨고 다녀!

"가세, 가." 손님이 말한다. "이러다가는 내일이 돼도 도착 못 하겠군. 달려!"

마부는 다시 목을 쭉 빼고 몸을 활짝 펴고는 무거운 마음으로 채찍질을 한다. 그 후 손님 쪽을 몇 번이나 돌아보지만, 손님은 눈을 감고 있는 것이 더는 듣고 싶지 않은 게 분명했다. 비보릅스카야 거리에 손님을 내려 주고, 마부는 선술집 옆에 멈춰 서서는 마부석에 구부리고 앉아 다시 미동도 하지 않는다……. 함박눈이 다시 이오나와 애마에게 흰색을 입힌다. 한 시간이 가고, 또 한 시간이 간다…….

오버슈즈를 신은 세 젊은이가 욕지거리를 하며 쿵쿵대면서 인도를 지나가는데, 둘은 깡마른 키다리이고 하나는 난쟁이 꼽추다.

"마부, 폴리체이스키 다리!" 꼽추가 빽빽거리는 목소리로 외친다. "세 명이니깐…… 20코페이카[7]!"

이오나는 고삐를 당기고 쪽쪽거린다. 20코페이카는 합당한 가격은 아니지만, 돈을 따질 만한 정신이 아니니 1루블이든, 5코페이카든 지금은 상관이 없다, 손님만 있으면……. 젊은이들은 서로 밀쳐 대고 험한 말들을 뱉으며 썰매 쪽으로 다가와서는 셋이 동시에 좌석에 기어오른다. 그러고서는 앉아 갈 두 사람과 서서 갈 한 사람을 누구로 할지를 두고 따지기 시작한다. 한참 욕설과 변덕, 비난이 오간 뒤 내린 결론은 제일 작은 꼽추가 서서 가야 한다는 것.

"자, 몰아!" 꼽추는 자리를 잡고 이오나의 뒷목에다 숨을 내쉬며 빽빽거린다. "내리치라고! 모자가 그게 뭐야, 형씨! 온 페테르부르크 바닥에 이보다 더한 모자는 못 찾겠는걸."

"흐으, 흐으." 이오나가 웃는다. "있을는지도……."

"그럼, 있든가. 좀 몰라고! 내내 이렇게 갈 거야? 어? 목을 확!"

"머리가 지끈거려." 키다리 중 하나가 말한다. "어제 두크마소프 집에서 바스카랑 둘이서 코냑 네 병을 마셨거든."

"왜 거짓말을 하는지 이해할 수가 없구면!" 다른 키다리가 화를 낸다. "개돼지처럼 거짓말이나 지껄이고 말이야."

"진짜가 아니면 천벌이라도 받는다니까."

"그게 정말이라면, 이가 기침을 하겠네."

"흐으!" 이오나가 히죽거린다. "유쾌하신 나리들이십니다!"

---

7   100코페이카는 1루블.

"염병할!" 꼽추는 화가 치민다. "늙다리 놈아, 가겠다는 거야 말겠다는 거야? 계속 이렇게 갈 거야? 채찍으로 좀 내리치라고! 그래, 제기랄! 그래! 잘한다!"

이오나는 등 뒤로 꼽추의 움직이는 몸과 목소리의 떨림을 느낀다. 자신에게 하는 욕을 듣고 사람들을 보다 보니, 고독이 아주 조금씩 가슴에서 잦아들기 시작한다. 꼽추는 욕으로 6층 높이 탑을 쌓고 기침에 목이 막힐 때까지 욕을 해 댄다. 키다리들은 나데즈다 페트로브나인가 하는 여자에 대해서 말하기 시작한다. 이오나는 그들 쪽을 돌아본다. 말이 잠시 끊어질 때까지 기다렸다가 다시 돌아다 보고는 웅얼거린다.

"그런데 이번 주에요……. 그러니깐…… 아들이 죽었어요!"

"다들 죽어." 꼽추는 기침을 하고 입술을 훔치면서 한숨을 쉰다. "자, 몰아, 몰라고! 여보게들, 나 정말이지, 더는 이렇게 갈 수가 없네! 언제 우리를 데려다줄 거냐고?"

"그렇담 정신 좀 차리게 모가지를 확!"

"이 늙다리 놈아, 들었어? 모가지를 한 대 갈겨 주랴! 별말 않고 있으니 아예 걷겠다 이거로구나! 괴물 같은 놈아, 듣고 있어? 아니면 우리가 하는 말이 말 같지 않아?"

정작 이오나는 뒤통수를 얻어맞고도 아픔을 느끼지 못한다.

"흐으!" 이오나가 웃는다. "유쾌하신 나리들…… 건강하세요!"

"마부, 결혼은 했나?" 키다리가 묻는다.

"저요? 흐으…… 유쾌하신 나리들이십니다! 지금은 아내가 하나죠, 축축한 땅…… 히하하…… 무덤이요, 그러니깐…… 아들도 이제 죽고, 나는 이렇게 살아 있는데…… 죽음이 문을 잘못 봤다니

환장할 일이죠……. 저에게 올 것이 아들에게 가다니……."

그러면서 이오나는 아들이 어떻게 해서 죽게 되었는지를 이야기하려고 몸을 돌렸지만, 이때 꼽추가 가벼운 한숨을 쉬면서 말한다. "하느님, 드디어, 도착했습니다." 20코페이카를 받은 이오나는 어두운 입구에서 사라져 가는 한량들을 한동안 바라본다. 또다시 혼자고, 또다시 정적이 몰려든다……. 잠시 잠잠하던 애수는 새로 나타나서 더욱 강한 힘으로 가슴을 헤집는다. 이오나의 눈은 거리 양쪽으로 바삐 다니는 군중을 따라 불안하고 고통스럽게 움직인다. 이 수천의 사람 중에 그의 이야기를 경청해 줄 단 한 사람도 찾을 수 없단 말인가? 하지만 군중은 이오나도 애수도 알아차리지 못하고 바삐 움직인다……. 애수는 경계를 알 수 없을 만치 어마어마하다. 이오나의 가슴이 툭 하고 떨어져 그 속에서 애수가 흘러나오기라도 한다면 온 세상이 잠길 정도인데도 애수는 보이지 않는다. 어찌나 작은 껍질에 자리를 잡고 있는지 한낮에 불을 켜도 볼 수가 없다…….

이오나는 작은 포대를 든 마당지기를 보고 그에게 말을 걸어 볼 결심을 한다.

"여보, 지금 몇 시요?" 이오나가 묻는다.

"9시. 근데 여긴 왜 있는 거야? 가!"

이오나는 말을 몇 걸음 뒤로 몰고는 몸을 숙이고 애수에 몸을 맡긴다……. 더는 사람도 없을 것 같다. 하지만 5분도 되지 않아서 몸을 곧추세우고 찢어지는 통증을 느낀 듯 머리를 흔들어 대면서 고삐를 죈다……. 참을 수가 없다.

'숙소로.' 이오나가 생각한다. '숙소로 가자!'

애마도 이오나의 생각을 알아차렸다는 듯 속보로 달리기 시작한다. 한 시간 반쯤 지났을까, 이오나는 이미 지저분한 큰 벽난로 곁에 앉아 있다. 벽난로 앞에서고, 바닥에서고, 벤치 형태로 된 침대에서고 사람들이 코를 곤다. '질식'할 것 같은 턱 막힌 공기 속에서 이오나는 잠든 사람들을 둘러보면서 몸을 긁적대며, 일찍 돌아온 것을 후회한다…….

'귀릿값도 안 나왔네.' 이오나가 생각한다. '그러니 이렇게 애수가. 자기 일을 아는 사람은…… 자기 배도 부르고, 말의 배도 불리는 사람은 언제나 평온한 법인데…….'

구석에서 젊은 마부 하나가 일어나서는 비몽사몽간에 꺽꺽대면서 물동이 쪽으로 손을 뻗는다.

"목이 마른가?" 이오나가 묻는다.

"네, 마셔야겠습니다!"

"그래…… 건강을 위해서……. 근데 말이야, 우리 아들이 죽었어……. 듣고 있어? 이번 주에 병원에서…… 그런 일이 있지!"

이오나는 자신이 한 말에 어떤 반응이 있나 살펴보지만, 무반응이다. 젊은이는 머리를 처박고 벌써 잠들었다. 늙은이는 한숨을 쉬면서 몸을 긁는다……. 젊은이가 갈증이 그렇게 났던 것처럼 자신도 말이 하고 싶었다. 곧 아들이 죽은 지 일주일이 되지만, 아직 그 누구에게도 말을 하지 못했다……. 중요한 부분을 하나하나 짚어가면서 이야기해야 하는데……. 아들이 어떻게 병이 났는지, 얼마나 고통스러워했는지, 임종 전에 무슨 말을 했는지, 어떻게 죽었는지 이야기해야만 한다……. 장례와 아들 옷가지를 찾으러 병원에 간 것도 묘사해야 하고. 시골에는 딸아이 아니샤가 남았는데…… 딸아이에 대해서도 말해야 하고……. 지금 이오나에게 할 말이 적을 성싶은가? 들어주는 사람은 맞장구도 쳐 줘야 하고, 한숨도 쉬어 줘야 하고, 통곡도 해 줘야 하는데…… 아낙들이랑 말하면 더 좋을 것이다. 설령 멍청이라 한들 두 마디 만에 울부짖을 테니까.

'말이나 한번 보러 가야겠다.' 이오나가 생각한다. '잠이야 언제든 잘 수 있고…… 푹 자기만 한다면……'

이오나는 옷을 입고 말이 있는 마구간으로 간다. 귀리와 건초, 날씨 생각을 한다…… 혼자일 때는 아들 생각을 할 수가 없다…… 누구랑 함께라면 모를까 혼자서 아들을 생각하고 아들 모습을 그려 본다는 것은 참을 수 없이 끔찍하다……

"밥 먹고 있니?" 이오나가 말의 반짝이는 눈을 보면서 묻는다. "그래, 씹어, 꼭꼭…… 귀릿값은 못 했어도 건초는 있으니까. 그래…… 나도 이제 돌아다니기엔 늙었어…… 아들이 해야 하는데, 내가 아니라…… 좋은 마부가 되었을 거야. 살아만 있었으면……."

이오나는 얼마 동안 입을 다물었다가 다시 말한다.

"그래, 내 형제 같은 말아…… 쿠지마 이오니치는 이제 없단다…… 세상을 떠났어…… 훅 하고 가 버렸다고…… 그러니깐, 너한테 망아지가 있다고 쳐, 너는 이 망아지를 낳은 어미고…… 그런데 갑자기 망아지가 세상을 떠난 거야…… 가엾지 않겠어?"

애마는 건초를 씹으면서 이야기를 듣기도 하고, 주인의 손에 숨을 내쉬기도 한다……

이오나는 심취해서 말에게 전부 이야기한다……

애수

# 카시탄카

(이야기)

## 1
## 바보 같은 행동

여우를 닮은 불그스름한 어린 닥스훈트 잡종 개가 인도 여기 저기를 뛰어다니며 낯선 사람들을 불안하게 쳐다본다. 이따금 멈춰 서서는 울면서 언 발을 이 발 저 발 들어 올리고 상황을 파악해 보려고 한다. 어떻게 이런 일이 일어날 수 있지? 길을 잃은 걸까?

개는 하루를 어떻게 보냈는지, 이 낯선 길에 어떻게 오게 되었는지 또렷하게 기억하고 있었다.

그날은 그의 주인이자 소목장이인 루카 알렉산드리치가 털모자를 쓰고, 빨간 보자기로 싼 무슨 나무 상자를 겨드랑이에 끼고 소리치는 것으로 시작했다.

"카시탄카, 가자!"

작업대 밑 대패 더미 위에서 자고 있던 닥스훈트 잡종은 제 이름을 듣고 밖으로 나와 달달하게 기지개를 켜고는 주인 뒤로 달려갔다. 루카 알렉산드리치의 고객들은 지독스럽게도 멀리서 살아서, 고객들의 집을 하나하나 다 들르려면 선술집에서 몇 번은 기운을 돋워야 했다. 카시탄카는 도중에 너무나도 버릇없이 굴었던 것이 떠올랐다. 자신을 데리고 나와 준 것이 너무 기쁜 나머지 팔딱팔딱 뛰고, 마차 철도로 짖으면서 돌진하고, 마당이란 마당은 다 뛰어다니고, 개들을 쫓았던 것이다. 개는 주인의 시야에서 자꾸 사라졌고, 그때마다 소목장이는 멈춰 서서 화를 내며 개에게 소리를 질렀다. 한번은 뚜껑이 열린 나머지 여우같이 생긴 귀를 움켜잡고는 한 자 한 자 내뱉었다.

"야…… 너…… 죽……는……다, 빌어먹을 놈아!"

고객에게 다 들른 다음, 루카 알렉산드리치는 누이 집에 잠시 들러서 목을 축이고 요기를 했고, 아는 제본공에게 갔다가 다시 선술집으로, 거기서 다시 대부代父 집으로 계속 자리를 옮겼다. 한마디로 카시탄카가 이 낯선 인도에 오게 되었을 때는 이미 저녁이었고, 소목장이는 만취 상태였다. 주인은 팔을 휘두르고 깊은숨을 내쉬면서 중얼거렸다.

"내게 원죄가 흘러! 아흐, 죄야, 죄! 지금 이렇게 우리는 거리를 걸으며 가로등을 쳐다보고 있지만 죽게 될 거야. 불구덩이에서 타 버릴 거라고……"

그러다 선량한 목소리로 카시탄카를 불러 놓고는 말했다.

"너는, 카시탄카, 벌레만도 못한 놈이야. 사람으로 치자면, 너는 소목장이에 비할 바 못 되는 목수지……"

소목장이가 개와 이런 식으로 이야기하고 있을 때, 음악 소리가 나기 시작했다. 카시탄카는 몸을 돌렸고, 정면에서 군대가 오는 것을 보았다. 신경에 거슬리는 음악 소리를 참지 못하고 카시탄카는 정신없이 돌아다니며 짖어 댔다. 카시탄카를 아연실색게 한 것은 소목장이가 깜짝 놀라서 소리를 빽 지르거나 소리치는 것이 아니라 함박웃음을 지으며 대열로 들어가 다섯 손가락을 쫙 펴서 경례를 했다는 것이다. 주인이 항의하지 않는 것을 본 카시탄카는 더 크게 짖어 대며 정신없이 길을 가로질러 다른 보도로 돌진했다.

카시탄카가 정신을 차렸을 때는 이미 음악도 그쳤고, 군대도 없었다. 카시탄카는 주인이 있던 맞은편 장소로 건너왔지만, 맙소사! 소목장이는 이미 그곳에 없었다. 앞으로 달려가다가 다시 뒤로, 다시 길을 가로질러 갔지만, 소목장이는 땅으로 꺼져 버린 건지 보이지 않았다……. 카시탄카는 주인의 흔적을 냄새로 찾기를 바라며 보도를 쿵쿵대기 시작했지만, 웬 오버슈즈를 신은 파렴치한이 지나갔는지 약한 냄새는 독한 탄성 고무 악취에 섞여 버려서 어떠한 냄새도 분간할 수가 없었다.

카시탄카는 이리저리 뛰어다니며 주인을 찾았지만, 날은 어두워지기 시작했다. 거리 양쪽으로 가로등이 켜졌고 창문들에서도 불빛이 비쳤다. 함박눈이 펑펑 내려 길바닥과 말 등, 마부의 털모자를 하얗게 칠했고, 날이 더 어두워질수록 사물들은 더 하얘졌다. 낯선 손님들이 카시탄카의 시야를 가리거나 발길질을 하며 앞뒤로 쉴 새 없이 지나갔다. (카시탄카는 사람을 아주 불공평하게 두 부류, 주인과 손님으로 나눴는데 이 둘 사이의 근본적인 차이는, 주인은 카시탄카를 때릴 권리가 있고, 카시탄카는 손님들의 허벅지를 물 권리가 있다는 점이었다.) 손님들은 카시탄카는 거들떠보지도 않고 어디론가 서둘러 가 버렸다.

완전히 어두워졌을 때, 카시탄카는 절망과 공포에 휩싸였다. 어떤 현관 같은 곳에 기대어 구슬프게 울기 시작했다. 루카 알렉산드리치와 종일 함께 여행한 탓에 지친 데다가 귀와 발은 꽁꽁 얼었고, 배도 무지 고팠다. 하루 종일 뭐라도 씹어 본 일이라곤 달랑 두 번, 제본공 집에서 쑤어 놓은 풀을 조금 먹은 것과, 선술집 한 군데서 진열대 근처에 떨어진 소시지 껍질을 먹은 것, 이게 전부였다. 카시탄카가 사람이었다면, 이렇게 생각했을지도 모른다.

'아니야, 이렇게 살 수는 없어. 권총으로 자살하는 게 낫지.'


## 2
### 수상한 낯선 남자

하지만 카시탄카는 아무 생각 없이 울기만 했다. 부드러운 함박눈이 카시탄카의 등과 머리에 가득 쌓이고, 진이 다 빠진 카시탄카가 깊은 잠에 빠져들 때, 갑자기 현관문이 달그락거리다가 삐거덕하고 열리며 카시탄카의 배를 세게 때렸다. 카시탄카는 펄쩍 뛰어올랐다. 열린 문으로 손님 부류에 속하는 한 사람이 나왔다. 카시탄카가 크게 한 번 짖고 남자의 다리 쪽을 들이받았기 때문에 남자는 카시탄카에게 관심을 주지 않을 수가 없었다. 남자가 몸을 숙여 물었다.

"멍멍아, 넌 어디서 왔니? 내가 다치게 한 거야? 어이구, 불쌍해라, 불쌍해……. 그래, 화내지는 말고, 화내지 마……. 내가 잘못했다."

카시탄카가 속눈썹에 달라붙은 눈 사이로 낯선 사람을 보니, 면도를 한 매끈한 얼굴에 중절모와 모피 코트를 걸친 작달막한 남자가 앞에 서 있었다.

"왜 그리 슬피 울어?" 남자는 손가락으로 카시탄카의 등에 쌓인 눈을 톡톡 떨구며 계속 말한다. "주인은 어딨어? 널 잃어버린 거야? 어휴, 불쌍한 멍멍이! 이제 우리 어떻게 한담?"

낯선 남자의 목소리에서 따뜻하고 선량한 음색을 파악한 카시탄카는 남자의 손을 핥으며 더욱더 불쌍하게 울기 시작했다.

"착하고도 웃긴 놈일세!" 낯선 자가 말했다. "완전 여우구나! 그래, 어쩌겠어, 나랑 같이 가자! 너도 어딘가 쓸모가 있을지도 모르지……. 자, 사라지자!"

남자는 입으로 쪽 소리를 내고는, '가자!'라는 의미로밖에는 생각할 수 없는 손짓을 카시탄카에게 했다. 카시탄카는 따라갔다.

반 시간도 되지 않아 카시탄카는 이미 크고 밝은 방의 바닥에서 머리를 배 쪽에 붙이고 앉아, 식탁에서 식사하는 낯선 남자를 감동 반 호기심 반 어린 눈으로 바라보고 있었다. 남자가 식사를 하면서 카시탄카에게 조각들을 던져 주곤 했던 것이다……. 처음에는 빵 조각과 푸르스름한 치즈 조각을, 그다음에는 고기 조각과 파이 반쪽, 닭 뼈를 주었고, 카시탄카는 그 모든 것을 걸신들린 듯 잽싸게, 맛을 음미할 새도 없이 먹어 치웠다. 먹을수록 더 허기가 졌다.

"그나저나, 너희 주인은 먹을 것을 잘 안 줬나 보구나!" 카시탄카가 전투적으로 제대로 씹지도 않고 삼키는 모습을 보면서 낯선 남자가 말했다. "엄청나게 말라서는! 살이 뼈에 들러붙겠다……."

카시탄카는 엄청나게 먹었지만 배는 부르지 않았고, 단지 음식에 취했을 뿐이었다. 식사 후 방 한가운데에 대자로 뻗고는, 온몸에 퍼지는 기분 좋은 나른함을 느끼며, 꼬리를 살랑살랑 흔들기 시작했다. 새 주인이 안락의자에 파묻혀 담배를 피울 동안, 카시탄카는 꼬리를 흔들며 낯선 남자의 집과 소목장이 집 가운데 어디가 더 좋은지 질문을 해 보았다. 낯선 남자네 환경은 초라하고 아름답지 않지. 안락의자랑 침대 겸용 소파, 조명, 카펫 빼면 아무것도 없잖아. 방이 텅 빈 느낌이야. 근데 소목장이네는 온 집 안에 물건이 빽빽이 들어차 있지. 탁자에 작업대, 대팻밥 더미에 대패, 끌, 톱, 새장, 세탁대야……. 낯선 남자네는 아무 냄새도 안 나지만, 소목장이네는 항상 연기가 자욱하고, 풀 냄새, 래커 냄새, 대패 냄새가 끝내주지. 그 대신 낯선 남자네는 한 가지 아주 큰 장점이 있어. 먹을 걸 많이 준다는 것. 그리고 이 남자를 공명정대하게 평가해야 하는 것이, 카시탄카가 식탁 앞에 앉아서 남자를 감동적으로 보고 있을 때, 남자는 한 번이라도 때린다거나 발로 찬다거나 이렇게 소리친 적이 없었다는 것이다. "저리 안 꺼져, 이 썩을 놈아!"

시가를 다 피운 새 주인은 잠시 나갔다가 손에 작은 매트리스를 들고 바로 돌아왔다.

"어이, 애야, 이리 와 봐!" 침대 겸용 소파 근처 구석에 매트리스를 깔면서 남자가 말했다. "여기 누우면 돼. 자거라!"

그러고는 불을 끄고 나갔다. 카시탄카는 매트리스 위에 쭉 뻗어서는 눈을 감았고, 거리에서 개 짖는 소리가 들려오자 그에 반응해 주고 싶었지만, 갑자기 슬픔에 휩싸였다. 루카 알렉산드로비치와 그의 아들 페듀시카, 작업대 밑 안락한 보금자리가 떠올랐다……. 기나긴 겨울 저녁 소목장이가 대패질을 하거나 신문을 소리 내어

읽을 때, 페듀시카와 특별할 것 없이 함께 놀던 것이 떠올랐던 것이다…… 페듀시카가 작업대 밑에서 카시탄카의 뒷다리를 잡아 끌어내서 묘기라도 부리게 하면, 카시탄카는 눈앞이 노래지고 삭신이 쑤셨다. 페듀시카는 카시탄카를 뒷발로 걷게 시키기도 하고, 종 모양으로 만들기도 했는데, 그러니깐 꼬리로 몸을 졸라매서 카시탄카가 낑낑대며 울게 만들기도 했고, 담배 냄새를 맡게도 했다…… 특히나 괴로웠던 묘기로는 페듀시카가 고기 조각을 실에다 매어서 카시탄카에게 준 뒤, 카시탄카가 고기를 삼키면 크게 웃으면서 다시 카시탄카의 위에서 고기 조각을 끄집어 내는 것이었다. 기억이 선명해질수록 카시탄카는 더 크고 더 슬프게 낑낑댔다.

하지만 곧 피곤함과 따뜻함이 슬픔을 덮어 버렸고…… 카시탄카는 졸기 시작했다. 꿈에서 개들이 뛰어다녔는데, 오늘 거리에서 봤던 백내장이 있고 코 주변에 털뭉치를 단 늙은 털북숭이 푸들이 뛰어갔다. 손에 끈을 든 페듀시카가 푸들을 쫓아가다가 갑자기 털북숭이가 되어서는 즐겁게 짖어 대더니 어느새 카시탄카 주위에 떡하니 서 있었다. 카시탄카와 페듀시카는 다정하게 서로의 코를 냄새 맡고는 거리로 뛰어갔다……

# 3
## 새롭고 아주 기분 좋은 만남

카시탄카가 깨어났을 때는 이미 날이 밝아 있었고, 거리에서는 낮에만 나는 그런 소음이 들려왔다. 방 안에는 아무도 없었다. 카시탄카는 몸을 쭉 한번 뻗고 하품을 하고는, 화가 나고 못마땅한 듯이 방 안을 돌아다녔다. 구석과 가구 냄새를 맡고, 현관을 살펴보았지만 흥미로운 것은 하나도 찾지 못했다. 현관으로 난 문 말고, 문이 하나 더 있었다. 잠시 머뭇거리고는 앞발로 긁어서 문을 열고 다음 방으로 들어갔다. 여기 기모 이불이 깔린 침대에는 손님이 자고 있었는데, 어제 그 낯선 남자임을 알아차렸다.

"으르르르……." 카시탄카는 으르렁거리다가 어제의 음식을 떠올리고는 꼬리를 흔들며 냄새를 맡기 시작했다.

카시탄카는 낯선 남자의 옷과 장화 냄새를 살짝 맡고는, 말 냄새가 많이 난다는 것을 알아차렸다. 침실에는 문이 또 하나 나 있었는데, 역시 닫혀 있었다. 카시탄카가 이 문을 긁으며 가슴으로 밀쳐 열자마자 이상하고 아주 큼큼한 냄새가 났다. 기분 나쁜 만남을 예감하며 카시탄카는 으르렁대고 주위를 살피면서 벽지가 더러운 조그마한 방으로 들어갔다가, 겁에 질려 뒷걸음질을 쳤다. 뭔가 예상치 못한 섬뜩한 것을 봤던 것이다. 목과 머리를 바닥으로 숙이고, 날개를 활짝 편 채 식식거리며 돌진해 오는 회색 거위를 말이다. 거위 쪽에는 다소 거리를 두고 조그만 매트리스에 흰색 고양이가 누워 있었는데, 카시탄카를 보고는 튀어 올라 등을 활처럼 말고, 꼬리를 쳐들고, 털을 바싹 세우고는 역시 식식 소리를 냈다. 개는 진심으로 놀랐지만, 자신이 겁먹은 것이 들키지 않기를 바라며, 크게 짖고는 고양이 쪽으로 달려들었다……. 고양이는 더 몸을 바싹 말고는 식식거리며 발로 카시탄카의 머리를 때렸다. 카시탄카는 자리에서 뛰어올랐다가 네 발로 착지해서는 고양이 낯짝을 보고 강렬하게 짖었는데, 이와 동시에 뒤쪽으로 온 거위가 카시탄카의 등을 부리로 아프게 쪼았다. 카시탄카는 자리에서 뛰어올랐다가 거위 쪽으로 돌진했고…….

"이게 뭐 하는 짓이야?" 크게 화난 목소리가 들리더니, 가운을 입은 낯선 남자가 시가를 입에 물고 방으로 들어왔다. "뭣들 하는 거지? 제자리로!"

남자는 고양이 쪽으로 가서 곤두선 등을 가볍게 치며 말했다.

"표도르 티모페이치, 이게 뭐지? 싸움을 벌인 거야? 아이고, 늙은 악당 같으니라고! 누워!"

그리고 거위 쪽을 보면서 소리쳤다.

"이반 이바니치, 제자리로!"

고양이는 얌전히 자신의 매트리스에 누워서는 눈을 감았다. 낯짝과 콧수염을 보자니, 스스로도 흥분해서 싸움에 끼어든 것이 못마땅한 듯했다. 카시탄카는 분해서 낑낑 울었고, 거위는 목을 쭉 빼고 열을 내며 뭔가를 빠르게 딱딱 말했지만, 거의 알아들을 수가 없었다.

"알았어, 알았어!" 주인은 하품을 하면서 말했다. "싸우지 말고 사이좋게 지내야 해." 카시탄카를 쓰다듬으며 계속 말했다. "그리고, 너, 빨강이, 겁내지 마……. 좋은 놈들이니 맘 상해하지 말고. 잠깐, 널 뭐라고 부른담? 이름이 없으면 안 되는데, 친구."

낯선 남자는 잠시 생각하더니 말했다.

"그러니까 말이지…… 너는, 이모……. 알겠어? 이모야!"

그리고 '이모'라는 단어를 여러 번 되뇌고는 나갔다. 카시탄카는 자리에 앉아 관찰하기 시작했다. 고양이는 매트리스에 꼼짝도 하지 않고 앉아서는 자는 척했다. 거위는 목을 쭉 빼고 제자리에서 뒤

뚱거리며 흥분한 채 뭔가를 빠르게 연신 말하고 있었다. 거위는 아주 똑똑해 보였는데, 매번 긴 연설 후에 놀랍다는 듯이 뒷걸음질을 치고는 자신의 연설에 황홀해하는 모습을 보였던 것이다……. 카시탄카는 거위의 연설을 다 들은 다음 "크르르르"라고 답을 하고는 구석구석 냄새 맡는 일에 착수했다. 한쪽 구석에 있는 조그마한 밥그릇에 절인 콩과 물에 푹 담근 호밀빵 껍질이 있었다. 콩은 먹어 보니 맛이 없었고, 껍데기를 맛본 후 그것을 먹기 시작했다. 거위는 자기 식량을 먹는 낯선 개가 무안하지 않도록 반대편에서 더 열렬히 말하기 시작했고, 자신이 카시탄카를 믿는다는 것을 보여 주려는 듯, 밥그릇에 다가가 콩 몇 쪽을 먹기도 했다.

# 4
## 기적 같은 일

얼마 후 낯선 남자가 대문 모양 같기도 하고, Π 자 모양 같기도 한 이상한 물건을 하나 들고 다시 들어왔다. 이 나무로 거칠게 짠 Π 자의 횡목에는 종이 걸려 있고 권총이 묶여 있었는데, 종 치는 부분과 방아쇠 당기는 부분에 가는 노끈이 늘어져 있었다. 낯선 남자는 Π 자를 방 한가운데에 세우고 오랫동안 뭔가를 묶었다 풀었다 하고는, 거위를 쳐다보고 말했다.

"이반 이바니치, 해 보자고!"

거위는 남자 쪽으로 가서는 준비 자세를 취했다.

"자, 그럼…… 맨 처음부터 해 보자. 먼저 인사하고 무릎 구부리고! 실시!" 낯선 남자가 말했다.

이반 이바니치는 목을 쭉 빼고 360도로 고개를 끄덕이며 발을 부딪쳤다.

"그래, 잘했어……. 이제 죽어!"

거위는 등을 대고 누워서는 발을 위로 들고 떨었다. 그 밖에 몇 가지 유사한 묘기를 지시한 다음, 낯선 남자가 갑자기 머리를 움켜쥐고 공포에 찬 표정으로 소리치기 시작했다.

"경비! 불이야! 불!"

이반 이바니치는 Π 자 물건으로 뛰어가서는 부리로 노끈을 물고 종을 울리기 시작했다.

낯선 남자는 아주 만족스러워했다. 그는 거위의 목을 쓰다듬고는 말했다.

"잘했어, 이반 이바니치! 이제 너는 보석상 주인이고, 금과 다이아몬드를 팔아. 지금 네 상점으로 가는데 거기에 도둑들이 있어. 이런 상황에서 너는 어떤 행동을 할 거야?"

거위는 부리로 다른 노끈을 물고 당겼고, 그러자 곧바로 귀청이 떨어질 정도로 큰 총소리가 났다. 카시탄카는 그 소리가 마음에 쏙 들었고, 이에 들뜬 나머지 Π 자 주변을 뛰면서 짖기 시작했다.

"이모, 제자리에!" 낯선 남자가 소리를 질렀다. "입 다물고!"

이반 이바니치의 훈련은 사격으로 끝나지 않았다. 그 후로도 한 시간 내내 낯선 남자는 거위를 개 줄에 묶어 자신의 주위를 쫓게 하며 채찍을 휘둘렀고, 그때마다 거위는 장애물을 뛰어넘고, 둥근 테를 통과해야 했으며, 반항의 의미로 꼬리를 대고 앉아서는 발을 흔들어야 했다. 카시탄카는 이반 이바니치에게서 눈을 뗄 수가 없었고, 경탄한 나머지 몇 번이나 짖어 대며 거위의 뒤를 쫓아 뛰어갔다. 거위와 함께 지친 낯선 남자는 이마의 땀을 닦으며 소리쳤다.

"마리야, 하브로냐 이바노브나를 이리로 좀 불러와요!"

잠시 후 꿀꿀거리는 소리가 들려왔다……. 카시탄카는 으르렁거리면서 아주 용맹한 자세를 지어 보였고, 만일의 경우에 대비해서 낯선 남자 쪽으로 더 가까이 갔다. 문이 열렸고, 웬 할멈이 방을 슥 보더니 뭐라 말하고는, 아주 못생긴 흑돼지를 안으로 풀어놓았다. 카시탄카가 으르렁거리든 말든, 돼지는 자신의 코를 위로 치켜들고 유쾌하게 꿀꿀대기 시작했다. 자신의 주인과 고양이, 이반 이바니치를 매우 반가워하는 듯했다. 고양이에게 다가가서 코로 고양이 배를 슬쩍 건드린 다음 거위와 뭐라고 이야기하기 시작하는데, 그 행동과 목소리, 꼬랑지를 흔드는 모습에서 돼지의 온후한 성격이 잘 느껴졌다. 카시탄카는 이런 상대에게 으르렁거리고 짖는다는 것이 쓸데없음을 바로 알아차렸다.

주인은 Π 자를 치우고 소리쳤다.

"표도르 티모페이치, 이리로!"

고양이는 일어나서 느릿하게 몸을 쭉 뻗고는 마지못해서 해 준다는 식으로 돼지 쪽으로 갔다.

"자, 그럼 이집트 피라미드부터 해 보자." 주인이 시작했다.

주인은 뭐라고 오랫동안 설명한 뒤 지휘했다. "하나…… 둘…… 셋!" 이반 이바니치는 "셋"이란 말에 날개를 활짝 펴고 돼지의 등에 뛰어올랐다……. 거위가 날개와 목으로 균형을 잡으며, 털이 뻣뻣한 돼지 등 위에 버티고 서자, 표도르 티모페이치는 힘없이 느릿느릿, 자신의 기술은 한 푼어치의 가치도 없는 하찮은 것인 듯

카시탄카

정말 하기 싫다는 태도로, 돼지의 등을 기어오른 다음 마지못해 거위를 타고 올라가 뒷발로 섰다. 그렇게 낯선 남자가 말한 이집트 피라미드가 만들어졌다. 카시탄카는 열광한 나머지 날카롭게 짖었지만, 바로 그때 늙은 고양이가 하품을 하다가 균형을 잃고 거위 위에서 떨어졌다. 이반 이바니치 역시 비틀대면서 아래로 떨어졌다. 낯선 남자는 소리치고 손을 흔들며 다시 뭐라고 설명하기 시작했다. 피라미드 훈련에 꼬박 한 시간을 쓰고도 지치지 않았는지 주인은 이반 이바니치에게 고양이를 타고 다니는 법을 가르쳤고, 그다음으로 고양이에게 담배 피우는 것 등을 가르치기 시작했다.

수업은 낯선 남자가 이마의 땀을 닦고 나가는 것으로 끝이 났다. 표도르 티모페이치는 질색하듯 가르릉거리고는 매트리스 위에 누워 눈을 감았고, 이반 이바니치는 밥그릇 쪽으로 갔으며, 돼지는 할멈이 데리고 나갔다. 많은 새로운 일들을 겪느라 하루가 어떻게 갔는지도 모르게 흘렀고, 저녁에 카시탄카는 매트리스와 함께 벽지가 더러운 방으로 옮겨져 표도르 티모페이치와 거위와 함께 밤을 보내게 되었다.


# 5
## 재능 있어! 재능이!

한 달이 지났다.

카시탄카는 매일 저녁 맛있는 음식을 주는 것과 이모라고 불리는 것에 익숙해졌다. 낯선 남자와 새 동거인들도 익숙해졌다. 생활이 순조롭게 흘러갔다.

매일이 똑같이 시작되었다. 이반 이바니치는 제일 먼저 일어나 곧장 이모나 고양이에게 다가와 목을 구부리고는 열렬하고 강력하게 뭔가를 말하기 시작했지만, 예전과 다름없이 이해할 수는 없었다. 한번은 머리를 위로 들고 긴 독백을 하기도 했다. 만난 지 얼마 되지 않았을 때 카시탄카는 거위가 무척 똑똑해서 말을 많이 한다고 생각했지만, 시간이 조금 지나자 거위에 대한 어떠한 존경심도 남아 있지 않았고, 거위가 다가와서 장황하게 말할 때면 더는 꼬리를 흔들지도 않고, 오히려 누구도 잠 못 자게 하는 지겨운 수다쟁이를 대하듯 멸시하면서, 어떠한 환대도 없이 "으르르르"로 답했다…….

표도르 티모페이치는 이와는 달리 신사였다. 일어나서도 소리를 내지도, 사부작거리지도 않았고, 심지어는 눈도 뜨지 않았다. 사는 것이 싫은 듯 깨는 것도 탐탁지 않게 여기는 것 같았다. 관심 있는 것도 없었고, 모든 것에 의기소침하고 무심하게 대했으며, 경멸했고, 심지어는 맛있는 음식을 먹으면서도 질색하듯 가르릉거렸다.

잠에서 깬 카시탄카는 방마다 돌아다니면서 구석구석 냄새를 맡기 시작했다. 카시탄카와 고양이만 온 집 안을 돌아다니도록 허용되었고, 거위는 벽지가 더러운 방의 문턱을 넘을 권리가 없었으며, 하브로냐 이바노브나는 마당 어딘가 헛간에 살면서 수업 시간에만 나타났다. 주인은 늦게 일어났고, 차를 다 마신 후에 곧장 자신의 묘기를 시작했다. 매일 방 안으로 Π 자와 채찍, 둥근 테를 들고 들어왔고, 매일 거의 똑같은 것을 연습했다. 수업은 서너 시간 계속되었고, 이로 인해 한번은 표도르 티모페이치가 지친 나머지 술에 취한 사람처럼 휘청거렸고, 이반 이바니치는 부리를 크게 벌리고 힘들게 숨을 쉬었으며, 얼굴이 달아오른 주인은 이마의 땀조차 닦지 못할 정도였다.

수업과 식사가 있는 낮은 무척이나 즐거웠지만, 저녁은 좀 심심하게 지나갔다. 보통 저녁마다 주인은 어디론가 나가면서 거위와 고양이를 데려갔다. 혼자 남아 매트리스에 누운 이모는 서글퍼지기 시작했다……. 서글픔은 눈치채지 못하게 카시탄카에게 스며들었고, 방 안의 어둠처럼 점차 카시탄카를 에워쌌다. 카시탄카가 짖고, 먹고, 방 안을 뛰어다니고, 살펴보는 것 등에 온갖 흥미를 잃기 시작한 뒤로 개도 사람도 아닌, 매력적이고 사랑스럽기는 하지만 분명치는 않은 두 개의 희미한 형상이 이후 카시탄카의 상상 속에 나타났는데, 이들이 나타나면 이모는 꼬리를 흔들었고, 언제 어디선가 본 적이 있고 좋아했던 이들인 것만 같았다……. 이모는 매번 이 형상들에서 풀 냄새와 대패 냄새, 래커 냄새가 나는 것을 느끼며 잠이 들었다.

이모가 완전히 새로운 삶에 익숙해지고, 비쩍 말라 뼈밖에 없던 마당 개에서 토실토실 고이 키워진 개로 변모했을 때, 한번은 주인이 수업 전에 이모를 살펴보고는 말했다.

"이모, 우리도 일을 시작할 때가 됐어. 충분히 놀았잖아. 내가 배우로 만들어 주고 싶은데……. 배우가 되고 싶어?"

그렇게 주인은 이모에게 여러 가지 기술을 가르치기 시작했다. 첫 수업은 서는 것과 뒷발로 걷는 것이었는데, 이모는 무척이나 재밌어했다. 두 번째 수업은 뒷발로 점프해서 주인이 이모 머리 위에 들고 있는 설탕을 잡는 것이었다. 그다음 수업들은 껑충껑충 춤을 추는 것, 밧줄 위로 뛰어다니는 것, 음악에 맞춰 짖는 것, 종을 울리는 것, 총을 쏘는 것이었고, 그렇게 한 달 후 '이집트 피라미드'에서 표도르 티모페이치를 완벽하게 대신할 수 있을 정도가 되었다. 이모는 아주 즐겁게 배웠고, 성공하는 자신을 대견스러워했으며, 혀를 내밀고 밧줄 위를 뛰어다니는 것과 테를 뛰어넘는 것, 늙은 표도르 티모페이치를 타고 다니는 것에서 최고의 기쁨을 맛보았다. 매번 묘기에 성공하면 이모는 환희에 차 울부짖었고, 스승도 놀라 똑같이 황홀해하며 손을 비볐다.

"재능 있어! 재능이!" 스승이 말했다. "의심할 여지가 없는 재능이야! 너는 성공할 거야!"

그렇게 이모는 '재능'이라는 말에 익숙해졌고, 매번 주인이 이 말을 할 때면, 자신의 별명인 양 이모는 팔딱팔딱 뛰어오르며 주위를 살폈다.


# 6
## 불안한 밤


이모는 빗자루를 든 청소부가 자기 뒤를 쫓는 개꿈을 꾸고는 무서워서 잠이 깼다.

방 안은 조용하고 어둡고 무척이나 갑갑했다. 벼룩이 물어 댔다. 이모는 어둠을 무서워한 적이 없었는데, 지금은 왠지 섬뜩해서 짖고 싶어졌다. 옆방에서는 주인이 크게 숨을 내쉬었고, 그 뒤 조금 있다가 헛간에서 돼지가 꿀꿀거리고는 다시 모든 것이 잠잠해졌다.

카시탄카

먹는 생각을 하면 마음이 한결 가벼워지는 법이라, 이모는 오늘 표도르 티모페이치의 닭발을 훔쳐서 거미줄과 먼지가 잔뜩 있는 장롱과 벽 사이에 숨겨 둔 것을 생각하기 시작했다. 지금 가서 닭발이 온전히 있는지 없는지 살피는 데 방해될 것은 없지 않아? 주인이 찾아내서 먹어 치웠을 가능성도 다분히 있지. 하지만 해 뜨기 전에 방을 나가는 것은 금지다. 그런 규칙이 있다. 이모는 빨리 잠들기 위해 눈을 감았는데, 빨리 잠들수록 아침이 빨리 온다는 것을 경험상 알고 있었기 때문이다. 하지만 갑자기 근처에서 나는 이상한 비명에 이모는 몸을 부르르 떨고는 네 발로 펄쩍 뛰어올랐다. 그것은 이반 이바니치가 내지른 소리로, 평소처럼 수다스럽고 확신에 찬 비명이 아니라 뭔가 대문이 삐걱대며 열리는 소리 같은, 거칠고 날카롭고 부자연스러운 것이었다. 아무것도 보이지 않는 어둠 속에서 무슨 일인지 알 길 없는 이모는 더 큰 공포를 느끼며 으르렁거렸다.

"으르르르……."

좋은 뼈를 삼키는 데 걸리는 정도의 시간이 흘렀고, 비명은 반복되지 않았다. 이모는 아주 조금씩 진정되면서, 졸기 시작했다. 허벅지와 옆구리에 지난해 털 뭉치를 달고 다니는 검은색 큰 개 두 마리가 나오는 꿈을 꾸었는데, 개들은 커다란 대야에서 하얀 김과 아주 맛있는 냄새가 나는 구정물을 걸신들린 듯 먹으면서, 멀리 있는 이모를 보고는 이를 드러내며 으르렁거렸다. "너는 안 줘!" 하지만 집에서 모피 코트를 입은 남자가 뛰어나와 채찍으로 이들을 쫓아 버렸고, 그때서야 이모는 대야 쪽으로 다가가 먹기 시작했는데, 남자가 대문 너머로 사라지자마자 검은 개 두 마리가 짖어 대며 이모에게 돌진했고, 그때 갑자기 날카로운 비명이 들렸다.

"꽤액! 꽤애액!" 이반 이바니치가 소리를 질렀다.

이모는 잠이 깼고, 펄쩍 뛰어올라 매트리스 위에서 낑낑대는 소리를 내기 시작했다. 이모는 이반 이바니치가 아닌 다른 낯선 누군가가 소리 지르고 있는 것처럼 느껴졌다. 그리고 무엇 때문인지 헛간에서 다시 돼지가 꿀꿀거렸다.

하지만 이제는 슬리퍼 끄는 소리가 났고, 방으로 가운을 입고 초를 든 주인이 들어왔다. 불빛은 더러운 벽지와 천장을 따라 비추면서 어둠을 쫓아냈다. 이모는 방 안에 다른 낯선 이는 없는 것을 보았다. 이반 이바니치는 바닥에 앉아 있었고 자고 있지 않았다. 날개를 쫙 펼치고 부리는 크게 벌린 채였는데, 너무도 지치고 갈증이 날 때나 하는 모습이었다. 늙은 표도르 티모페이치도 자고 있지 않았다. 비명에 깬 것이 분명했다.

"이반 이바니치, 무슨 일이야?" 주인이 거위에게 물었다. "소리를 지르다니! 아파?"

거위는 말이 없었다. 주인은 목을 만지고 등을 쓰다듬고는 말했다.

"괴짜야. 잠도 안 자고, 다른 이들도 못 자게 하고."

주인이 초를 들고 나가자, 다시 어둠이 몰려왔다. 이모는 무서웠다. 거위는 소리를 지르지 않았지만, 이모는 어둠 속에서 낯선 누군가가 다시 서 있는 것처럼 느껴졌다. 이 낯선 이가 보이지 않고, 형태가 없어 물 수 없다는 것 때문에 더 무서워졌다. 그리고 이모는 왠지 모르게 이 밤에 뭔가 아주 나쁜 일이 일어나고야 말 거라는 생각이 들었다. 표도르 티모페이치 역시 평온하지 못했다. 이모는 고양이가 매트리스에서 움직이고, 하품하고, 머리를 흔들어 대는 소리를 들었다.

거리 어디선가 대문 두드리는 소리가 났고, 헛간에서 돼지가 꿀꿀거렸다. 이모는 끙끙거렸고, 앞발을 쭉 뻗어 그 위에 머리를 댔다. 대문 두드리는 소리, 왠지 자지 않고 있는 돼지의 꿀꿀거리는 소리, 어둠과 정적 속에서 이반 이바니치의 비명과 같은 뭔가 구슬프고 무서운 것이 느껴졌다. 모든 것이 소란스럽고 불안했지만 무엇 때문일까? 보이지 않는 이 낯선 이는 누구일까? 이때 이모 옆으로 눈 깜짝할 사이에 흐릿한 작은 녹색 불빛 두 개가 번쩍였다. 알고 지낸 이후 처음으로 표도르 티모페이치가 이모에게 다가온 것이다. 고양이에게 무엇이 필요했던 것일까? 이모는 고양이의 발을 핥고는, 왜 왔는지 묻지도 않고 조용히 여러 음성으로 짖기 시작했다.

"꽥액!" 이반 이바니치가 비명을 질렀다. "꽤애액!"

다시 문이 열렸고, 초를 든 주인이 들어왔다. 거위는 이전처럼 부리를 툭 벌리고 날개를 쫙 펼친 채 앉아 있었다. 눈은 감겨 있었다.

"이반 이바니치!" 주인이 불렀다.

거위는 미동도 하지 않았다. 주인은 거위 앞에 바닥에 앉아 말없이 잠시 살펴보고는 말했다.

"이반 이바니치! 이게 무슨 일이야? 죽는 거야? 아이고, 이제야 생각났구나, 생각났어!" 주인은 소리를 지르고는 자기 머리를 움켜쥐었다. "왜 그런지 이제야 알았구나! 오늘 말에 치여서 그런 건데! 아이고 하느님, 아이고 하느님!"

이모는 주인이 말하는 것을 이해할 수는 없었지만, 그 얼굴에서 뭔가 끔찍한 일이 벌어질 것임을 알았다. 이모는 낯선 누군가가 쳐다보고 있는 것 같은 어두운 창 쪽으로 머리를 쭉 빼고 짖기 시작했다.

"거위가 죽어 가, 이모!" 주인이 말하고는 손바닥을 부딪쳤다. "그래, 그래, 죽어 간다고! 너희 방으로 죽음이 온 거야. 우리는 어떡하지?"

창백해진 주인은 오열하며 탄식하고 머리를 흔들면서 자기 침실로 돌아갔다. 이모는 어둠 속에 남겨지는 것이 끔찍해서 주인을 따라갔다. 주인은 침대에 앉아 몇 번이고 반복했다.

"아이고 하느님, 이를 어쩐담?"

이모는 주인의 다리 주위를 돌며, 왜 이렇게 슬프고, 왜 계속 불안한지를 모른 채, 이해해 보려고 노력하면서 주인의 행동 하나하나를 눈으로 뒤쫓았다. 자신의 매트리스에서 거의 떠나는 법이 없던 표도르 티모페이치도 주인의 침실로 들어와서는 주인의 다리에 몸을 부비기 시작했다. 끔찍한 생각을 털어 버리고 싶은 것처럼 머리를 확 털었고, 침대 밑을 의심스럽게 살피기도 했다.

주인은 작은 접시를 꺼내 세면대에서 받은 물을 따르고 다시 거위에게 갔다.

"마셔, 이반 이바니치!" 주인은 거위 앞에 접시를 두고 부드럽게 말했다. "마셔, 친구야."

하지만 이반 이바니치는 미동도 하지 않았고 눈도 뜨지 않았다. 주인은 거위의 머리를 접시 쪽으로 구부리고 부리를 물에 담갔지만, 거위는 마시지 않았고 날개를 더 넓게 펼쳤고, 고개만이 접시에 담긴 채로 있었다.

"아니야, 더는 아무것도 할 게 없구나!" 주인은 한숨을 쉬었다.

"다 끝났어. 이반 이바니치는 떠났어!"

그러고는 비 올 때 창문에 생기는 반짝이는 방울이 주인의 뺨을 타고 아래로 떨어졌다. 영문도 모르는 이모와 표도르 티모페이치는 주인 옆에 붙어서는 거위를 두려운 눈으로 쳐다보았다.

"불쌍한 이반 이바니치!" 주인은 슬프게 흐느끼며 말했다. "봄에는 너를 별장으로 데려가서 파릇파릇한 풀밭을 함께 산책하는 것을 꿈꿨건만. 사랑스러운 동물이고 좋은 동료였는데, 이제는 없다니! 너 없이 어떻게 살지?"

이모는 자신에게도 이런 일이, 그러니깐 무슨 이유에서인지는 몰라도 자신도 눈이 감기고, 다리가 풀리고, 입이 떡 벌어져서 다들 자신을 두려움에 찬 눈으로 쳐다볼 수도 있을 것 같았다. 같은 생각이 표도르 티모페이치 머릿속에서도 일어나고 있는 듯했다. 늙은 고양이가 지금처럼 침울하고 어두워 보인 적은 이전에 한 번도 없었다.

새벽이 밝아 왔고, 방 안에는 이모를 그렇게 놀라게 했던 보이지 않는 낯선 이도 사라졌다. 날이 완전히 밝자 마당지기가 들어왔고, 거위의 발을 잡고는 어디론가 가져가 버렸다. 그리고 얼마 후 할멈이 나타나서는 밥그릇을 가지고 나갔다.

이모는 응접실로 가서 장롱 뒤를 보았는데, 주인은 닭발을 먹지 않았고, 이모는 먼지와 거미줄이 있는 자기 자리에 앉았다. 하지만 그립고 슬퍼서 울고만 싶었다. 닭발은 냄새도 맡지 않고, 침대 겸용 소파 밑에 들어가 거기 앉아서는 조용하고 가는 목소리로 낑낑대기 시작했다.

"낑……낑……낑."

# 7
## 성공적이지 못한 데뷔

어느 멋진 저녁에 주인은 벽지가 더러운 방 안으로 들어와서는 손을 비비며 말했다.

"자, 그럼……."

주인은 뭔가를 더 말하려다가 입을 다물고 나가 버렸다. 수업 시간에 주인의 얼굴과 억양을 아주 잘 깨우친 이모는 주인이 한껏 격앙되어 있고, 근심하고 있고, 화가 났을지도 모른다고 추측했다. 주인은 잠시 후 돌아와서는 말했다.

"오늘 나는 이모와 표도르 티모페이치를 데려갈 거야. 오늘 이집트 피라미드를 할 때 너, 이모는 죽은 이반 이바니치를 대신하는 거다. 제기랄! 준비도, 숙달도 되지 않았고 연습도 부족해! 창피 한번 당하고 망해 보자고!"

그러고는 다시 나갔다가 잠시 후 모피 코트에 중절모를 쓰고 돌아왔다. 고양이 쪽으로 가서는, 앞발을 붙잡고 들어 올려 코트 속 가슴께에다 고양이를 넣었는데, 이때 표도르 티모페이치는 전혀 관심 없다는 듯 눈도 깜빡하지 않았다. 그에게는 누워 있는 혹은 다리가 들어 올려지든, 매트리스에서 꿈지럭대든 혹은 주인의 코트 속으로 들어가든 아무런 상관이 없는 듯했다…….

"이모, 가자." 주인이 말했다.

아무것도 모른 채 꼬리를 흔들며 이모는 주인을 따라갔다. 잠시 후 썰매 안 주인의 발밑에 앉아 주인이 추위와 흥분으로 몸을 움츠리면서 웅얼대는 소리를 들었다.

"창피 한번 당하는 거야! 망해 보자고!"

썰매는 엎어 놓은 수프 그릇처럼 생긴 이상한 큰 집 근처에 멈춰 섰다. 세 개의 유리문이 있는 이 집의 긴 현관은 열두 개의 밝은 등불이 비추고 있었다. 종소리와 함께 문이 열렸는데, 마치 입구에서 배회하는 사람들을 삼키는 입 같았다. 사람들은 많았고, 말들이 자주 입구 쪽으로 달려왔지만, 개들은 보이지 않았다.

주인은 이모를 손으로 잡아 표도르 티모페이치가 있는 코트 속으로 집어넣었다. 어둡고 답답했지만 따뜻했다. 순간 흐릿한 작은 녹색 불빛 두 개가 번쩍였는데, 옆 친구의 차갑고 거친 발에 깜짝 놀란 고양이가 눈을 뜬 것이었다. 이모는 고양이의 귀를 핥으면서 좀 더 편안하게 앉아 있으려고 이리저리 마구 움직이다가 차가운 발로 고양이를 눌렀고, 그러다 예기치 않게 코트 밖으로 머리가 쑥 나왔지만, 곧바로 화가 난 듯 짖어 대면서 코트 속으로 쑥 들어갔다. 이모는 조명이 어둡고 괴물로 가득 찬 방을 본 것 같았는데, 방 양쪽으로 길게 늘어선 칸막이와 울타리 너머로 해괴망측한 몰골들이 보였던 것이다. 말같이 생긴 것들, 뿔난 것들, 귀가 긴 것들과 코에 꼬리가 붙어 있고 입에서 긴 뼈 두 개가 돌출된 뚱뚱하고 어마어마한 몰골 하나.

고양이가 이모의 발 아래서 씩씩거리며 야옹거리기 시작하자마자 코트가 펼쳐지면서 주인이 "뛰어!"라고 말했고, 표도르 티모페이치와 이모는 바닥으로 뛰어내렸다. 둘은 이미 회색 판자로 된 조그마한 방에 있었고, 여기에는 거울 달린 크지 않은 탁자와 등받이 없는 의자, 구석마다 널려 있는 걸레 말고 다른 가구는 하나도 없었으며, 램프나 초 대신 벽에 박은 작은 파이프에서 부채 모양의 밝은 불이 타올랐다. 표도르 티모페이치는 이모에게 눌린 자신의 털을 핥고 나서 의자 밑으로 들어가 누웠다. 주인은 여전히 흥분한 채로 손을 비비면서 옷을 벗기 시작했다……. 평소 집에서 기모 이불 속에서 잘 준비를 할 때처럼 속옷만 남겨 두고 다 벗고는 거울을 쳐다보며 자기 얼굴에 엄청난 장난을 치기 시작했다. 먼저 뿔을 닮은 두 개의 꼬불꼬불하고 가르마가 있는 가발을 쓴 다음, 하얀 뭔가를 얼굴에 잔뜩 칠하고 그 위에 눈썹과 콧수염, 볼을 그렸다. 치장은 이에 그치지 않았다. 얼굴과 목을 떡칠한 후, 이모가 예전에는 집이든 거리든 그 어디에서도 본 적이 없는, 그 무엇과도 비할 수 없는 심상치 않은 옷을 입기 시작했다. 상상해 보라. 소시민들 집에서 커튼이나 가구 덮개로 사용할 만한 사라사 천에 큰 꽃무늬가 있는 엄청나게 넓은 속바지를, 겨드랑이 바로 밑까지 채울 수 있는 속바지를 말이다. 한쪽 발은 갈색, 다른 쪽 발은 밝은 노란색인 사라사 천 속바지라니. 속바지에 파묻힌 채 주인은 거기다 큰 톱니 같은 옷깃과 등에 황금별이 달린 작은 사라사 점퍼를 입고, 알록달록한 스타킹과 초록색 단화를 신었다…….

　이모는 어질어질했다. 헐렁한 옷과 하얀 얼굴에서 주인 냄새가 났고 목소리 또한 익숙한 주인의 것이었지만, 시간이 지날수록 이모는 의혹에 시달리며 알록달록한 형상에게서 뛰쳐나와 짖을 준비를 했다. 새로운 장소, 부채 모양의 불빛, 냄새, 주인의 대변신, 이 모든 것에서 이모는 이루 말할 수 없는 공포와 코에 꼬리가 붙어 있는 뚱뚱한 몰골 같은 어떤 끔찍함에 직면할 것 같은 예감이 들었다. 게다가 벽 뒤 어디 멀리서 듣기 싫은 음악이 연주되고 있었고, 가끔 알 수 없는 우레 같은 소리도 들려왔다. 이모에게 단 한 가지 위안이 되는 것은 표도르 티모페이치의 차분함이었다. 고양이는 의자 아래에서 너무도 평온하게 졸고 있었고, 심지어 의자가 움직여도 눈을 뜨지 않았다.

어떤 연미복에 하얀 조끼를 입은 사람이 방 안을 기웃거리면서 말했다.

"지금 미스 아라벨라가 나가요. 그다음이 당신입니다."

주인은 아무 대답도 하지 않았다. 탁자 아래에서 크지 않은 여행 가방을 끄집어내고는 앉아서 기다리기 시작했다. 입술과 손에서 그가 불안해하고 있다는 것이 분명히 드러났고, 이모는 주인의 호흡이 떨리는 것을 들었다.

"미스터 조르주, 나가세요!" 누군가 문 뒤에서 소리쳤다.

주인은 일어나서 성호를 세 번 긋고는, 의자 아래에서 고양이를 꺼내 여행 가방에 넣었다.

"가자, 이모!" 주인은 조용히 말했다.

이모는 영문도 모른 채 주인의 손 쪽으로 갔고, 주인은 이모의 머리에 입을 맞추고는 표도르 티모페이치와 나란히 가방 안에 넣었다. 그 후 어둠이 찾아왔다……. 이모는 고양이와 부딪히기도 하고 가방 벽을 할퀴기도 했다. 무서워 아무 소리도 낼 수 없었다. 가방은 출렁이는 파도처럼 흔들리며 진동했다…….

"자, 이 몸이올시다!" 주인은 크게 소리를 질렀다. "자, 나가고요!

이모는 이 소리 후에 가방이 어디 딱딱한 데 부딪히면서 흔들림이 멈췄음을 느꼈다. 크고 묵직한 함성이 들려왔는데, 손뼉들을 치자 누군가, 분명 코에 꼬리가 붙어 있는 몰골일 테지만, 울부짖고 박장대소하는 통에 가방 열쇠들이 흔들리기 시작했다. 함성에 대한 답으로 주인은 날카롭고 째질 듯 웃었는데, 집에서는 한 번도 그렇게 웃은 적이 없었다.

"하!" 주인은 함성이 멈추도록 애쓰며 소리를 질렀다. "존경하는 여러분! 나는 막 기차역에서 오는 길입니다! 할머니가 돌아가시면서 유산을 남기셨지 뭡니까! 가방에 뭔가 아주 묵직한 게 있는 걸로 봐서는, 틀림없이, 금이……. 하! 그러면 여기 백만장자가! 우리 열어서 한번 보자고요……."

여행 가방 자물쇠가 달그락거렸다. 밝은 빛이 이모의 눈을 강타했고, 이모는 가방에서 뛰어나왔는데 우레와 같은 함성에 급히 전속력으로 주인 곁으로 뛰어가 멍멍 짖어 대기 시작했다. "하!" 주인은 소리를 지르기 시작했다. "표도르 티모페이치 삼촌! 사랑하는 이모! 사랑스러운 친척들, 귀신은 뭐 하는 거야!"

주인은 모래 위에 엎어져서는 고양이와 이모를 잡고 포옹했다. 이모는 주인이 자신을 끌어안고 있는 동안, 운명이 이끈 세계를 슬쩍 둘러보았고, 그 장엄함에 놀라서는 감탄과 환희로 한순간 멈칫했다가 주인의 품에서 뛰쳐나와 강하게 얻어맞은 팽이처럼 한자리에서 돌기 시작했다. 새로운 세계는 거대했고 밝은 빛으로 가득해서 바닥부터 천장까지 어디를 비추어도 같은 얼굴들, 한 얼굴들밖에는 보이지 않았다.

"이모, 앉아 주시기를 바랍니다!" 주인이 소리를 질렀다.

이게 무슨 뜻인지 기억한 이모는 의자로 폴짝 뛰어올라 앉았다. 주인을 쳐다보았다. 주인의 눈은 언제나처럼 진중하면서도 부드러웠지만 얼굴은, 특히 입과 치아는 커다랗게 지은 미소로 흉측했다. 주인은 하하 웃고, 폴짝폴짝 뛰며, 어깨를 들썩이면서 수천 명의 얼굴이 모여서 무척이나 즐겁다는 행동을 취했다. 이모는 주인이 즐거워하는 것을 믿었고, 갑자기 수천 명이 자신을 쳐다보고 있다는 것이 온몸으로 느껴지자, 여우같이 생긴 귀를 위로 세우고 기쁘게 짖기 시작했다.

"이모, 앉아 계세요." 주인이 이모에게 말했다. "삼촌이랑 먼저 카마린스카야[8]를 좀 출게요."

표도르 티모페이치는 자신에게 멍청한 짓을 시키기를 기다렸다는 듯 일어나서 무심하게 사방을 둘러보았다. 힘없이 내키지 않는 듯 대충 춤을 추는데, 그 동작과 꼬리, 콧수염에서 고양이가 군중도 밝은 빛도 주인도 자신도 깊이 경멸하고 있음이 보였다……. 자신의 분량을 다 춘 고양이는 하품을 하고 앉았다.

"자, 그럼 이모." 주인이 말했다. "우리, 노래 먼저 하고 춤을 춰요. 알겠죠?"

주인은 주머니에서 피리를 꺼내 연주하기 시작했다. 이모는 음악을 참지 못하고 불안하게 의자 위를 움직이면서 짖기 시작했다. 사방에서 함성과 박수 소리가 들렸다. 주인은 인사를 했고, 조용해지자 연주를 계속했다……. 노래를 부르는 동안 위쪽 군중 속 누군가가 아주 높은 음으로 크게 환호했다.

"아부지!" 아이 목소리가 외쳤다. "저거 카시탄카예요!"

"카시탄카가 맞구나!" 술에 취한 듯 떨리는 높은 남자 목소리가 확신에 차 답했다. "카시탄카야, 페듀시카! 하느님, 혼 좀 내 주세

8  러시아 전통춤의 하나로 현란한 발동작이 많다.

요, 카시탄카예요! 감쪽같이 사라졌는데!"

관람석에서 누군가가 휘파람을 불었고, 아이 목소리와 어른 목소리가 크게 들렸다.

"카시탄카! 카시탄카!"

이모는 몸을 부르르 떨고는 소리치는 곳을 쳐다보았다. 두 얼굴, 털북숭이에 술에 취해 싱글거리는 얼굴과 볼그스름한 볼에 잔뜩 놀라 있는 통통한 얼굴이 조금 전에 밝은 빛이 강타했던 것처럼 눈에 박혔다……. 기억이 떠오른 이모는 의자에서 넘어져 모래 속에 묻혔다가 팔짝 뛰어나와 기쁨의 비명을 지르며 이들 쪽으로 달려갔다. 귀청이 떨어질 듯 큰 환호 속에 휘파람 소리와 날카로운 아이의 외침이 들려왔다.

"카시탄카! 카시탄카!"

이모는 보호물을 뛰어넘은 다음 누군가의 어깨를 지나 관람석에 착지했다. 위쪽 열에 도달하기 위해서는 높은 벽을 뛰어넘어야 했는데, 깡충 뛰어 봤지만 넘지 못하고 벽을 타고 미끄러졌다. 그 대신 이모는 손에서 손으로 옮겨졌는데, 누군가의 손과 얼굴을 핥는 사이, 점점 더 높이 올라가더니 마침내 원하는 곳에 다다랐다…….

반 시간이 지나고 카시탄카는 어느새 풀 냄새와 래커 냄새를 풍기는 사람들을 따라 거리를 걷고 있었다. 루카 알렉산드리치는 비틀거리면서 경험으로 깨우친 직감으로 하수구에서 좀 더 멀리 떨어지려고 애썼다.

"내게 원죄가 흘러……." 루카 알렉산드로비치가 웅얼거렸다. "그리고 너는, 카시탄카, 글러 먹었어. 사람으로 치자면, 너는 소목장이에 비할 바 못 되는 목수야."

그 옆으로 테 없는 아빠의 모자를 쓴 페듀시카가 걷고 있었다. 카시탄카는 두 사람의 등을 바라보면서 이미 오래전부터 이들 뒤를 따라 걷고 있었던 것 같았고, 한순간도 자신의 삶이 끊어지지 않은 것이 기뻤다.

벽지가 더러운 방과 거위, 표도르 티모페이치, 맛있는 식사, 훈련, 서커스가 떠올랐지만 이 모든 것이 지금은 뒤죽박죽 섞인 길고 괴로운 꿈만 같았다…….

# 검은 수사

## 1

안드레이 바실리치 코브린은 박사인데, 과로로 인해 신경이 쇠약해졌다. 치료를 받으려고 한 것은 아닌데, 어찌하다 보니 친구인 의사와 포도주를 한잔하면서 봄과 여름을 시골에서 보내라는 충고를 받았다. 그러던 차에 타냐 페소츠카야에게서 보리소프카로 놀러 좀 오라는 장문의 편지가 왔다. 그렇게 코브린은 진짜 떠나기로 마음먹었다.

먼저, 이때는 4월이었는데 태어나고 자란 코브린카로 가서 홀로 3주를 보낸 뒤, 길이 좋아지기를 기다렸다가 말을 타고 과거에 자신의 후견인이자 러시아에서 원예학자로 유명한 스승 페소츠키 댁으로 출발했다. 코브린카에서 페소츠키 가족이 살고 있는 보리소프카까지는 70베르스타 정도여서 부드러운 봄 길을 따라 사륜마차를 타고 가는 것은 큰 즐거움이었다.

검은 수사

페소츠키의 집은 아주 컸는데, 회칠이 벗겨진 기둥들과 사자 상들이 있고, 입구에는 제복 차림의 하인도 있었다. 유구한 역사를 지닌 정원은 단정하고 엄격한 영국 스타일로, 집에서 강까지 족히 1베르스타는 이어지다가 털북숭이 짐승 앞발처럼 뿌리를 드러낸 소나무가 자라는 점토질의 가파른 절벽에서 끝이 났다. 그 아래에는 외롭게 물이 반짝거리고, 도요새의 구슬픈 울음소리가 들려 늘 상 앉아서 발라드라도 써야 될 것 같은 분위기를 자아냈다. 그 대신 집 주변 마당과 양묘장을 포함한 30데샤티나[9]의 과수원은 궂은 날씨에도 유쾌하고 즐거운 분위기였다. 경탄이 저절로 나올 만큼 아름다운 장미며 백합, 동백과 선명한 흰색에서 재처럼 검은색까지 없는 색이 없는 튤립으로 가득한 페소츠키 댁 같은 정원을 코브린은 그 어디서도 본 적이 없었다. 봄은 이제 막 시작된 터라 진정한 꽃들의 정수는 아직 온실 속에 숨어 있지만, 가로수와 화단 여기저기 피어 있는 꽃들만으로도, 특히 이른 시간 꽃잎마다 이슬이 반짝일 때 정원을 거닐면, 부드러운 색채의 향연을 느끼기에는 충분했다.

정원 장식물들은, 페소츠키는 쓸데없는 것들이라고 업신여겼지만, 코브린에게는 어릴 적 동화 같은 느낌을 주었다. 이곳만큼 자연을 세련되게 기형으로 만들고 조소하는 괴상망측한 것들이 있는 곳이 또 있을까! 여기에는 과일나무들로 이루어진 격자 울타리에 양버들 형태를 띤 배나무, 공 모양의 참나무와 보리수, 우산 모양의 사과나무, 아치와 모노그램, 촛대에다 페소츠키가 처음으로 원예를

---

9  미터법이 시행되기 전에 러시아에서 쓰이던 면적 단위. 1데샤티나는 약 3,300평.

시작한 연도를 의미하는, 자두나무로 만든 1862라는 숫자까지 있었다. 야자수처럼 곧고 단단한 줄기를 가진 예쁘게 쭉 뻗은 묘목들도 있었는데, 유심히 살펴보면 거기에 구스베리나 까치밥나무 열매가 달려 있음을 알아차릴 수 있다. 하지만 무엇보다도 정원에 있는 코브린에게 즐거움과 생기를 주는 것은 바로 끊임없는 역동성이었다. 이른 아침부터 저녁까지 나무며 관목 주변과 가로수와 화단에 수레며 곡괭이, 물 조리개를 든 사람들이 개미 떼처럼 버글댔다…….

코브린은 페소츠키 댁에 밤 9시경에 도착했다. 타냐와 타냐의 아버지 예고르 세묘니치를 몹시 놀라게 했다. 맑고 별이 많은 하늘과 온도계가 아침쯤 영하가 될 것을 알려 주었는데, 마침 정원 책임자 이반 카를리치가 도시에 가 버리는 바람에 손 써 줄 사람이 없었다. 저녁을 먹으면서 새벽 서리에 대해서만 이야기를 한 끝에 결국 타냐가 자지 않고 있다가 12시에 정원으로 나가 상황을 살펴보고, 예고르 세묘니치는 3시쯤, 혹은 그보다 조금 더 일찍 일어나기로 결정했다.

코브린은 타냐와 밤새 앉아 있다가 자정이 지나자 함께 정원으로 나갔다. 추웠다. 마당에는 이미 탄내가 강하게 났다. 예고르 세묘니치에게 연간 수천 루블의 순이익을 안겨 주는 큰 상업용 과수원 땅에 검고 독한 연기가 짙게 깔려 나무들에 막을 입히면서 혹한으로부터 이 수천 루블을 구해 내고 있었다. 여기 나무들은 체스처럼 질서정연하게 서 있는 것이 마치 병사들이 정렬하고 있는 것 같았고, 이 지나칠 정도로 반듯한 모습에다 똑같은 키에 똑같은 수관樹冠과 줄기를 가진 나무들은 단조롭다 못해 지루한 풍경을 만들어 냈다. 코브린과 타냐는 거름에 지푸라기며 온갖 것들로 지핀 모닥불

검은 수사

연기 사이로 지나갔고, 간혹 그림자처럼 연기 사이로 어슬렁거리는 일꾼들과 마주치기도 했다. 벚꽃과 자두나무꽃, 몇 종류의 사과나무꽃이 피었을 뿐 정원 전체가 연기에 잠겨 익사했고, 코브린은 양묘장 근처에 와서야 제대로 숨을 쉴 수 있었다.

"어렸을 때도 여기 이 연기 때문에 재채기를 해 댔지." 코브린이 어깨를 으쓱하면서 말했다. "그런데 이 연기가 혹한에 도움이 되는지는 지금도 모르겠어."

"연기는 구름이 없을 때는 구름을 대신하죠……." 타냐가 대답했다.

"여기서 구름이 왜 나와?"

"흐린 날이나 구름 낀 날에는 새벽 서리가 잘 안 생기거든요."

"바로 그거구나!"

코브린은 웃으면서 타냐의 손을 잡았다. 크고 아주 신중하게 생긴 꽁꽁 언 얼굴과 가늘고 검은 눈썹, 깃이 높아 목이 잘 안 움직여지는 외투, 이슬에 젖지 않게 접어 올린 원피스, 마르면서도 늘씬한 몸매, 이 모든 것이 코브린의 마음에 와닿았다.

"하느님 맙소사, 어른이 다 되었구나!" 코브린이 말했다. "마지막으로 이곳을 떠날 때가 5년 전이었는데, 그때는 완전히 아이였어. 말랐는데 다리는 길고 치장하지 않은 머리에 짧은 원피스를 입고 다녀서 내가 왜가리라고 놀렸는데……. 시간이 참 빠르구나!"

"네, 5년이에요!" 타냐가 한숨을 쉬었다. "그로부터 시간이 많이 흘렀죠. 솔직히 말씀해 주세요, 안드류샤." 타냐는 코브린 얼굴을 쳐다보면서 활기차게 말하기 시작했다. "우리를 잊어버리신 건가요? 하긴 뭘 물어보는 건지. 당신은 남자에다 자신만의 재미난 삶을 살고 계시고, 대단해지셨고……. 잊어버리는 것이 당연하죠! 하지만 그래도, 안드류샤, 나는 당신이 우리를 가족으로 생각해 주셨으면 해요. 우리는 그럴 권리가 있어요."

"그렇게 생각하고 있어, 타냐."

"진짜죠?"

"그래, 진짜로."

"오늘 우리 집에 당신 사진이 얼마나 많은지 보고 놀라셨죠. 아시겠지만, 아버지가 당신을 무척 좋아하세요. 어떤 때는 저보다 당신을 더 좋아하시는 것 같다니까요. 당신을 자랑스러워하세요. 당신은 학자에다 남다른 분이고, 뛰어난 업적까지 이루셨으니까요. 아버지는 다 당신이 가르치신 덕분이라고 확신하세요. 저는 그렇게 생각하시도록 해 드리고요. 그렇게 생각하시면 또 어떻고요."

벌써 새벽이 되면서, 대기 중에 소용돌이치는 연기와 나무들의 수관이 명확하게 구별되었다. 꾀꼬리가 울었고, 들에서 메추라기 울음소리가 들려왔다.

"그건 그렇고, 잠 좀 자야겠어요." 타냐가 말했다. "춥기도 하고." 타냐는 코브린의 팔짱을 꼈다. "고마워요, 안드류샤, 와 주셔서. 이곳 사람들은 재미가 없어요, 몇 명 되지도 않고. 정원, 정원, 정원밖에. 더는 아무것도 없죠. 가지치기, 반가지치기." 타냐가 웃기 시작했다. "우량 사과, 레네트 사과, 겨울 사과, 눈접, 절접……. 우리네 삶은 온통 정원에 있고, 사과나무나 배나무가 안 나오는 꿈은 꾼 적도 없을 정도니까요. 물론 이는 좋고 유익한 일이지만, 가끔은 뭔가 다른 것도 해 보고 싶어요. 제 기억에는, 당신이 방학 때나 그냥 우리 집에 오시곤 할 때면 집 안이 뭔가, 전등이나 가구에 씌워져 있던 덮

검은 수사

개를 걷어 낸 것처럼 신선하고 밝아졌어요. 그때는 꼬마였지만, 그래도 느낄 수 있었던 것 같아요."

타냐는 감정을 듬뿍 담아 말했다. 코브린은 웬지 여름 동안 이 말 많은 자그마하고 연약한 존재에게 매료되어 사랑에 빠질 것 같은 생각이 불쑥 들었는데, 둘 모두의 입장에서는 충분히 가능하고도 당연한 일이었으니! 이런 생각이 짠하기도 하고 우습기도 한 코브린은 사랑스럽고도 정이 많은 얼굴 쪽으로 몸을 굽혀 조용히 노래를 부르기 시작했다.

오네긴, 나는 숨기지 않겠네,
나는 미치도록 타티야나를 사랑하네.[10]

집으로 돌아왔을 때, 예고르 세묘니치는 이미 일어나 있었다. 코브린은 자고 싶지 않아서 노인과 이야기를 하다가 함께 다시 정원으로 갔다. 예고르 세묘니치는 큰 키에 어깨가 넓었고 배가 많이 나와서 숨 쉬는 것을 힘들어하면서도 쫓아가기 힘들 정도로 빠르게 걸어 다녔다. 보살필 것이 얼마나 많은지 어디를 가든 그런 표정으로 서두르는 모양이, 1분만 늦어도 모든 것이 끝장날 것만 같았다!

"이봐, 여보게, 재밌는 이야기인데……." 페소츠키는 한숨 돌리려고 멈춰서면서 말을 시작했다. "땅 표면이, 보이지, 영하야. 근데 막대기로 온도계를 2사젠[11] 정도 지면에서 들어 올리면 말일세, 거

10 푸시킨의 운문을 바탕으로 한 차이콥스키의 오페라 「예브게니 오네긴」의 한 대목.
11 미터법이 시행되기 전에 러시아에서 쓰이던 길이 단위. 1사젠은 2.13미터.

기는 영상이야……. 어째서일까?"

"정말이지, 모르겠습니다." 코브린이 말하고는 웃기 시작했다.

"음…… 물론 모든 걸 알 필요는 없지. 아무리 아는 것이 많다 하더라도 다 집어넣을 수는 없는 법이니까. 자네 점점 더 철학 쪽으로 가고 있나?"

"네. 심리학 쪽도 읽고 있지만 보통은 철학을 공부하고 있습니다."

"지겹지는 않나?"

"반대로, 이것 때문에 삽니다."

"그럼 다행이고……." 예고르 세묘니치는 깊은 생각에 잠겨 자신의 세어 버린 구레나룻을 쓰다듬으며 말했다. "다행이야……. 나는 자네로 인해 아주 기쁘다네……. 기뻐, 이 사람아……."

그러다가 갑자기 무슨 소리가 나자 겁먹은 표정을 하고는 옆으로 달려가 나무들 너머 자욱한 연기 속으로 사라졌다.

"누가 이렇게 사과나무에 말을 매어 놨어?" 가슴이 찢어질 듯한 필사적인 비명이 들려왔다. "어떤 빌어먹을 미친놈이 감히 사과나무에 말을 매어 놓은 거냐? 아이고 하느님, 하느님! 다 망쳐 놓고 잡쳐 놓고 더럽혀 놨습니다! 정원이 없어질 판입니다! 죽고 말겠어요! 아이고 하느님!"

코브린에게 되돌아온 페소츠키의 얼굴은 모욕을 받은 듯 진이 빠져 보였다.

"그래, 이 저주받을 놈들이랑 뭘 할 수 있겠나?" 페소츠키는 팔을 벌리고 울먹이는 목소리로 말했다. "스툐프카가 밤에 거름을 나르면서 사과나무에다 말을 매어 놨다는구먼! 뻔뻔한 놈이 고삐를

검은 수사

어찌나 꽁꽁 매어 놨는지 나무껍질이 세 군데나 벗겨졌다네. 젠장! 말해 봤자 멍청이 중의 멍청이라 눈만 껌뻑대겠지! 매달아 죽여도 모자랄 놈!"

진정이 된 페소츠키는 코브린을 껴안고 뺨에다 입을 맞추었다. "그래도 다행이야⋯⋯. 다행이지⋯⋯." 그가 중얼거리기 시작했다. "자네가 와서 정말 기쁘다네. 말할 수 없이 기뻐⋯⋯. 고맙네."

그러고는 다시 역시나 빠른 걸음과 보살필 것이 없나 하는 얼굴로 정원 전체를 둘러보면서 예전의 제자에게 온실이며 묘목장, 그가 우리 시대의 기적이라고 부르는 양봉장 두 군데를 보여 주었다.

두 사람이 돌아다니는 동안 해가 떠서 정원을 환하게 비췄다. 따뜻해졌다. 화창하고 유쾌한, 긴 낮을 예감하면서 코브린은 아직 5월 초밖에 되지 않았고, 앞으로도 이런 화창하고 유쾌하고 긴 낮이 여름 내내 있을 것임을 떠올리자, 갑자기 속에서 어릴 적 이 정원을 뛰어다니며 기뻐하던 감정이 꿈지락거렸다. 이번에는 코브린이 노인을 안고 부드럽게 입을 맞추었다. 둘 다 들뜬 기분으로 집에 와서 푸짐한 크렌델 빵과 함께 고풍스러운 도자기 잔에다 크림을 넣은 차를 마셨는데, 이러한 사소한 것들이 또다시 코브린에게 유년 시절과 사춘기를 떠올리게 했다. 근사한 현재와 되살아난 과거의 인상이 한데 섞이면서 마음속이 복잡해졌지만, 그래도 좋았다.

코브린은 타냐가 일어나기를 기다렸다가 함께 커피를 마시고, 산책을 한 다음 자기 방으로 돌아와서 공부하려고 자리에 앉았다. 책을 정독하면서 메모도 하고, 가끔은 눈을 들어 열린 창문이나 책상 위 꽃병에 꽂혀 있는 아직 이슬에 젖은 싱싱한 꽃들을 바라보고는 다시 눈을 책으로 향했는데, 내면의 핏줄 하나하나가 만족감에 떨며 뛰놀고 있는 듯했다.


# 2


시골에서도 도시에서와 같이 예민하고 불안한 나날을 보냈다. 많은 책을 읽고, 글을 쓰고, 이탈리아어를 공부하면서도 산책을 하는 동안 다시 앉아서 공부해야지 하는 생각이 기꺼이 들었다. 다들 놀랄 만큼 쪽잠을 잤는데, 어쩌다 낮에 반 시간 정도 잔 날은 밤을 새웠고, 그렇게 밤을 새우고 나서도 아무 일 없었다는 듯 힘이 나고 상쾌함을 느꼈다.

말도 많이 하고, 와인도 마시고, 비싼 담배도 피웠다. 페소츠키 댁으로 거의 매일 이웃 아가씨들이 와서는 타냐와 함께 피아노를 치고 노래를 불렀는데, 가끔 바이올린 연주를 잘하는 이웃 청년도 왔다. 코브린은 연주와 노래를 너무 심취해서 듣다가 끝날 무렵에는 눈이 뻑뻑해지고, 고개가 옆으로 꺾일 정도로 피곤해졌다.

한번은 저녁 티타임 후 발코니에 앉아서 책을 읽고 있었다. 그 시각 응접실에서 타냐는 소프라노, 아가씨 중 한 명은 알토로 젊은 남자의 바이올린에 맞춰 브라가[12]의 유명한 세레나데를 불렀다. 코브린은 러시아어로 된 노래 가사를 들어 보았지만 무슨 뜻인지 통 이해할 수가 없었다. 결국 책을 내려놓고 주의 깊게 들으면서, 노래

---

12 가에타노 브라가(1829~1907). 이탈리아의 작곡가이자 첼리스트. 「천사의 세레나데」로 유명하다.

의 내용이 병적인 상상력을 가진 소녀가 밤에 정원에서 아름다우면서도 이상할 정도로 비밀스러운 소리를 들었는데, 신성한 그 소리를 필멸이 운명인 우리 인간들은 이해하지 못하기 때문에 그 소리가 다시 하늘로 떠나간다고 생각한다는 것임을 알아냈다. 눈이 점점 뻑뻑해졌다. 코브린은 일어나서 진이 빠져 응접실과 홀을 지나갔다. 노래가 끝나자 타냐의 팔짱을 끼고 함께 발코니로 나갔다.

"오늘은 아침부터 전설 하나가 계속 생각이 나." 코브린이 말했다. "어디서 읽은 건지 아니면 들은 건지 기억은 안 나지만, 그 무엇으로도 생각할 수 없을 만큼 이상한 전설이지. 시작부터 불분명해. 1,000년 전 검은 옷을 입은 수사가 시리아나 아라비아쯤 되는 광야를 지나고 있었어……. 그가 가고 있는 곳에서 수 마일 떨어진 곳에서 어부들은 또 다른 검은 수사 하나가 호수 위를 천천히 걷고 있는 것을 보았고. 이 두 번째 수사는 환영이었어. 전설이니깐 지금은 온갖 광학 법칙은 접어 두고 잘 들어 봐. 환영에게서 또 다른 환영이 나왔고, 세 번째 환영에게서 또 다른 환영이 생기는 식으로 검은 수사는 하나의 공간 층에서 다른 공간 층으로 끝도 없이 복사되는 거지. 아프리카에서도 보고, 에스파냐에서도, 인도에서도, 북극에서도 보고……. 결국 대기권 밖으로까지 나가서 이제는 온 우주를 배회하고 있는 거야. 그가 소멸할 수 있는 조건에는 절대로 걸려들지 않으면서 말이지. 어쩌면 화성 어딘가에서나 남십자성 같은 별에서도 그를 볼 수 있을지도 모를 일이고. 그런데 말이지, 전설의 핵심은 수사가 광야를 걸은 지 딱 1,000년이 되면, 환영이 다시 지구로 와서 사람들에게 모습을 보인다는 거야. 그런데 이미 2,000년도 지났으니……. 전설에 따르면, 우리는 검은 수사를 당장에라도 볼 수 있다는 거지."

"이상한 환영이네요." 전설이 마음에 안 든 타냐가 말했다.

"그런데 더 놀라운 건 말이야." 코브린이 웃기 시작했다. "이 전설이 어떻게 내 머릿속에 들어왔는지 통 모르겠다는 거야. 어디서 읽은 걸까? 들은 건가? 아니면 혹시 검은 수사 꿈이라도 꾼 것일까? 하느님께 맹세컨대 기억이 안 나. 그런데 전설에 대한 생각이 떠나질 않아. 오늘은 하루 종일 생각이 난다니까."

타냐를 손님들에게 보내고, 코브린은 집 밖으로 나와 생각에 잠긴 채 화단 근처를 지나갔다. 해는 이미 저물었다. 방금 물을 준 꽃에서 축축하고 불쾌한 냄새가 났다. 집 안에서는 다시 노랫소리가 들려오기 시작했고, 멀리서 들리는 바이올린 소리는 마치 사람 목소리 같았다. 코브린은 전설을 들은 것인지 어디서 읽은 것인지 떠올리려고 생각을 집중하면서 천천히 공원 쪽으로 향했고, 어느새 강에 이르렀다.

뿌리를 드러낸 소나무들이 있는 가파른 기슭으로 내달리고 있는 오솔길을 따라가서는 물가로 내려가자 도요새들은 당황했고, 오리 두 마리는 날개를 파닥거렸다. 저물던 해가 음침한 소나무 사이 어딘가로 마지막 빛을 비추고 있었지만, 강 표면은 이미 완전한 밤이었다. 코브린은 임시 다리를 따라 다른 편으로 넘어갔다. 이제는 아직 꽃을 피우지 않은 어린 호밀로 뒤덮인 너른 들판이 앞으로 펼쳐졌다. 저 멀리까지 사람 하나, 사람 사는 집 하나 없는 오솔길을 걸어가면, 방금 넘어간 해가 저녁노을로 너무도 광대하게 타오르는 미지의 어딘가로 데려다줄 것 같았다.

'이렇게 광활하고 자유롭고 조용할 수가!' 코브린이 오솔길을 따라 걸으며 생각했다. '온 세상이 나를 쳐다보면서 내가 자신들을 이해해 주기를 숨어서 기다리고 있는 것 같군······.'

그런데 이때 호밀 사이로 파도가 일렁이며 가벼운 저녁 바람이 코브린의 머리를 부드럽게 어루만졌다. 잠시 후 다시 바람이 좀 더 강하게 불자 호밀이 소리를 내기 시작했고 뒤에서 소나무들이 웅성대는 소리가 들려왔다. 코브린은 깜짝 놀라 멈춰 섰다. 지평선에서 회오리바람인지 돌개바람인지 땅에서 하늘까지 큰 검은 기둥이 솟아난 것이다. 형체는 분명하지 않았지만, 첫 순간에 이미 제자리에 서 있는 것이 아니라 무서운 속도로 움직이면서 코브린의 정면으로 오고 있음을 알 수 있었고, 가까워질수록 점점 더 작아지고 분명해졌다. 코브린은 길을 터 주려고 옆으로, 호밀밭 안으로 몸을 던졌고 간신히 피할 수 있었다······.

검은 옷을 입고 허옇게 센 머리에 눈썹이 까만 수사가 양손을 십자 모양으로 가슴에 얹고 옆을 지나갔다······. 그의 맨발은 땅에 닿지 않았다. 3사젠 남짓 가서는 코브린을 쳐다보고 머리를 까딱하면서 부드러우면서도 교활한 미소를 지었다. 하지만 얼굴이 어찌나 창백하던지, 끔찍할 정도로 창백하고 앙상하지 않은가! 수사는 다시 커지기 시작하면서 점토질 기슭과 소나무에 소리 없이 부딪치며 그 사이를 통과해 강을 가로질러 날아가서는 연기처럼 사라졌다.

"그래, 거 보라고······." 코브린은 중얼거렸다. "그러니까 전설은 사실이었어."

코브린은 이상한 현상을 자신에게 설명하려고 애쓰기보다는 검은 옷뿐만 아니라 수사의 얼굴이며 눈까지 그렇게 가까이서 볼 수 있었던 것에 만족하면서 잔뜩 들떠 집으로 돌아갔다.

공원과 정원에서는 사람들이 차분히 거닐고 있었고, 집에서는 연주를 하고 있었다. 즉 수사를 본 것은 코브린 한 사람뿐이란 말이었다. 코브린은 이 모든 것을 타냐와 예고르 세묘니치에게 이야기해 주고 싶었지만, 그들이 거짓말이라고 여길 것도 같고 너무 심하게 놀랄 것도 같아 입을 다무는 편이 낫겠다고 생각했다. 코브린은 크게 웃으며 노래 부르고, 마주르카를 추면서 즐거워했고, 손님들과 타냐 모두 오늘따라 코브린의 얼굴이 유별나게 빛나고 들떠 있어 코브린이 무척이나 재밌는 사람임을 알아차렸다.

## 3

저녁 식사 후 손님들이 돌아가자 코브린은 자기 방으로 와서 소파에 누워 수사에 대해 생각해 보고 싶었다. 하지만 바로 타냐가 들어왔다.

"여기, 안드류샤. 아버지의 논문 좀 읽어봐 주세요." 소책자와 별쇄본 뭉치를 내밀면서 타냐가 말했다. "정말 좋은 논문들이에요. 아버지가 참 잘 쓰세요."

"뭐, 그야 잘 썼지!" 타냐를 따라 예고르 세묘니치가 들어오면서 말하고는, 멋쩍은 미소를 지으며 겸연쩍어했다. "그냥 하는 말이야, 읽지 말게! 그런데 잠이 오지 않으면 읽어 보게나. 좋은 수면제니깐."

"제 생각에는 정말 대단한 논문들이에요." 타냐가 확신에 가득 차 말했다. "읽어 보세요, 안드류샤. 그래서 아빠가 좀 더 자주 쓰

시도록 자신감 좀 주세요. 원예학 관련 교과서도 쓰실 수 있는 분이
시거든요."

예고르 세묘니치는 어색하게 웃기 시작했고, 얼굴이 뻘게져서
는 작가들이 통상 쑥스러움에 하는 표현을 쓰기 시작했다.

"그런 경우에는 고세[13]의 논문이나 여기 이런 러시아 논문들
을 먼저 읽어야지." 페소츠키는 떨리는 손으로 소책자들을 뒤적이면
서 중얼거리기 시작했다. "그렇지 않고는 이해하기가 힘들 걸세. 내
가 반박한 것들을 읽으려면 내가 무엇을 반박하는지를 먼저 알아야
하니깐 말이야. 뭐 다 쓸데없는 말이고…… 지루하다네. 이제 잘 시
간인 것 같은데."

타냐가 나갔다. 예고르 세묘니치는 코브린 옆에 앉고는 한숨
을 깊게 쉬었다.

"음, 여보게……." 페소츠키는 잠시 말이 없다가 입을 열었다.
"그러니깐 친애하는 우리 박사 양반. 보다시피 나는 논문도 쓰고, 전
시회에도 참석하고, 메달도 받고…… 다들 페소츠키네 사과는 머리
만 하고, 페소츠키는 정원으로 잘 먹고 잘산다고 그래. 한마디로 돈
도 있고 명예도 갖춘 코추베이[14]라는 거지. 하지만 이 모든 것이 무
엇을 위해서인지는 묻지를 않아. 정원은, 정말이지, 근사하고 모범
이 될 만해……. 이건 정원이 아니라 국가적으로 중요도가 높은 하
나의 기관이야. 러시아 산업 경제의, 말하자면, 새 장이 될 것이기 때
문이지. 그런데 무엇을 위해서? 어떤 목적으로 그러냐고?"

13 니콜라 고세(1846~1911). 프랑스의 원예가.
14 러시아의 유서 깊은 가문의 성姓.

"일 그 자체로 의미가 있지요."

"그런 의미 말고. 내가 묻고 싶은 것은 내가 죽고 나면 정원은 어떻게 되겠느냐는 거야. 자네가 지금 보고 있는 모습을 내가 없으면 한 달도 채 유지하지 못할 거라고. 성공의 모든 비밀은 정원이 크고 일꾼들이 많아서가 아니라 내가 일을 사랑한다는 데 있지. 이해하겠나? 어쩌면 나 자신보다도 더 사랑할는지도 모르지. 나를 보게나. 나는 전부 직접 다 한다네. 나는 아침부터 밤까지 일해. 접붙이기도 모두 내가 하고, 가지치기도 내가, 심는 것도 내가, 모든 걸 내가 한다고. 누군가 나를 도와주기라도 하면, 질투도 나고 심하다 싶을 정도로 손사래를 치지. 비밀은 사랑에 있다네. 그러니깐 주인의 눈썰미와 주인의 손에, 어디서 불러 한 시간 자리를 비우기라도 하면 마음은 그곳에 있지 않고 혹여나 정원에 무슨 일이 생기지는 않았나 안절부절못하는 그 마음에 말일세. 그런데 내가 죽으면 누가 돌봐 주지? 누가 일할까? 정원사? 일꾼들? 그래? 내 자네에게 말하겠네만, 이 일의 첫 번째 적은 토끼도 풍뎅이도 추위도 아닌 외부 사람이야."

"그러면 타냐는요?" 코브린이 웃으면서 물었다. "타냐가 토끼보다 해롭다고 볼 순 없잖아요. 이 일을 좋아하기도 하고 잘 알기도 하고요."

"그래, 타냐는 좋아도 하고, 알기도 잘 알지. 내가 죽어도 타냐가 정원을 맡아 잘할 거고. 물론, 걱정도 안 한다네. 그런데 말이야, 타냐가 시집이라도 가면?" 예고르 세묘니치가 이렇게 속삭이며 두려운 듯한 눈으로 코브린을 쳐다보았다. "그래, 그럴 수도 있잖은가! 시집가서 애들이 생기고, 그러면 정원 생각을 할 틈이라도 있겠냐는 거지. 내가 걱정되는 것은 어떤 젊은이에게 시집을 갔는데, 이 사람이 욕심이 나서 상인들에게 정원을 임대로 넘겨 버리기라도 한다면 첫해에 모든 것이 끝장이라는 거야! 우리 일을 아낙네들이 하겠지!"

예고르 세묘니치는 한숨을 내쉬며 잠시 말을 잃었다.

"어쩌면 이게 이기적일 수도 있지만 터놓고 말하면, 타냐가 시집가지 않았으면 한다네. 겁이 나! 여기 우리 집에 버르장머리 없는 놈 하나가 바이올린을 들고 드나들면서 켜 대는데, 타냐가 그놈에게 시집가지는 않을 걸 알아, 잘 알지. 하지만 나는 꼴도 보기 싫네! 그래, 여보게, 나도 보통은 아니지. 인정해."

예고르 세묘니치는 일어나서 흥분 상태로 방을 한 바퀴 돌았고, 뭔가 아주 중요한 말을 하고 싶어 하는 눈치였으나 결정을 내리지 못하고 있었다.

"내가 자네를 뜨겁게 사랑하니 허심탄회하게 말하겠네." 페소츠키는 손을 주머니에 집어넣으며 마침내 마음을 다잡았다. "아무리 민감한 문제들이라 한들 나는 단순하게 생각할 뿐만 아니라 생각하는 그대로 말하는 편이기도 하고, 고이 묻어 둔다는 생각은 내게는 해당 사항이 없지. 있는 그대로 말하자면, 자네는 내가 아무 걱정 없이 딸을 줄 수 있는 유일한 사람이야. 자네는 똑똑한 데다가 마음도 따뜻해서 내가 아끼는 일을 죽어 없어지게 놔두지도 않을 거야. 그리고 가장 큰 이유는, 내가 자네를 아들처럼 사랑하고…… 자네를 자랑스러워한다는 거야. 자네와 타냐 사이에 뭔가 있기라도 하면, 그럴 수도 있는 거 아닌가? 나는 정말 기쁘다 못해 행복할 걸세. 있는 그대로, 재는 것 없이 정직하게 하는 말이네."

코브린은 웃기 시작했다. 예고르 세묘노비치는 나가려고 문을 열었다가 문턱에서 멈춰 섰다.

"자네와 타냐 사이에 아들이라도 태어나면, 원예가로 만들까 싶어." 잠시 생각했다가 페소츠키가 말했다. "하지만 지금은 헛된 생각이겠지……. 잘 자게나."

혼자 남은 코브린은 좀 더 편하게 누워서 논문을 읽기 시작했다. 한 논문의 제목은 '과도기적 문화에 대하여'였고, 다른 하나는 '새 정원에 맞는 흙 고르기에 대한 Z 씨의 언급에 대한 몇 마디', 또 다른 것은 '휴면하고 있는 싹의 눈접 붙이기에 대하여'였다. 나머지도 모두 이런 종류의 것들이었다. 하지만 이 얼마나 불안하고 고르지 못한 문투에 신경질적이다 못해 병적이기까지 한 격정인가! 그나마 제목도 가장 원만하고 내용도 무난한 논문은, 러시아 안토노프 사과에 대해 쓴 것이었다. 하지만 예고르 세묘니치는 "상대방 이야기도 들어 보라audiatur altera pars"로 시작해서 "지혜 있는 자에게는 충분하리라sapienti sat"로 마무리하는 이 라틴 문구 사이에 "자신의 학과실 높은 자리에서 자연을 관찰하고 계시는 우리 원예 전문가분들의 학문적 무지" 혹은 고셰, "문외한들과 비전문가들이 만들어 준 고셰의 성공"을 겨냥한 온갖 독설을 분수로 뿜어내는 것도 모자라, 나무를 꺾어 대며 과일을 훔치고 있지만 이미 매질이 금지된 농민들에 대한 잔소리가 잔뜩 담긴 진정성 없는 유감까지 쏟아 내었다.

'아름답고 사랑스러우면서도 건전한 일이지만 여기에도 욕망과 전쟁이 있구나.' 코브린은 잠시 생각했다. '어떤 분야에나 신념 있는 자들은 예민하고 감수성이 최고조에 있는 게 분명해. 그런 것이 필요한 것 같기도 하고.'

코브린은 예고르 세묘노비치의 논문들을 너무도 좋아하는 타냐를 떠올려 보았다. 크지 않은 키에 창백하고 쇄골이 보일 정도로 마른 데다, 총명해 보이는 짙은 색 큰 눈은 항상 어딘가를 보면서 뭔가를 찾고 있는 듯하고, 걸음은 아버지처럼 재다. 말이 많고, 논쟁하기를 좋아하는 데다가 별 의미 없는 말에도 풍부한 표정과 몸짓을 가미한다. 예민하기가 이를 데 없음이 분명하다.

코브린은 계속 읽으려고 했지만 더는 눈에 들어오지 않아서 치워 버렸다. 조금 전 마주르카를 추고 음악을 들으며 느꼈던 유쾌한 기분이 이제는 코브린을 지치게 하고 많은 생각이 들게 했다. 코브린은 일어나 검은 수사에 대해 생각하면서 방 안을 서성이기 시작했다. 만약 이 이상스러운 초자연적인 수사를 혼자만 본 것이라면, 병이 나서 환각까지 보게 된 것 아닐까 하는 생각이 들었다. 이런 생각에 코브린은 놀라긴 했지만 잠시뿐이었다.

'하지만 나는 괜찮고, 내가 누구를 해코지하는 것도 아니니 내 환각이 나쁠 것도 없잖아.' 이렇게 생각하니 다시 마음이 편해졌다.

코브린은 소파에 앉아 온몸을 가득 채우는 이해 못 할 기쁨을 억누르면서 손으로 머리를 감쌌고, 이후 다시 한 바퀴를 돌고는 공부하러 자리에 앉았다. 하지만 책에 있는 생각들이 만족을 주지는 못했다. 뭔가 기가 막히다 못해 형언할 수 없을 정도로 입이 쩍 벌어지는 것을 원했건만. 아침 무렵 옷을 갈아입고 억지로 침대에 누웠다. 자야 했다!

정원으로 나가는 예고르 세묘니치의 발걸음 소리가 들리자, 코브린은 하인을 불러 와인을 가져오도록 했다. 프랑스산 포도주를 몇 잔 기분 좋게 마시고는 이불을 머리까지 뒤집어썼고, 의식이 몽롱해지면서 잠이 들었다.

# 4

예고르 세묘니치와 타냐는 자주 싸우면서 서로에게 기분 나쁜 말들을 했다.

언젠가 한번은 아침에 뭔가를 두고 충돌했다. 타냐는 울면서 자기 방으로 가 버렸다. 점심도 거르고 차도 마시러 나오지 않았다. 예고르 세묘니치는 처음에는 세상의 정의와 질서에만 관심 있다는 것을 알아 달라는 듯 거만하면서도 불퉁하게 돌아다녔지만, 이내 이런 모습은 사라지고 풀이 죽었다. 침울하게 공원을 배회하면서 "아이고, 하느님, 하느님이시여!" 하면서 연신 한숨을 쉬었고, 점심 식사 자리에서도 빵 한 조각을 삼키지 못했다. 결국 양심에 가책을 느끼며 죄지은 사람처럼 닫힌 문을 두드리며 소심하게 불렀다.

"타냐! 타냐?"

그러면 그 대답으로 문 너머에서 울다 지쳐 힘이 빠진 동시에 단호한 목소리가 들려왔다.

"내버려 두세요. 부탁이에요."

주인들의 기분 저하는 온 집안과 정원에서 일하는 사람들에게까지 영향을 주었다. 코브린은 자신이 좋아하는 일에 파묻혀 있었지만 결국 그 역시 지루하고 마음이 불편해졌다. 전체적인 어두운 분위기를 어떻게라도 환기하기 위해서 코브린은 좀 끼어들어야겠다고 마음먹고는 저녁 먹기 전에 타냐의 방문을 두드렸다. 타냐가 코브린을 들어오게 해 주었다.

"에이, 에이, 이렇게나 부끄러울 수가!" 코브린은 울어서 얼굴이 얼룩지고 벌게진 타냐의 애처로운 모습을 놀란 눈으로 쳐다보면

검은 수사

서 농담조로 입을 열었다. "정말이지, 그렇게 심각한 거야?"

"하지만 아버지가 나를 얼마나 괴롭게 하는데요!" 타냐는 그 큰 눈에서 뜨거운 눈물을 펑펑 쏟으며 말했다. "날 괴롭혔다고요!" 손을 꺾으면서 계속 이야기했다. "나는 아무 말도 안 했는데…… 아무 말도……. 그냥 데리고 있을 필요가 없지 않냐고…… 불필요한 일꾼들은…… 그 말 한마디만 했을 뿐인데……. 만약에…… 만약 필요한 경우에는 일용직을 쓰면 되고. 왜냐면…… 왜냐면 일꾼들이 벌써 일주일 내내 아무 일도 하지 않고 있거든요……. 나는…… 그냥 이 말만 했을 뿐인데, 아버지는 소리를 버럭 지르시며 어찌나 뭐라고 하시는지……. 모욕적이고 정말이지, 상처가 되는 말들을요. 왜 그러시는 거죠?"

"됐어, 됐다고." 코브린이 타냐의 머리를 정돈해 주며 말했다. "욕도 좀 하고, 울기도 좀 했으니 됐어. 오랫동안 화를 내는 건 안 돼. 이건 안 좋으니깐……. 아버지가 당신을 얼마나 사랑하시는데."

"아버지는 내…… 내 삶을 완전히 망가뜨리셨어요." 타냐가 흐느끼며 계속 말했다. "듣는 거라고는 상처 되는 말밖에……, 모욕적이고. 내가 이 집에서 아무 쓸모 없다고 생각하시죠. 그래요. 아버지가 옳아요. 내일 여기를 떠나서 전보 치는 일이나 할래요……. 그렇게 할래요……."

"그래, 그래, 그래…… 울긴 왜 울어, 타냐. 그럴 필요 없어, 아가씨……. 두 사람 다 버럭 화를 내고 예민하게 구니, 두 사람 다 잘못한 거야. 가자고, 내가 화해시켜 줄 테니."

코브린은 부드럽고 설득력 있게 말했지만, 타냐는 진짜 끔찍한 불행이라도 맞닥뜨린 것처럼 어깨를 들썩이고 손을 부여잡으며 계속 울었다. 코브린은 심각하게 슬픈 일도 아닌데 너무도 힘들어하는 타냐가 한층 더 가엾어졌다. 아무 쓰잘머리 없는 일도 충분히 타냐를 온종일, 어쩌면 평생을 불행하게 할 수 있다니! 타냐를 토닥이면서 코브린은 이 여자와 여자의 아버지를 제외하고 자신을 제 몸처럼, 제 가족처럼 사랑해 주는 사람은 대낮에 불을 밝혀도 찾을 수 없다는 것을 생각했다. 만약 이 두 사람이 아니었더라면, 어린 나이에 조실부모한 자신은 죽을 때까지 진정한 보살핌과 아주 가까운 혈육에게만 허락되는 무조건적인 순전한 사랑을 알 수 없었을 것이다. 그러면서 몸을 떨면서 울고 있는 이 여자의 신경이, 철이 자석에 붙는 것처럼 자신의 반쯤 쇠약해 있고 곤두선 신경에 반응하는 것을 느꼈다. 건강하고 다부진 혈색 좋은 여자들은 결코 좋아할 수 없을망정 창백하고 가녀리고 불행한 타냐는 마음에 들었다.

그래서 코브린은 기꺼이 타냐의 머리와 어깨를 쓰다듬으면서 손을 꼭 잡아 주기도 하고 눈물을 닦아 주기도 했다……. 결국 타냐는 울음을 그쳤다. 아버지와 이 집에서의 고되고 힘든 삶에 대해 한참을 하소연하고 나니 차츰 미소를 짓기도 하고 하느님이 자신에게 못된 성격을 주셨다고 한숨을 쉬기도 하다가 결국 크게 웃어 버리면서 자신을 바보라고 하고는 방에서 뛰쳐나갔다.

잠시 후 코브린이 정원으로 나갔을 때, 예고르 세묘니치와 타냐는 이미 무슨 일이 있었냐는 듯 나란히 서서 오솔길을 거닐었고, 두 사람 모두 배가 고팠는지 소금을 뿌린 호밀빵을 먹었다.

검은 수사

중재 역할에 성공한 코브린은 만족스러워하며 공원으로 갔다. 벤치에 앉아 사색하는 중에 마차가 덜커덩하는 소리와 여자 웃음소리를 들었는데, 이는 손님이 왔음을 의미했다. 저녁 그늘이 정원을 덮기 시작하자 바이올린 소리, 노랫소리가 희미하게 들려왔고, 이는 코브린에게 검은 수사를 떠올리게 했다. 광학적으로는 이해할 수 없는 이것은 지금 어디, 어떤 나라 어떤 행성에 있을까?

간신히 전설을 기억해 내고는 호밀 들판에서 본 바로 그 어두운 유령을 상상 속에 그려 보던 그때, 소나무 너머에서 이번에는 반대로, 아무 소리 없이 허옇게 센 머리를 감추지 않은 중키의 사람이 나타났는데, 전체적으로 어두운 차림에 맨발이라 거지 같았고, 망자처럼 허연 얼굴에 짙은 눈썹이 날카롭게 도드라져 보였다. 이 거지인지 고행자인지 하는 자가 상냥하게 고개를 끄덕이며 소리 없이 벤치 쪽으로 다가와서 앉자, 코브린은 그가 검은 수사임을 알아차렸다. 잠시 두 사람은 서로를 쳐다보았는데, 코브린은 깜짝 놀란 표정으로, 수사는 부드러우면서도 그때처럼 속셈이 있는 듯한 표정으로 약간은 교활하게 상대를 쳐다보았다.

"허나 당신은 환영인데." 코브린이 말했다. "왜 여기 한 장소에 앉아 있는 거요? 이건 전설과 맞지 않는데."

"그러든 말든." 수사는 코브린에게 얼굴을 돌리면서 조용한 목소리로 느긋하게 대답했다. "전설이건 환영이건 나는 자네가 일으킨 상상의 산물일 뿐이야. 나는 허깨비지."

"그러니까 당신은 존재하지 않으신다?" 코브린이 물었다.

"마음대로 생각하게." 수사가 말하고는 흐릿한 미소를 지었다. "나는 자네의 상상 속에 존재하고, 자네의 상상도 자연의 일부니까 나는 자연에도 존재하는 셈이지."

"달관한 듯한 당신의 늙은 얼굴은 실제로 수천 년은 더 산 것처럼 보이는데." 코브린이 말했다. "내 상상이 이런 현상을 만들어 내는 능력이 있는지는 몰랐군. 그런데 당신은 왜 그렇게 감탄하면서 나를 쳐다보는 거요? 내가 좋소?"

"그럼. 자네는 하느님의 선택을 받은 자라고 불러도 손색없는 몇 안 되는 사람 중 하나야. 영원한 진리를 위해 일하지. 자네의 생각과 의도, 놀랄 만한 학문과 삶은 신적인 저세상의 봉인을 가지고 있는 것이라 모든 것이 지적이고 아름다운 것, 한마디로 영원한 것에 헌정되어 있지."

"당신이 말하는 영원한 진리에는……. 그런데 영원한 삶이 없다면 사람들에게 영원한 진리가 정녕 필요하거나 그것에 도달할 수 있는 거요?"

"영생은 있네." 수사가 말했다.

"사람들의 불멸을 믿는다는 거요?"

"그야 물론이지. 위대하고 눈부신 미래가 당신들, 인간을 기다리고 있지. 이 땅에 자네 같은 사람들이 많아지면 이 미래는 더 빨리 이루어질 거야. 의식적으로 자유롭게 살면서 고차원적인 미래, 영원한 진리의 왕국의 시작에 헌신하는 당신 같은 사람들이 없으면 인류는 없어졌을지도, 자연 질서에 순응하면서 이 땅의 종말을 오랫동안 기다려야 될지도 모를 일이고. 당신이 바로 수천 년을 앞당겨 인류를 영원한 진리의 왕국으로 인도해 들어갈 것이고, 그리고 여기에

검은 수사

당신의 지대한 노고가 있는 거지. 자네는 사람들 속에 잠들어 있던 하느님의 축복을 몸소 체현하게 될 거야."

"그러면 영원한 삶의 목적은 뭐요?" 코브린이 물었다.

"모든 인생의 목적이 그렇듯 복이지. 진정한 복은 의식 속에 있고, 영원한 삶은 셀 수 없고 고갈할 수도 없는 인식의 원천을 만들어 주는데, 이런 의미에서 이렇게 말할 수 있지. '내 아버지 집에 거할 곳이 많도다.'[15]"

"당신의 말이 얼마나 기쁜지 아시려나!" 만족감에 손을 부비면서 코브린이 말했다.

"나도 아주 기쁘군."

"하지만 나는 당신이 떠나면 당신 존재에 대한 질문에 내가 얼마나 시달릴지를 알지. 당신은 허깨비에다 환각이니까. 그러니까 나는 정신적으로 아프고, 비정상이란 건가?"

"그렇다 한들 어쩌겠나. 뭐가 걸리지? 자네는 공부하느라 진이 빠지고 지쳐서 아픈 거고, 그건 자네의 건강을 이념을 위해 희생했고 이념에 목숨까지 내어 줄 때가 곧 올 거라는 뜻이기도 하지. 이보다 좋은 것이 있는가? 이것이 바로 최상의 고결한 기질을 가진 빼어난 사람들이 추구하는 것이지."

"만약 내가 정신적으로 아프다는 것을 알고, 내 자신을 믿지 못하기라도 하면?"

"그런데 왜 자네는 온 세상이 믿는 걸출한 인물들도 허깨비를 봤을 거라고 생각하지 않는 거지? 요즈음은 천재와 광기를 유사하

---

15 「요한의 복음서」 14장 2절.

다고 학자들도 말하고 있지 않은가. 여보게, 친구, 건강하다 정상이다 하는 것은 평범한 군중한테나 하는 소리야. 불안한 시대니 과로니 퇴화니 하는 소리들은 인생의 목적을 현재 속에서 보는 사람들, 그러니까 군중이나 심각한 것처럼 유난을 떨면서 하는 말인 거지."

"로마인들은 건전한 신체에 건전한 정신이 깃든다*mens sana in corpore sano*고 했소."

"로마인들이나 그리스인들이 하는 말이 다 사실인 건 아니지. 기분이 좋아지는 것이나 흥분, 황홀, 이런 것들은 전부 이념을 위한 예언자나 시인, 고행자를 평범한 사람들과 구별하는 것으로 인간의 동물적 측면, 즉 육체적 건강에는 반하는 것이야. 다시 말하지만, 건강하고 정상적이고 싶다면 무리로 가게."

"이상하게도 당신은 내가 자주 생각하는 것을 그대로 말하는군." 코브린이 말했다. "마치 내 은밀한 생각들을 감시하고 몰래 엿듣는 것같이. 하지만 내 이야기는 그만하고. 당신은 영원한 진리에 대해서 어떻게 생각하시오?"

수사는 대답하지 않았다. 코브린은 수사를 쳐다봤지만, 형체가 흐려지면서 흩어져 버리는 바람에 수사의 얼굴을 볼 수가 없었다. 그런 다음 수사의 머리와 손이 사라지기 시작했고, 몸통은 벤치와 저녁 석양과 섞이더니 완전히 사라져 버렸다.

"환각이 끝났구나!" 코브린이 말하고는 웃기 시작했다. "그런데 유감이군."

코브린은 유쾌하고 행복한 모습으로 집으로 돌아갔다. 검은 수사가 자신에게 조금 해 준 말이 자아도취가 아닌 온 마음과 존재 자체를 으쓱하게 했다. 선택을 받은 자로, 영원한 진리를 위해 일하

검은 수사

면서 인류를 당당히 하느님 나라로 수천 년 앞당겨 만들어 내는 것, 다시 말해 수천 년간 불필요하게 투쟁과 죄, 고통을 겪을 사람들을 구해 내는 것, 젊음과 정력, 건강을 이념에 바치고 인류의 행복을 위해 죽을 각오가 되어 있다는 것, 이 얼마나 고매하고 행복한 운명이란 말인가! 코브린은 지난 세월 순수하고 온 정신을 쏟아 공부에 전념했던 기억이 주마등처럼 지나갔고 배운 것, 가르친 것을 떠올리면서 수사의 말에 과장이 없었다고 결론을 내렸다.

공원을 따라 맞은편에서 타냐가 오고 있었다. 이미 다른 원피스를 입고 있었다.

"여기 계셨어요?" 타냐가 말했다. "그런 줄도 모르고 우리는 찾고 또 찾았으니…… 그런데 무슨 일이에요?" 타냐는 감격에 젖어 빛나는 코브린의 얼굴과 눈물이 잔뜩 고인 눈을 보고 놀랐다. "이상해요, 안드류샤."

"나는 만족스러워, 타냐." 타냐의 어깨에 손을 올리면서 코브린이 말했다. "아니, 만족 그 이상이야, 난 행복해! 타냐, 사랑스러운 타냐, 당신은 정말이지 매력적인 존재야. 사랑스러운 타냐, 나는 너무도 기뻐, 너무도 기쁘다고!"

코브린은 타냐의 손에 뜨겁게 입을 맞추고는 계속 말했다.

"조금 전에 나는 기적 같은 천상의 시간을 보냈어. 하지만 나를 미쳤다고 하거나 믿지 않을 것이라서 이야기해 줄 수는 없어. 사랑스럽고 영광스러운 타냐! 나는 당신을 사랑하고, 이미 사랑에 익숙해져 버렸어. 당신과의 친밀함, 하루에 열 번이나 만나는 것이 내게 필요한 것이 되어 버렸어. 내가 집으로 가서 당신 없이 어떻게 살수 있을지 모를 뿐이야."

"풋!" 타냐가 웃기 시작했다. "이틀만 지나도 우리를 잊어버리실 걸요. 우리는 보잘것없는 사람들이고, 당신은 대단한 분이니."

"아니, 진지하게 이야기해 보자고!" 코브린이 말했다. "내가 당신을 데려갈게, 타냐. 응? 나랑 함께 가겠어?"

"아이참!" 타냐는 또다시 웃으려고 했지만, 웃음이 쏙 들어가고 얼굴에 붉은 얼룩이 피어났다.

타냐는 숨을 가쁘게 쉬기 시작하면서 빠르게 걸었지만, 집 쪽이 아니라 공원으로 더 들어갔다.

"이건 생각지도 않았는데…… 생각지도 못했다고요!" 절망에 찬 듯 두 손을 꼭 쥐고 타냐가 말했다.

그래도 코브린은 타냐를 뒤따라가며 여전히 환하고 환희에 찬 얼굴로 말했다.

"나는 내 전부를 사로잡을 수 있는 사랑을 원하는데, 이런 사랑은 타냐 당신만이 줄 수 있어. 나는 행복해! 행복하다고!"

타냐는 말문이 막혔고, 고개를 숙이고 움츠러들면서 단번에 10년이나 늙어 버린 것 같았지만, 코브린은 타냐의 아름다움을 찾아 냈고, 자신의 황홀함을 한껏 표현했다.

"이 얼마나 아름다운가!"


# 6


코브린에게서 단지 연애가 시작된 것이 아니라 결혼까지 할 것임을 알게 된 예고르 세묘니치는 흥분을 감추려고 애쓰면서 방의

검은 수사

이곳저곳을 한동안 오갔다. 손이 떨리기 시작했고, 목이 빵빵해지면서 붉어지더니, 사륜마차를 대령하라고 지시하고는 어디론가 떠났다. 아버지가 모자를 푹 눌러쓰고 말을 너무도 세게 내리치는 모습을 본 타냐는 아버지의 기분을 알아차렸고, 자기 방문을 잠그고 온종일 슬피 울었다.

　온실에서는 벌써 복숭아와 살구가 영글기 시작했다. 이 부드럽고 예민한 물건을 포장해서 모스크바로 보내는 것은 세심한 주의가 요구되는, 손이 많이 가는 작업이었다. 아주 덥고 건조했던 여름 탓에 나무마다 물을 주는 데에도 많은 시간과 인력이 들었고, 애벌레까지 출현하면서 일꾼들은 물론 예고르 세묘니치와 타냐까지도 손으로 애벌레를 눌러 죽여야 했는데, 이 모습을 본 코브린이 기겁하기도 했다. 이런 와중에 벌써 가을철 과일과 나무에 대한 주문도 받아야 하고, 이런저런 일들로 수많은 서신도 주고받아야 했다. 게다가 이렇게 누구 하나 잠깐의 자유 시간도 없이 한창 바쁠 때 들일할 시기까지 겹치면서 정원 일을 하던 일꾼들이 반도 넘게 빠져나갔다. 예고르 세묘니치는 시커멓게 그을린 얼굴에 지치고 독기가 어린 모습으로 정원이고 들이고 뛰어다니면서, 자신을 못 잡아먹어서 안달들이고 이마에 총알이라도 박으란다며 소리를 질러 댔다.

　그런데 여기다 페소츠키 가문에서 적지 않은 의미를 부여하는 혼수 준비까지 해야 하니, 잘칵잘칵 가위질에 재봉틀 소리, 다림질할 때의 냄새와 신경질적이고 잘도 삐치는 바느질쟁이 부인의 변덕 때문에 온 집안 사람들은 머리가 어지러울 지경이었다. 또한 일부러 그러는 건지 비위를 맞춰 주면서 먹이다 못해 재워서 보내야 하는 손님들이 매일 드나들었다. 하지만 이 모든 힘든 시간도 안개 속을 지나듯 어느새 가 버렸다. 타냐는 열네 살 때부터 이유 없이 코브린은 바로 자신에게 장가들 것이라고 확신했음에도, 사랑과 행복이 별안간 자신을 에워싼 것처럼 느꼈다. 놀랍고, 어안이 벙벙하고, 믿기지도 않았다……. 갑자기 행복이 짠 하고 나타나면, 구름까지 날아올라 거기서 하느님께 기도를 드리고 싶다가도, 갑자기 8월이면 아버지를 남겨 두고 태어난 둥지와 이별해야 하고, 하느님이 주신 생각인지 코브린처럼 저렇게 대단한 사람에게 자신은 너무도 보잘것없고 하찮고 가당치 않다는 생각이 들 때면, 자기 방으로 가서 열쇠로 문을 잠그고는 몇 시간이고 서럽게 울어 댔다. 손님들이 드나들 때면, 갑자기 코브린이 너무도 잘생겨 보이고 모든 여자들이 코브린에게 반해 자신을 질투하는 것 같아 마치 자신이 온 세상을 이긴 것마냥 기쁨과 자신감이 넘치다가도, 코브린이 어떤 아가씨에게 반갑게 미소라도 지으면 타냐는 질투에 부르르 떨면서 자기 방으로 가서 또다시 눈물을 쏟았다. 이런 새로운 감정들이 타냐를 완전히 사로잡아서 타냐는 아버지를 건성으로 도울 뿐, 복숭아도 애벌레도 일꾼들도 심지어는 시간이 빠르게 흘러 버린 것도 눈치채지 못했다.

예고르 세묘니치 역시 거의 같은 상태였다. 아침부터 밤까지 일했고, 내내 어딘가로 서둘러 갔으며, 제정신이 아닌 상태로 버럭 화를 내기도 했는데, 이 모든 것이 뭐에 반쯤 홀려서 하는 것 같았다. 마치 속에 두 사람이 앉아 있는 것처럼 말이다. 한 명은 정원 책임자 이반 카를리치로부터 문제 되는 사항들에 대한 보고를 들으며 울화가 치밀어 머리를 감싸 쥐고 괴로워하는 진짜 예고르 세묘니치였고, 다른 한 명은 술에 반쯤 취한 사람처럼 사무적인 대화를 갑자기 중단시키고, 정원 책임자의 어깨를 건드리면서 웅얼거리는 가짜

검은 수사

였다.

"뭐라 해도, 피는 못 속여. 그 녀석 어머니만큼 고상하고 똑 부러지는 여자도 없을 거야. 천사같이 선량하고, 화사하면서 깨끗한 얼굴을 보는 것 자체가 기쁨이었지. 그림도 잘 그리고, 시도 쓰고, 5개 국어를 구사하고, 노래도 잘하고……. 천국에 가셨길 비네. 가엾게도 폐병으로 눈을 감으셨지."

가짜 예고르 세묘니치는 한숨을 쉬고는 잠시 입을 다물었다가 말을 계속했다.

"어릴 적 우리 집에서 컸는데, 바로 그 천사 같은 얼굴이더군. 화사하고, 선량한 게. 그 녀석의 부드럽고 우아한 눈빛이며 행동, 대화하는 것은 아주 어머니와 꼭 같아. 머리? 명석함으로 우리를 항상 놀라게 하는걸. 괜히 박사가 됐겠어! 괜히가 아니라고! 두고 보라고, 이반 카를리치, 10년 후 그 녀석이 어떻게 될지! 범접도 못 할 게야!"

하지만 이때 진짜 예고르 세묘니치는 정신이 번쩍 들었는지 무서운 얼굴로 머리를 감싸 쥐고 소리를 질렀다.

"제기랄! 잡쳐 놓고 망쳐 놓고 더럽혀 놓다니! 정원은 끝장났어! 죽어 버렸다고!"

코브린은 예전처럼 학업에 전념하고 있어서 이러한 혼란을 눈치채지 못했다. 사랑만이 불 속에 기름을 붓는 격이었다. 매번 타냐와의 데이트 후에 행복하고 환희에 찬 모습으로 방으로 가서 방금 타냐에게 입을 맞추고 사랑을 말하던 바로 그 열정으로 책이나 자신의 원고를 만졌다. 하느님의 선택을 받은 자들이나 영원한 진리에 대해서, 인류의 빛나는 미래 등에 대해서 검은 수사가 했던 말들은 코브린의 작업에 특별하고 대단한 의미를 부여했고, 코브린의 영혼에도 자부심과 자존감을 충만하게 해 주었다. 일주일에 한두 번 공원에서나 집 안에서 검은 수사를 만났고 오랫동안 이야기를 나누었다. 그렇지만 이것이 코브린을 두렵게 하기보다는 그 반대로 황홀하게 만드는 이유는, 이런 유형의 환영들은 이념에 자신을 헌신하는 선택받고 출중한 사람들에게만 방문한다고 이미 굳게 믿어 버렸기 때문이다.

한번은 수사가 식사 시간에 나타나서는 식당의 창가에 앉았다. 코브린은 어찌나 기뻤던지 수사가 흥미로워할 수 있도록 예고르 세묘니치와 타냐와의 대화를 아주 교묘하게 유도했다. 검은 손님은 유쾌하게 고개를 끄덕이며 들었고, 예고르 세묘니치와 타냐 또한 들으면서 즐겁게 미소 지었지만 코브린이 자신들이 아닌 그의 환각과 말하고 있다고는 추호도 알지 못했다.

어느새 우스펜스키 금식 기간[16]이 다가왔고, 이 시기가 끝나면 곧 결혼식을 올리기로 했다. 예식은 예고르 세묘니치의 막무가내한 바람에 따라 '상다리 부러지게', 다시 말해 꼬박 이틀을 아무 꼬투리도 잡지 못할 정도로 거하게 치렀다. 사흘간 1,000여 명이 먹고 마셔 댔지만, 형편없는 악단을 부른 데다 건배를 외치는 소리, 정신없이 뛰어다니는 하인들, 소음에 붐비기까지 하는 바람에 모스크바에서 공수해 온 비싼 와인과 근사한 전채요리 맛도 느낄 수가 없었다.

---

16  8월 15일인 성모 승천 대축일을 기리기 위해 8월 1일부터 14일까지 지내는 금식 기간.

검은 수사

# 7

어느 긴 겨울날 밤에 코브린은 침대에 누워 프랑스 소설을 읽고 있었다. 도시에 사는 것에 적응하지 못해 밤마다 두통에 시달리는 가엾은 타냐는 이미 오래전에 잠들었는데 간혹 잠꼬대로 뭔가 의미 없는 말들을 했다.

시계가 3시를 알렸다. 코브린은 촛불을 끄고 누웠다. 한동안 눈을 감고 누워 있었지만, 너무 더운 침실과 타냐의 잠꼬대 때문에 잠을 이룰 수가 없었다. 4시 반에 코브린은 다시 초를 밝혔고, 바로 그때 침대 근처 안락의자에 앉아 있는 검은 수사를 보았다.

"안녕하신가." 수사가 이렇게 말하고는 잠시 말이 없다가 물었다.

"지금은 무슨 생각을 하시는가?"

"영광에 대해서." 코브린이 대답했다. "지금 읽고 있는 프랑스 소설 속에 바보짓이나 하고 영광에 신경 쓰느라 진이 빠진 사람이 나오지. 왜 그런 데 신경을 쓰는지 모르겠지만."

"왜냐면 자네는 똑똑하거든. 자네에게 영광은 자네가 가지고 놀지 않는 인형과 별반 차이가 없지."

"그래, 맞는 말이야."

"명성이 자네에게 웃어 주지는 않지. 자네 이름이 묘비에 새겨진들 세월에 금박과 함께 글귀도 쓸려가 버릴 텐데 영광이고 재미고 교훈이 다 무엇이겠나? 뭐, 다행인지 약한 인간의 기억력으로 당신들 이름을 지켜 줄 사람들이 너무 많기도 해."

"그렇지." 코브린이 동의했다. "한데 무엇 때문에 이들을 기억해야 하는 거지? 차라리 아무거나 다른 이야기를 합시다. 행복이나 그런 것. 행복이 뭐요?"

시계가 5시를 알렸고, 코브린은 침대에 앉아 양탄자에 다리를 늘어뜨리고는 수사 쪽을 바라보며 말했다.

"고대에 행복한 사람 하나가 있었는데 행복에 겨운 나머지 겁을 먹었다오. 행복이 얼마나 컸던지! 신들에게 자비를 베풀어 달라고 아끼는 반지를 제물로 바쳤고. 알겠소? 그리고 나 또한 폴리크라테스[17]처럼 내 행복에 조금 불안해지기 시작했소. 아침부터 밤까지 행복하기만 하니 충만한 행복에 나머지 다른 감정들은 입 다물어 버린 것 같아 이상할 지경이오. 슬픔이 뭔지 비애, 권태가 뭔지 모르겠소. 이렇게 나는 잠도 자지 않고 불면증에 시달리는데도 권태롭지 않으니. 심각하게 말해서, 의구심이 들기 시작했소."

"허나 왜?" 수사는 의아해했다. "행복이 진정 초자연적인 감정이라고? 진정 행복이 인간의 정상적인 상태가 되면 안 된다고? 지적으로나 정신적으로 더 뛰어난 사람일수록, 더 자유로운 사람일수록 삶이 더 만족스러운 법인데. 소크라테스, 디오게네스, 마르쿠스 아우렐리우스도 슬픔이 아닌 기쁨을 맛보았지. 게다가 사도도 항상 기뻐하라고 말하고 있고.[18] 기뻐하고 행복해하라."

"그러다 갑자기 하느님이 진노하시기라도 하면?" 코브린이 농담을 하고는 웃기 시작했다. "내 안락함을 빼앗고, 나를 춥고 배고프게 하는 것을 내가 좋아할 리는 없겠지만."

---

17 기원전 6세기 사모스의 독재자.
18 사도 바울과 「데살로니카인들에게 보낸 첫째 편지」 5장 16절을 가리킨다.

이때 잠이 깬 타냐는 무척이나 놀라며 남편을 쳐다보았다. 남편이 안락의자 쪽을 보면서 동작을 취하며 웃는데, 눈은 빛났고 웃음 속에는 뭔가 이상한 것이 있었다.

"안드류샤, 누구랑 말하는 거예요?" 수사 쪽으로 뻗은 남편의 손을 잡으며 타냐가 물었다. "안드류샤! 누구죠?"

"어? 누구라니?" 코브린은 멋쩍었다. "저기 저 사람……. 저기 앉아 있잖아." 코브린은 검은 수사를 가리키며 말했다.

"여긴 아무도 없는데……. 아무도 없다고요! 안드류샤, 아프군요!"

타냐는 남편을 안고, 환영으로부터 남편을 보호하려는 듯 몸을 바싹 붙이고는 손으로 남편의 눈을 감겼다.

"당신은 아파요!" 온몸을 떨며 타냐가 통곡하기 시작했다. "미안해요, 사랑하는 여보. 정신에 문제가 있는지는 진작 눈치채고 있었는데……. 당신은 정신적으로 아파요, 안드류샤……."

타냐의 떨림이 코브린에게 전해졌다. 코브린은 이미 텅 비어 있는 안락의자를 다시 한 번 쳐다보고는 갑자기 손과 발에 힘이 풀리는 것을 느끼며 겁을 먹고 옷을 입기 시작했다.

"아무 일 아니야, 타냐, 아무 일도……." 코브린은 떨면서 중얼거렸다. "실제로 몸이 약간 안 좋긴 한데…… 인정할 때가 된 거지."

"진작 눈치챘는데……. 아빠도 눈치채셨고." 울음을 참으려고 노력하면서 타냐가 말했다. "혼잣말을 하고, 이상하게 웃기도 하고…… 잠도 자지 않고. 오, 하느님, 우리를 구원하소서!" 타냐는 두려움에 떨며 말했다. "하지만 겁먹지 말아요. 안드류샤, 겁먹지 마요. 제발 겁먹지 마요……."

타냐 역시 옷을 입기 시작했다. 타냐를 보고 있는 지금에서야 코브린은 자신이 처한 상황의 위험성을 모두 알게 되었고, 검은 수사와의 대화가 무엇을 의미하는지도 알게 되었다. 지금에서야 자신이 정신병자임이 분명해진 것이다.

두 사람 모두 무엇 때문인지도 모르면서 옷을 입고 거실로 갔는데, 타냐가 앞장서고 코브린이 그 뒤를 따랐다. 여기에 이미 손님으로 와 있던 예고르 세묘니치가 통곡 소리에 일어나서 가운 차림으로 손에 초를 들고 서 있었다.

"당신은 걱정하지 마요, 안드류샤." 열병에 걸린 것처럼 떨면서 타냐가 말했다. "겁먹지 마세요……. 아빠, 다 지나갈 거예요……. 지나갈 거예요……."

흥분한 코브린은 말을 할 수가 없었다. 장인에게 농담이라도 하고 싶었다.

"축하해 주세요. 제가요, 정신이 좀 나간 것 같습니다." 하지만 입술만 움직였을 뿐이고 쓴 미소만 지었을 뿐이다.

아침 9시 코브린에게 외투와 모피코트를 입히고 숄까지 둘러서 마차에 태워 의사에게 데려갔다. 치료가 시작되었다.


## 8


다시 여름이 왔고, 의사는 시골로 갈 것을 권고했다. 코브린은 이미 회복해서 더는 검은 수사도 보지 않았고, 이제는 체력을 키우는 일만 남았다. 시골 장인 댁에 지내면서 코브린은 우유를 많이 마셨고, 24시간 중 두 시간만 공부했으며, 와인을 마시지도 담배를 피우지도 않았다.

엘리야의 날[19] 전날 저녁에 집에서는 예배가 진행되었다. 보제[20]가 사제에게 향로를 건네자, 오래되고 엄청나게 큰 거실이 무덤 같은 냄새를 풍겼고, 코브린은 지루해졌다. 정원으로 나갔다. 화려한 꽃들을 알아보지도 못하고, 정원을 따라 조금 거닐다가 벤치에 잠시 앉았다가 하면서 공원을 통과했고, 강까지 가서는 아래로 내려가 서서 물을 바라보면서 생각에 잠겼다. 뿌리를 드러낸 침울한 소나무들이 작년에는 그렇게나 젊고 기뻐하고 활력 넘치게 보이더니 지금은 속삭이지도 않고 코브린을 못 알아보겠다는 듯이 잠자코 가만히 서 있을 뿐이었다. 실제로 코브린은 머리를 밀어 버리는 바람에 길고 아름답던 머리카락도 이제 없고, 걸음걸이는 힘이 없었고, 얼굴도 작년 여름에 비해 살이 오르긴 했지만 안색은 더 창백해졌다.

임시 다리를 따라 다른 편 기슭으로 건너갔다. 작년에 호밀이 있었던 그곳에 지금은 추수한 귀리 단들이 놓여 있었다. 해는 이미 넘어갔지만, 지평선에는 내일은 바람이 불 것을 예고하는 붉은 반사빛들이 널찍이 드리워져 있었다. 조용했다. 작년에 검은 수사가 처음으로 나타났던 방향 쪽을 응시하면서, 코브린은 저녁노을이 희미해지기 시작할 때까지 20분가량을 서 있었다……

불만족스러운 기분으로 축 처져 집으로 돌아오니 저녁 예배는

---

19 정교회 축일. 7월 20일.
20 러시아 정교회의 성직자 직분으로, 결혼할 수 있는 흑승 중 가장 낮은 직분이다.

이미 끝나 있었다. 예고르 세묘니치와 타냐는 테라스 계단에 앉아 차를 마시고 있었다. 두 사람은 뭔가에 대해서 말하고 있었지만, 코브린을 보자 갑자기 입을 다물었고, 이에 코브린은 두 사람의 얼굴을 보아 자신에 대해 이야기를 하고 있었다고 결론을 내렸다.

"당신, 우유 드실 때인 것 같은데요." 타냐가 남편에게 말했다.

"아니, 아직은 아니야……" 코브린은 가장 아래 계단에 앉으면서 대답했다. "당신이나 마셔. 나는 싫으니까."

타냐는 놀라 아버지와 눈빛을 주고받고는 잘못했다는 목소리로 말했다.

"당신이 직접 우유가 당신한테 유익하다고 언급해서."

"그래, 아주 유익하지!" 코브린이 비웃었다. "축하드립니다, 금요일 이후로 제가 또 1푼트[21]가 붙었네요." 코브린은 두 손으로 머리를 세게 움켜쥐고는 비탄에 젖어 말했다. "무엇 때문에, 무엇 때문에 저를 치료한 겁니까? 중추신경 억제제에 쉬게만 하고, 따뜻한 목욕물, 감시, 내 일거수일투족에 노심초사하는 이 모든 것이 결국 나를 백치로 몰고 가 버릴 겁니다. 정신이 나갔고, 과대망상증이 있었을 때는 즐겁고, 활기차고, 행복하기까지 했는데. 재미있고 특별한 사람이었다고요. 지금은 더 합리적이고 더 정중해진 대신 다른 사람들이랑 별반 다르지 않은, 그저 그런 사람이 되는 바람에 사는 것이 따분하고……. 아, 당신들이 얼마나 나를 잔인하게 다뤘는지 알기나 합니까! 내가 환각을 본들 누구에게 방해라도 되냐고요? 누구에게 방해라도 되는지 묻고 있는 겁니다."

---

21 옛 러시아식 중량 단위. 1푼트는 약 453그램.

"자네가 하는 말은 하느님이 아시겠지." 예고르 세묘니치가 한숨을 내쉬었다. "그런 말 듣는 것도 이제는 지겹네."

"그럼 듣지 마시든지."

이제는 사람들, 특히 예고르 세묘니치는 코브린을 흥분하게 만들었고, 코브린이 장인에게 건성으로나 냉담하다 못해 버릇없이 대꾸하거나 조소와 증오로 쳐다도 안 보려고 하면, 예고르 세묘니치는 전혀 잘못한 것이 없음에도 당혹스러워하며 죄를 짓기라도 한 듯 헛기침을 해 댔다. 어디서 그 유쾌하고 정이 넘치던 두 사람의 관계가 급변했는지 알 길 없는 타냐는 아버지 곁에 붙어서 잔뜩 긴장한 채로 아버지의 눈을 들여다보았다. 이해해 보려고 해도 그럴 수가 없었고, 다만 분명한 것은 매일 두 사람의 관계가 점점 더 악화되고 있으며, 아버지가 최근 들어 폭삭 늙어 버리신 것과 남편이 신경질쟁이에 변덕쟁이, 트집이나 잡는 재미없는 사람이 되었다는 것뿐이었다. 타냐는 더 이상 웃거나 노래도 부를 수 없었고, 끔찍한 뭔가가 나타날 것만 같아 식사 시간에도 아무것도 먹지 않고, 밤새 자지도 않으면서 시달리다 보니 한번은 점심부터 저녁까지 기절해 있기도 했다. 저녁 예배를 드리는 동안 아버지가 우신 것 같았지만, 세 사람이 테라스에 앉아 있는 지금, 타냐는 그 생각을 하지 않으려고 애를 썼다.

"부처나 마호메트, 셰익스피어는 얼마나 행복했을까. 착한 가족이나 의사들이 자신들의 광기와 영감을 치료하지 않았으니!" 코브린이 말했다. "마호메트가 신경 안정을 위해 브롬산칼륨을 복용하면서 24시간 중 두 시간만 공부하고 우유를 마셨더라면, 이런 대단한 인물이 남긴 거라곤 그의 개가 남긴 것 정도에 불과했겠지. 의

사나 착한 가족이 한 일이라곤 결국 인류를 멍청이들로 만들고, 평범함을 천재로 간주하면서 문명을 멸절하는 것이지." 코브린은 분개했다. "당신들이 알기라도 한다면 내가 얼마나 고맙겠어!"

코브린은 화가 치민 나머지 쓸데없는 말을 하지 않으려고 벌떡일어나 집 안으로 들어갔다. 조용했고, 정원에서 담배꽃과 분꽃 향기가 열린 창문들 사이로 날아들었다. 어둠 속 엄청나게 큰 거실 바닥과 피아노에 달빛이 푸른 얼룩들로 내려앉았다. 코브린은 지금처럼 분꽃 향기가 나고 달이 창을 비추던 작년 여름의 그 황홀감을 떠올렸다. 지난해의 기분을 되살리기 위해 재빨리 자기 방 서재로 가서 독한 시가를 피우며 하인에게 와인을 가져오라고 했다. 하지만 담배는 입 안에서 쓰고 역한 맛이 났으며, 와인도 작년에 마시던 그 맛이 아니었다. 잊어버리고 만 것이다! 담배와 와인 두 모금에 머리가 돌고 가슴이 뛰기 시작해서 브롬산칼륨을 복용해야만 했다.

침대에 눕기 전에 타냐는 남편에게 말했다.

"아버지는 당신을 정말로 사랑하세요. 당신이 아버지에게 화를 내시면 이게 아버지를 죽이는 거라고요. 봐요, 나날이 늙어 가시는 것이 아니라 매 시각 늙어 가시는걸. 부탁해요, 안드류샤. 제발 돌아가신 아버님을 위해서라도, 제 평온을 위해서라도 아버지에게 상냥하게 좀 대해 줘요!"

"그럴 수도 없고, 그러고 싶지도 않아."

"아니 왜요?" 타냐가 온몸을 떨기 시작하면서 물었다. "설명해 봐요, 왜죠?"

"매력적인 게 없으니까, 전부 다 말이야." 코브린은 건성으로 말하고는 어깨를 으쓱했다. "그분에 대해서는 말하지 말자고. 그분은 당신 아버지니까."

"도대체 이해할 수가, 이해를 못 하겠네요!" 타냐는 관자놀이를 누르면서 한 곳을 응시하며 말했다. "우리 집에 무슨 이해하지 못할 끔찍한 일이 일어나고 있어요. 당신은 변해서 전혀 다른 사람이 되었고…… 명석하고 뛰어난 사람이 별것도 아닌 말에 격노하고, 사소한 일에 끼어들고……. 이런 작은 것들이 당신을 흔들어 대니 어떨 때는 그냥 놀랍기도 하고 당신이 맞나 믿기지가 않아요. 그래, 그래요. 화내지 마요, 화내지 말고." 타냐는 말로 혼내기도 하고 남편의 손에 입을 맞추기도 하면서 말을 계속했다. "당신은 똑똑하고, 착하고, 고결한 사람이에요. 아버지에게 좋게 좀 대해요. 그렇게 착하신 분을!"

"착한 게 아니라 그냥 속이 좋은 것뿐이지. 당신 아버지같이 배부르고 속 좋은 몰골을 한 소극에나 나오는 양반들은 어찌나 손님 대접을 잘하는 괴짜들인지 한때는 작품이나 소극, 삶에서 이런 사람들이 사랑스럽기도 하고 웃기기도 했는데, 지금은 꼴도 보기 싫어. 뼛속까지 이기주의자들이지. 그중에서도 제일 꼴 보기 싫은 건 그 사람들의 배부름에서 나오는, 그야말로 소나 돼지 같은 낙천주의거든."

타냐는 침대에 앉아서 머리를 베개 위에 댔다.

"고문이 따로 없어." 타냐의 목소리에서 그녀가 이미 극도로 지쳤으며 말하는 것조차 힘겨워한다는 것을 알 수 있었다. "겨울부터 한시도 편안했던 적이 없었어……. 하느님, 이건 너무 끔찍합니다! 힘들어요……."

"그래, 물론 나는 헤롯이고, 당신과 당신의 아빠는 애굽의 아기들이지. 그렇고말고!"

타냐는 남편 얼굴이 못생기고 불쾌하게 느껴졌다. 미워하고 조소하는 표정은 남편에게 어울리지 않았다. 이미 예전부터 남편 얼굴에 뭔가가 빠져 있다는 것을 눈치채긴 했지만, 머리를 자른 뒤로는 얼굴마저 변해 버린 것만 같았다. 남편에게 상처가 되는 아무 말이나 해 주고 싶었지만, 동시에 자기 안의 적의를 감지하고는 깜짝 놀라서 침실에서 나갔다.


## 9


코브린은 단독 강좌를 맡게 되었다. 첫 강의는 12월 2일로 지정되었고, 대학 복도에 이에 대한 공고가 붙었다. 하지만 강의 당일 코브린은 학생처장에게 전보를 쳐서, 지병으로 강의를 하지 못할 것 같다고 알렸다.

목에서 피가 나왔다. 각혈을 계속하긴 했지만, 한 달에 두 번 정도는 피를 너무도 많이 흘렸고, 그럴 때면 체력이 급격히 떨어져 기면 상태에 빠졌다. 돌아가신 어머니가 이 병으로 10년도 더 앓으셨다는 것을 알고 있었기 때문에 코브린은 특별히 놀라워하지도 않았고, 의사들도 위험한 정도가 아니라고 안심시키면서 단지 흥분하지 말고, 규칙적인 생활을 하고, 말을 좀 적게 하라고 조언했다.

1월에 강의는 또다시 같은 이유로 열리지 못했고, 2월에는 이미 학기가 시작되어 늦어 버렸다. 내년까지 연기해야만 했다.

코브린은 이미 타냐가 아니라 두 살 연상인 여자와 살았는데,

여자는 코브린을 아기처럼 보살펴 주었다. 코브린은 평화롭고 담담한 기분으로 기꺼이 시키는 대로 했고, 바르바라 니콜라예브나(여자의 이름이 그랬다)가 코브린을 크림 지방으로 데려갈 채비를 할 때도 코브린은 이 여행으로 얻을 것이 하나도 없을 것을 예감했음에도 그렇게 하도록 했다.

두 사람은 저녁에 세바스토폴에 도착했고, 쉬었다가 내일 얄타로 가기 위해서 호텔에 머물렀다. 오는 길에 두 사람 모두 지쳐 버렸다. 바르바라 니콜라예브나는 차를 충분히 마시고는 잠자리에 들어 이내 잠이 들었다. 하지만 코브린은 잠자리에 들지 않았다. 기차역으로 떠나기 한 시간 전, 아직 집에 있을 때 타냐로부터 편지를 받았지만 열어 볼 엄두가 나지 않았다. 편지는 지금 옆 주머니에 들어 있고, 편지에 대한 생각으로 코브린은 불쾌했다. 진심으로, 마음속 깊은 곳에서 코브린은 타냐와 결혼한 것을 지금에 와서는 실수로 여겼고, 최종적으로 타냐와 갈라선 것에 만족했다. 마지막에 가서는 뚫어지게 쳐다보는 크고 또렷한 눈 말고는 모든 것이 죽어 버린 듯 걸어 다니는 산송장 같았던 이 여자에 대한 기억은 그에게 단지 연민과 자책만을 불러일으킬 뿐이었다. 봉투의 필체는 2년 전쯤 자신이 얼마나 정의롭지 못하고 잔인했던가를, 아무 죄 없는 사람들에게 얼마나 자신의 정신적 공허함과 권태, 고독과 삶에 대한 불만족으로 분풀이해 댔던가를 생각나게 했다. 또한 어느 날엔가 아픈 중에 완성한 학위 논문과 모든 소논문들을 갈기갈기 찢어 창밖으로 던져서 그 조각들이 바람에 날리면서 나무와 꽃들에 걸렸던 일도 기억해 냈다. 한 줄 한 줄의 내용이 모두 이상하고, 어떠한 근거도 없는 좁은 소견에 뻔뻔스럽고 과대망상적인 것을 보면서, 마치 자신의 단점들을 서술해 놓은 것을 읽는 것 같은 느낌을 받았고, 마지막 공책이 잘게 찢겨 창밖으로 날아갈 때, 왠지 문득 처참하고 씁쓸해져서 아내에게 가 너무도 험한 말을 퍼부었다. 하느님이시여, 그는 아내를 얼마나 몰아댔던지! 한번은 아내에게 고통을 줄 생각으로 코브린은 자신에게 딸과 결혼해 달라고 부탁함으로써 자신들의 연애에 아버지가 좋지 못한 역할을 했다고 말했고, 우연히 이 말을 엿듣게 된 예고르 세묘니치가 방 안으로 달려 들어왔지만, 절망감에 말 한 마디 못 하고 제자리에서 발만 동동 구르며, 혀가 빠진 것처럼 이상하게 음음 하는 소리만 냈고, 이런 아버지를 보면서 타냐는 찢어질 듯한 비명을 내뱉고는 기절해 버렸다. 그보다 더한 추태가 없었다.

익숙한 필체를 보자 이 모든 것이 기억 속에서 떠올랐다. 코브린은 발코니로 나갔는데, 조용하고 따뜻한 날씨에 바다 냄새가 났다. 멋들어진 작은 만은 달과 불빛을 반사하며 어떻게 불러야 할지 모를 색을 띠고 있다. 하늘색에 초록색이 부드럽고 가볍게 섞인 색이라고나 할까. 어떤 곳에는 물이 푸른 황산구리 색을 띠고, 달빛을 짙게 받는 어떤 곳에는 물 대신 빛이 만을 가득 채우니 색의 조화가 얼마나 평화롭고 차분하고 격조 있는 기분을 들게 하는지!

여자들 목소리와 웃음소리가 또렷이 들리는 것을 보면 발코니 밑 아래층 창문이 열려 있었던 것 같다. 거기서 파티라도 하는 듯했다.

코브린은 마음을 다잡고 편지를 개봉하고는 자기 방으로 들어가면서 읽었다.

"방금 아버지가 돌아가셨어요. 꼭 알아야 해요, 당신이 아버지를 죽였으니까. 우리 정원은 죽어 가고 있고, 이미 외부 사람들이 주인 행세를 하고 있지요. 가엾은 아버지가 염려하시던 그대로 되어 가는 거죠. 이 또한 꼭 알아야 해요. 나는 죽도록 당신을 증오하고, 얼른 죽어 버리길 바라고 있어요. 오, 내가 얼마나 괴로운지! 참을 수 없는 고통이 내 마음을 지져 대고……. 저주받아 마땅한 사람. 특별한 사람으로, 천재로 여겼고 사랑했건만 정신병자였다니……."

코브린은 더는 읽을 수가 없어 편지를 찢어서 던져 버렸다. 공포에 가까운 불안이 엄습했다. 가림막 너머로 바르바라 니콜라예브나가 자면서 내는 숨소리가 들렸고, 아래층에서 여자들 목소리와 웃음소리가 들려왔지만, 호텔 전체에 자기 말고는 단 한 사람도 없는 것 같은 느낌이 들었다. 불행하고 슬픔에 넋을 잃은 타냐가 자신을 저주하고 죽기를 바란다는 편지 내용에 코브린은 오싹했고, 2년간 자신의 삶과 가까운 사람들의 삶을 너무도 망쳐 버린 저 알 수 없는 힘이 또다시 방으로 들어와 자신을 지배하려고 하지는 않을까 겁이 나 문 쪽을 슬쩍 바라보았다.

코브린은 이미 경험상 신경을 통제할 수 없을 때 가장 좋은 방법은 공부를 하는 것임을 알았다. 책상에 앉아 어떻게든 어떤 한 생각에 집중하도록 스스로를 다잡아야 했다. 빨간색 서류 가방에서 공책을 꺼냈는데, 거기에는 크림에서 할 일이 없어 무료할 경우를 대비해 간략하게 편집해 놓은 작업 개요가 적혀 있었다. 책상에 앉아 이 개요를 읽고 있다 보니 평정심이 되살아나는 것 같았다. 개요가 적힌 공책은 세상의 헛됨을 고찰하게까지 만들었다. 코브린은 인간에게 줄 수 있는 사소하거나 너무도 평범한 복을 위해서 인생이 얼마나 많은 것을 가져가는지에 대해서 생각했다. 예를 들어, 마흔에 강의를 맡고, 평범한 교수가 되기 위해서 무미건조하고 지루하고 어려운 말로 평범한 것이나 남의 생각을 열거하기 위해서, 한마디로 평범한 교수가 되기 위해서 코브린은 15년을 공부하고, 밤낮으로 연구하고, 심각한 정신병에 걸리고, 불운한 결혼 생활을 겪고, 차라리 기억하지 못하는 것이 나은, 온갖 바보 같은 짓이나 부당한 일을 수없이 해야 했다. 코브린이 지금에서야 확실히 자각한 것은 자신이 평범하다는 것이고, 이를 기꺼이 인정했던 것도 자기 생각에 사람은 있는 그대로에 만족해야 하기 때문이었다.

개요는 코브린을 완전히 안심시켰지만, 찢긴 편지가 널린 허연 바닥은 코브린이 집중하는 데 방해가 되었다. 코브린은 책상에서 일어나 편지 조각들을 모아 창밖으로 던졌지만, 바다에서 불어오는 미풍에 조각들은 창틀에 흩어졌다. 또다시 공포에 가까운 불안이 에워싸면서 호텔 전체에 자신 말고는 아무도 없는 것 같았……. 코브린은 발코니로 나왔다. 작은 만은 살아 있는 것처럼 수많은 하늘빛, 푸른빛, 청록빛, 불빛의 눈으로 코브린을 쳐다보면서 유혹했다. 실제로 후텁지근해서 수영을 해도 무방한 날씨였다.

갑자기 발코니 밑 아래층에서 바이올린 연주에 맞춰 두 여자가 노래를 불렀다. 어딘가 익숙한 노래였다. 밑에서 부르고 있는 로망스는 병적인 상상력을 가진 어떤 소녀가 밤에 정원에서 비밀스러운 소리를 듣고 그것이 필멸자인 우리가 이해하지 못하는 신성한 하모니라고 생각한다는 노래였다. 코브린은 숨이 턱 막혔고, 슬픔에 가슴이 옥죄였으며, 잊은 지 이미 오래인 기적같이 달콤한 기쁨이 마음속에서 되살아났다.

회오리바람이나 돌개바람처럼 생긴 검은색 커다란 기둥이 작은 만 저쪽 기슭에서 모습을 드러냈다. 기둥은 점점 더 작아지고 짙

검은 수사

어지면서 무서운 속도로 작은 만을 지나 호텔 쪽으로 움직였고, 코브린은 길을 터 주려고 옆으로 비키는 데 간신히 성공했다…… 허옇게 센 머리를 감추지 않은 수사는 까만 눈썹에 맨발, 양손을 십자 모양으로 가슴에 얹고, 그의 옆을 지나 방 한가운데 멈춰 섰다.

"왜 그렇게 나를 믿지 않았나?" 수사는 부드럽게 코브린을 쳐다보면서 나무라듯 물었다. "자네가 천재라는 것을 그때 믿었더라면, 이 2년 동안을 그렇게 슬프고 전전긍긍하며 보내지는 않았을 텐데."

코브린은 이미 자신이 하느님의 선택을 받은 자이고 천재임을 믿었고, 검은 수사와의 지난 대화들을 모두 생생하게 떠올리면서 말을 하고 싶었지만, 목에서 피가 솟구쳐 가슴으로 곧바로 흘러내렸다. 어떻게 해야 할지 몰라 손으로 가슴을 쓸자 소매 끝이 피로 축축해졌다. 가림막 너머에 자고 있는 바르바라 니콜라예브나를 부르고 싶어 있는 힘을 다해서 말했다.

"타냐!"

코브린은 바닥에 넘어졌고, 손을 들어 다시 불렀다.

"타냐!"

코브린은 타냐를 불렀고, 이슬 맺힌 화려한 꽃들이 있는 큰 정원을 불렀고, 공원과 뿌리를 드러낸 소나무들, 호밀 들판, 자신의 대단한 학문과 젊음, 용기와 기쁨을 불렀고, 너무도 아름다웠던 삶을 불렀다. 얼굴 근처 바닥에 있는 커다란 피 웅덩이를 보면서 더는 힘이 없어 한마디도 내뱉을 수 없었지만, 형용할 수 없는 무한한 행복이 온몸에 충만했다. 발코니 아래에서는 세레나데를 연주했고, 검은 수사는 코브린에게 그가 천재이고, 나약한 인간의 몸은 이미 균형을 상실해서 천재를 위한 껍질 역할을 수행할 수 없기 때문에 죽어가는 것일 뿐이라고 속삭였다.

바르바라 니콜라예브나가 깨어나 가림막을 나왔을 때 코브린은 이미 죽어 있었고, 얼굴에는 복된 미소가 서려 있었다.

검은 수사

# 로트실트의 바이올린

　도시는 조막만 해서 시골만 못했고, 짜증 날 정도로 좀체 죽지 않는 노인들만 살았다. 병원에서도 감옥에서도 관이 필요한 경우는 극히 드물었다. 한마디로 볼 장 다 봤다. 야코프 이바노프가 큰 도시에서 장의사를 했더라면 아마 제집도 마련했을 테고, 사람들도 야코프 마트베이치라고 불렀으련만,[22] 여기 조막만 한 도시에서는 다들 그냥 야코프라고 불렀고, 이유는 모르겠지만 브론자라는 별명으로 아내인 마르파와 방 한 칸짜리 낡은 오두막집에서 벽난로, 2인용 침대와 관들, 작업대며 세간살이를 놓고 일개 농사꾼처럼 가난하게 살았다.

　야코프는 관을 튼튼하게 잘 만들었다. 농사꾼의 것이든 상인의 것이든 한 치의 오차도 없이 자신의 키에 맞게 제작했는데, 이는

---

22 러시아에서 이름과 부칭을 함께 부른다는 것은 상대를 존경한다는 뜻을 내포한다.

야코프가 일흔 살에도 그보다 크고 건장한 사람은 감옥에도 없었기 때문이었다. 귀족이나 여자의 관을 짤 때는 쇠로 된 자로 치수를 쟀다. 아이 관 주문이 들어오면 아주 내키지 않아 하면서 자로 재지도 않고 후다닥 제작해 버리고는, 수고비를 받을 때마다 말했다.

"솔직히 쓰잘머리 없는 일은 하기 싫소."

이 손재주 말고도, 많진 않지만 바이올린 연주로도 돈을 벌었다. 도시에 결혼식이 있으면 보통 유대인으로 구성된 오케스트라가 연주를 맡는데, 땜장이 모이세이 일리치 샤흐케스가 오케스트라를 건사하면서 수입의 반 이상을 챙겨 갔다. 야코프는 바이올린 연주, 특히 러시아 노래를 아주 훌륭하게 연주해서 샤흐케스는 손님들이 챙겨 주는 선물 빼고 일당 50코페이카에 야코프를 오케스트라로 부르기도 했다. 오케스트라에 앉아 있을 때면, 브론자는 얼굴이 벌게지면서 땀을 흘렸다. 무엇보다 덥기도 하고, 마늘 냄새가 숨 막힐 정도로 풍겨 오는 데다가 바이올린이 소리를 내면 오른쪽 귀에는 콘트라베이스 소리가, 왼쪽 귀에는 부자로 유명한 로트실트라는 성을 가진 붉은 머리의 말라깽이 유대 놈 하나가 얼굴에 붉고 푸른 혈관들을 드러내며 연주하는 플루트가 울어 댔던 것이다. 그런데 이 망할 유대 놈은 제일 신나는 곡도 슬프게 연주하는 재주가 있었다. 특별한 이유도 없이 야코프는 점점 이 유대인들, 특히 로트실트를 싫어하고 경멸해서 시비도 걸고 좋지 않은 말들로 욕을 하기 시작했고, 한번은 때리려고까지 했다. 그러자 화가 난 로트실트는 야코프를 죽일 듯 째려보며 말했다.

"내가 당띤 재능을 존중하지 않았다면, 당띤은 딘닥 우리 집 창밖으로 날아갔을 거야."

그러고는 울기 시작했다. 그렇게 오케스트라에서는 유대인 한 명이 모자라는 최악의 상황에만 브론자를 불렀다.

야코프는 늘 끔찍한 손해에 시달리다 보니 기분이 좋은 경우는 결코 없었다. 이를테면 주일과 명절에 일하는 것은 죄를 짓는 것이고, 월요일에는 월요병에 시달리고, 이런 식으로 1년에 200일은 팔짱 끼고 앉아만 있어야 한다. 그러니 이 손해가 얼마냐는 거다! 결혼식에 악단 연주가 없는 경우나 샤흐케스가 불러 주지 않는 것 또한 손해였다. 경찰서장이 2년간 아파서 다 죽어 가는 것을 보고 야코프는 초상 치를 날만 손꼽아 기다렸건만, 서장은 병을 치료한다고 큰 도시로 가서는 거기서 죽어 버렸다. 양단을 댄 비싼 관을 했을 테니 족히 10루블은 손해를 본 것이다. 특히 밤만 되면 손해에 대한 생각이 야코프를 사로잡았는데, 침대맡에 바이올린을 세워 두었다가 온갖 잡생각이 들 때면 줄을 튕겼고, 어둠 속에서 울리는 바이올린 소리가 마음을 좀 가볍게 해 주었다.

지난해 5월 6일 마르파가 갑자기 앓기 시작했다. 할멈은 숨 쉬는 것을 힘들어하면서 물을 엄청 마셔 댔고 비틀거리면서도 아침에는 벽난로에 불을 지피고 물까지 길어 왔다. 저녁 무렵에는 다시 드러누웠다. 야코프는 온종일 바이올린을 켰고, 완전히 어두워졌을 때는 매일 본 손해를 기록해 놓은 수첩을 꺼내, 심심풀이로 연간 총액을 상정해 보기 시작했다. 1,000루블이 넘었다. 야코프는 너무 격분한 나머지 주판을 바닥에 내동댕이치고 발을 동동 굴렀다. 그러고는 주판을 들어 다시 한동안 알을 튕기면서 깊은 한숨을 쉬었다. 벌건 얼굴에 땀이 흥건했다. 이 날아가 버린 1,000루블을 은행에 넣어 두었더라면 이자로 최소 40루블은 모을 수 있었을 것이라고 생각했던 것이다. 그러니깐 이 40루블도 손해인 셈이다. 한마디로 어디를 둘러보나 천지가 손해일 뿐이다.

"야코프!" 마르파가 불쑥 불렀다. "나 죽어요!"

야코프는 아내를 쳐다보았다. 열이 나서 장밋빛이 된 얼굴은 평소와 다르게 환하고 기쁨에 차 있었다. 늘 창백하고 소심하고 불행한 얼굴에 익숙했던 브론자는 순간 당황했다. 아내는 실제로 죽어가면서 드디어 이 오두막에서, 관들에서, 야코프에게서 영원히 떠나게 됨을 기뻐하는 듯했다……. 그러면서 천장을 바라보며 입술을 실룩거렸는데, 행복한 표정으로 자신의 구원자인 죽음을 보았는지 천사와 속삭였다.

이미 새벽녘이었고, 창밖으로 아침노을이 타오르는 것이 보였다. 할멈을 보면서 야코프는 무슨 이유에서인지 살면서 한 번도 아내를 아껴 주거나 가엾게 여긴 적이 없고, 머릿수건 하나 사 줄 생각이나 피로연에서 과자 하나 가져다줄 생각은 못 하면서 소리나 지르고 손해 때문에 욕이나 하고 주먹이나 날려 대던 기억이 떠올랐다. 물론 단 한 번도 때린 적은 없지만 겁을 준 것은 사실이었고, 그럴 때마다 아내는 무서워서 꼼짝도 못 했다. 또한 지출이 크다는 이유로 차도 못 마시게 해서 아내는 뜨거운 물만 마셨다. 지금 아내가 왜 저렇게나 이상하게 기쁜 얼굴을 하고 있는지 깨달은 야코프는 섬뜩한 느낌이 들었다.

아침까지 기다렸다가 야코프는 이웃에서 말을 빌려 마르파를 병원으로 데려갔다. 환자가 많지 않아서 세 시간 정도만 기다리면 되었다. 너무도 다행인 것은, 이번에는 몸이 아픈 의사가 아니라 주정뱅이에 싸움꾼이긴 하지만 온 도시에서 의사보다 아는 것이 많다고

들 하는 준의사[23] 막심 니콜라이치에게 진료를 받는다는 것이었다.

"건강하시죠?" 할멈을 진료실로 데리고 들어가면서 야코프가 말했다. "막심 니콜라이치, 별것도 아닌 일로 심려를 끼쳐드려 송구스럽습니다. 여기, 제 물건이 말썽인데 한번 봐 주십시오. 인생의 반려자라고들 말하는데, 이런 표현을 써서 죄송합니다……."

준의사는 허옇게 센 눈썹을 찌푸리고 구레나룻을 한 번 훑고는 할멈을 진찰하기 시작했다. 할멈은 등을 굽히고 등받이 없는 의자에 앉아 있었는데, 매부리코에 입을 쩍 벌리고 있는 비쩍 마른 옆모습이 마치 물을 마시고 싶어 하는 새 같았다.

"음…… 그렇지……." 준의사는 천천히 말하면서 깊은 한숨을 쉬었다. "인플루엔자나 열병일 수도 있고. 지금 티푸스가 도시를 돌고 있기도 하고. 어쩌겠어? 할멈도 살 만큼 살았으니 하느님께 감사해야지……. 몇 살이오?"

"네, 한 살 모자란 일흔입니다, 막심 니콜라이치."

"어쩌겠어? 할멈도 살 만큼 살았네. 갈 준비를 해야지."

"옳은 말씀이십니다, 막심 니콜라이치." 야코프가 예의 바르게 미소를 지으면서 말했다. "친절하심에 진심으로 감사드립니다만 하찮은 곤충도 살고 싶어 하는 법이잖니까."

"그야 그렇지!" 준의사는 할멈이 죽고 사는 것은 자신에게 달려 있는 듯한 어조로 말했다. "그러니깐, 이보게, 머리에 얼음주머니 좀 올려 주고, 이 가루약을 하루에 두 번 먹이게. 그럼 잘 가세,

---

23 제정 러시아 시절, 지방 병원에서 1차 및 산과, 수술 진료를 보던 의료 전문인.

봉주르."

야코프는 준의사의 얼굴 표정에서 상황이 심각하고, 어떤 가루약도 도움이 되지 않을 것을 보았고, 마르파가 오늘내일은 아니더라도 곧 죽을 것임을 명확하게 알게 되었다. 야코프는 팔꿈치로 준의사를 슬쩍 건드리고 눈을 찡긋하고는 소리를 반쯤 낮춰 말했다.

"에이, 막심 니콜라이치, 부항이라도 좀 떠 주시지요."

"시간 없어, 여보게, 시간이 없네. 할멈 데리고 잘 가시게. 잘 가."

"선심 한번 써 주십시오." 야코프가 빌었다. "잘 아시면서. 배나 속이 아프면야 가루약이나 물약이면 되지만, 이건 감기잖습니까! 감기면 제일 먼저 하는 일이 피를 뽑는 거지요, 막심 니콜라이치."

하지만 준의사는 이미 다음 환자를 불렀고, 아낙 하나가 소년을 데리고 진료실로 들어왔다.

"가라고, 가……." 준의사는 인상을 쓰면서 야코프에게 말했다. "그늘을 걷어 낼 방도는 없어."

"정 그러심 거머리라도 좀 붙여 주십시오! 평생 기도해 드리겠습니다!"

준의사는 꼭지가 돌아 소리를 질렀다.

"한마디만 더 해 봐! 멍청이가……."

야코프도 꼭지가 돌아 온몸이 벌게졌지만, 말 한마디 못 하고 마르파를 부축해 진료실에서 데리고 나왔다. 야코프는 수레에 앉았을 때야 비로소 냉담하게 비웃듯 병원을 바라보고는 말했다.

"여기는 배우들이나 잔뜩 앉혀 놨어! 부자한테는 부항을 떠 주면서 가난한 사람한테는 거머리 하나도 아깝다 이거지. 헤롯 같은 놈들!"

로트실트의 바이올린

집에 돌아온 마르파는 오두막으로 들어가 10여 분 벽난로를 잡고 서 있었다. 누우면 야코프가 손실을 들먹이면서 일하기 싫어 종일 누워 있는다고 잔소리를 할 것 같아서 말이다. 하지만 야코프는 근심에 차 마르파를 쳐다보고는 내일은 성 요한의 날이고, 모레는 성 니콜라우스의 날, 그다음 날은 주일, 그다음은 월요일, 월요병에 시달리는 날임을 떠올렸다. 나흘간은 일을 하지 못할 건데, 마르파는 이 날 중에 죽을 것 같고, 그러면 오늘 관을 제작해야 했다. 야코프는 쇠로 된 자를 가지고 할멈에게 다가가서는 치수를 재기 시작했다. 그런 다음 할멈이 눕자 야코프는 성호를 긋고 관을 짜기 시작했다.

　　일이 끝났을 때, 브론자는 안경을 끼고 수첩에 적었다.

　　'마르파 이바노바 관. 2루블 40코페이카.'

　　그러고는 한숨을 쉬었다. 할멈은 내내 눈을 감고 말없이 누워 있었다. 하지만 저녁 때, 날이 어두워지자 갑자기 할아범을 불렀다.

　　"기억나요, 야코프?" 할멈은 기쁘게 할아범을 바라보며 물었다. "50년 전에 하느님이 금발 머리 아이를 주신 거 기억나요? 그때는 우리 시냇가에 앉아서 노래도 부르고……, 버드나무 아래서요." 그러고는 쓴웃음을 짓고는 덧붙였다. "딸애가 죽었어요."

　　야코프는 기억해 내려고 했지만, 아이도 버드나무도 전혀 기억이 나지 않았다.

　　"착각하고 있는 거야." 야코프가 말했다.

　　사제가 와서 성찬을 베풀고 도유식을 했다. 그러고는 마르파가 뭔가 알아듣지 못하는 말을 웅얼거리기 시작하더니 아침나절에 명을 달리했다.

이웃 할멈들이 씻기고 옷을 입혀서 관에다 넣었다. 보제에게 필요 없는 돈을 주지 않으려고 야코프는 직접 시편을 읽었고, 대부가 묘지기였기 때문에 묏자리 일에 아무도 부르지 않았다. 농사꾼 넷이 고인을 기리는 의미에서 돈을 받지 않고 관을 무덤까지 날라 주었다. 관 뒤로 할멈들과 거지들, 바보 성자 둘이 따랐고, 지나가던 사람들이 경건하게 성호를 그었다……. 이에 야코프는 모든 것이 마음 상하는 사람 없이 정직하고 순탄하면서도 싸게 이루어진 것에 크게 만족했다. 마르파와 마지막으로 헤어지면서 손으로 관을 만져 보고는 생각했다. '잘 만들었다!'

하지만 묘지에서 돌아오는 길에 슬픔이 강하게 에워쌌다. 몸도 좋지 않아서 뜨겁고 가쁜 숨을 내쉬었고, 다리도 힘이 풀리고, 갈증이 났다. 그러면서 머릿속에 온갖 생각이 다 났다. 또다시 평생 마르파를 가엾게 여긴 적도 아껴 준 적도 없었던 것이 떠올랐다. 한 오두막에 산 지 52년이라는 오랜 세월 동안 개나 고양이도 아닌데 한 번도 관심을 주거나 제대로 생각해 본 적이 없었다. 그런데도 마르파는 매일 벽난로에 불을 피우고, 끓이고 굽고, 물을 긷고, 장작을 패고, 야코프와 한 침대에서 자고, 야코프가 피로연에서 술이 취해 돌아올 때면 바이올린을 벽에 고이 걸어 두고 이부자리를 봐 주었는데, 이 모든 것을 군말 없이, 조심스러우면서도 세심하게 했던 것이다.

로트실트가 다가와서는 야코프를 보고 웃으며 인사했다.

"안 그래도 아더씨를 찾고 있어떠요!" 로트실트가 말했다. "모이세이 일리치가 안부 던하디면서 당장 와 달라고 하셨떠요."

야코프는 그럴 기분이 아니었다. 울고 싶었다.

"내버려 둬!" 야코프는 말하면서 가던 길을 갔다.

로트실트의 바이올린

"아, 어떻게요?" 당황한 로트실트는 앞질러 갔다. "모이세이 일리치가 언짢아하실 겁니다! 당장 오라고 명령하셨다니까요!"

야코프는 붉은 주근깨투성이 유대인이 가쁜 숨을 몰아쉬면서 눈을 깜박깜박하는 것이 꼴도 보기 싫었다. 짙은 천으로 여기저기 덧댄 녹색 프록코트에 전신이 부러질 것 같은 가녀린 형상을 보는 것도 역겨웠다.

"마늘 냄새 풍기는 놈이 나한테 왜 이렇게 들러붙는 거야?" 야코프가 소리를 질렀다. "신경 쓰지 마!"

화가 난 유대인도 소리를 질렀다.

"소리 쫌 낮추시디, 한 방 날리기 던에!"

"내 눈앞에서 썩 꺼져!" 야코프가 으르렁대면서 주먹을 휘둘렀다. "유대 새끼들 때문에 살 수가 없어!"

로트실트는 무서워서 꼼짝도 못 했고, 주저앉아서는 맞지 않으려고 머리 위로 손을 내저었다가 벌떡 일어서서는 있는 힘껏 달려갔다. 달려가면서 자빠지기도 하고 양팔을 쫙 펴기도 했다. 길고 앙상한 등은 경련을 일으키는 것 같기도 했다. 아이들은 이 상황을 재밌어하며 "유대 놈! 유대 놈!" 하고 외치며 뒤를 쫓아갔다. 개들도 짖어 대면서 쫓아갔다. 누군가가 깔깔거리며 웃고는 휘파람을 불자 개들이 더 크고 사이좋게 짖기 시작했다…… 고통스러운 비명이 들리는 것을 보면 개 하나가 로트실트를 문 것이 분명했다.

야코프는 눈길 닿는 대로 목초지를 따라 걷다가 도시 외곽으로 갔고, 아이들은 "브론자가 간다! 브론자가 간다!" 하고 외쳤다. 그리고 강가에 다다랐다. 도요새들이 울고, 오리들이 꽥꽥거렸다. 탈 듯한 햇살이 내리쬐었고, 반짝거리는 물을 바라보자니 눈이 부셨다. 야코프는 기슭을 따라 난 오솔길을 지났고, 목욕장에서 통통한 부인 하나가 볼이 빨개서 나오는 것을 보고 생각했다. '꺼져, 못생긴 것아!' 목욕장 근처서 고기로 새우를 잡고 있던 아이들이 야코프를 보고는 못되게 소리치기 시작했다. "브론자! 브론자!" 커다란 구멍에 까마귀 둥지가 있는 바로 그 오래된 널찍한 버드나무가 나타났다⋯⋯. 그리고 갑자기 야코프의 기억 속에서 금발 머리 아이가 되살아났고, 마르파가 말했던 버드나무가 떠올랐다. 그래, 바로 그 버드나무. 푸르고, 조용하고, 슬픈⋯⋯. 늙었구나, 가엾게도!

야코프는 나무 아래 앉아서 기억을 떠올리기 시작했다. 지금은 침수된 초원이 된 저편 기슭에 그때는 거대한 자작나무 숲이 있었고, 지평선 끝에 보이는 저편 민둥산 역시 그때는 푸른 원시 침엽수림이었다. 강을 따라 돛단배들도 다녔다. 그런데 지금은 모든 것이 평평하고 매끄럽기만 하고, 저편에는 앳되고 날씬한 아씨 같은 자작나무 한 그루만이 서 있을 뿐이고, 강에도 오리와 거위뿐이라 이곳에 돛단배가 다니던 적이 있었나 싶은 정도였다. 예전에 비해 거위도 줄어든 것 같았다. 야코프가 눈을 감자, 상상 속에서 거대한 흰 거위 떼들이 차례로 지나갔다.

인생의 마지막 40~50년 동안 어떻게 한 번도 강에 와 본 적이 없는지 이해할 수 없었지만, 나와 본들 눈에 들어는 왔을까? 강은 쓰잘머리 없는 것이 아닌 정직한 것이어서 고기를 잡아다가 정거장에서 상인이나 관료, 식당 주인에게 팔았더라면 그렇게 번 돈을 은행에 넣을 수도 있었고, 영지와 영지 사이를 오가는 배에서 바이올린 연주라도 했더라면 이런저런 지위의 사람들에게 돈을 받을 수도 있었으며, 돛단배를 운행했더라면 관 짜는 일보다 짭짤한 수익을 올렸을 것이다. 아니면 거위라도 길러서 겨울에 잡아 모스크바로 가져갔더라면 깃털 하나에 연간 10루블은 족히 쳐줬을 텐데. 이 얼마나 손해인가! 어휴, 정말로 큰 손해지! 만약 고기도 잡고, 바이올린 연주도 하고, 돛단배도 타고, 거위도 잡고 다 했더라면, 얼마나 많은 돈을 벌어들였겠는가! 하지만 그런 건 꿈에도 생각 못 했고, 이득도 어떠한 만족도 없이 담뱃잎 냄새 한번 맡을 새 없이 허송세월만 했으니 앞으로도 이미 아무것도 남아 있지 않았고, 뒤를 봐도 소름까지 돋을 정도의 끔찍한 손해뿐 아무것도 없었다. 그렇다면 사람은 왜 이런 상실이나 손해 없이는 살 수 없는 것일까? 대체 왜 자작나무와 침엽수림을 베어 버렸는가? 목초지는 무엇 때문에 거저 놀리고 있나? 야코프는 무엇 때문에 평생 아내에게 욕하고, 못 잡아먹어 안달하고, 주먹질하고, 모욕을 줬는가? 그리고 조금 전에 무슨 필요로 유대인을 당황시키고 수모를 줬나? 사람들은 무엇 때문에 서로 못살게 굴면서 사는가? 이로 인한 손해가 얼마나 큰가 말이다! 정말 끔찍한 손해이지 않은가! 증오나 원한이 없다면 사람들은 서로에게 엄청난 이득이 될 텐데.

저녁에도 밤에도 아이와 버드나무, 생선과 잡은 거위, 물을 먹고 싶어 하는 옆모습이 새를 닮은 마르파와 로트실트의 불쌍한 얼굴이 어른거렸고, 웬 낯짝들이 사방에서 달려들어 손해에 대해서 중얼거렸다. 야코프는 이리저리 돌아누우며 바이올린을 켜려고 다섯 번쯤 잠자리에서 일어났다.

아침에 간신히 일어나 병원으로 갔다. 바로 그 막심 니콜라이치가 머리에 얼음주머니를 올리라고 하면서 가루약을 주었는데, 그 얼굴 표정과 어투에서 야코프는 상태가 나쁘고 그 어떤 가루약도 도움이 되지 않을 것임을 눈치챘다. 집으로 돌아오면서 먹지 않아도 되고, 마시지 않아도 되고, 세금을 내지 않아도 되고, 사람들을 모욕하지 않아도 되는 죽음만이 유일한 이득임을 깨달았다. 관 속에 1년이 아닌 수백, 수천 년 누워 있을 테니 그 이득을 계산해 보면 엄청나기 때문이다. 사람은 살아 있으면 손해고, 죽으면 이득이다. 물론이런 생각은 타당하지만 그럼에도 모욕적이고 씁쓸하다. 사람에게한 번밖에 주어지지 않은 삶이 이득도 없이 흘러가는 이런 법이 세상에 어디 있단 말인가?

죽는 것이 애석하지는 않았지만, 집에 오자마자 바이올린을 보니 가슴이 미어지면서 서글퍼졌다. 바이올린을 무덤까지 함께 가져갈 수 없으니, 바이올린은 이제 고아로 남아 자작나무나 침엽수림과 같은 처지가 될 것이다. 모든 것이 이 세상에서 사라졌고 사라질 테니! 야코프는 오두막을 나와 바이올린을 가슴에 꼭 끌어안고 문턱에 앉았다. 사라져 버리는 손해뿐인 인생을 생각하면서 연주를 시작했고, 자신도 모르게 서글프고 먹먹한 감정이 표출되면서 눈물이 뺨을 타고 흘렀다. 더 깊은 생각에 잠길수록 바이올린은 더 구슬프게 노래했다.

한두 번 빗장이 삐거덕거리더니 쪽문에서 로트실트가 나타났다. 마당의 반쯤은 용기 있게 지나왔지만, 야코프를 보자 갑자기 멈춰 서서 잔뜩 움츠리고는 겁에 질려 지금 몇 시인지 손가락으로 보여 주려는 것 같은 행동을 취하기 시작했다.

"이리 와, 괜찮아." 야코프가 나긋하게 말하면서 로트실트를 자기 쪽에 오도록 했다. "이리 오라고!"

무섭기도 하고 못 미더운 눈치로 로트실트는 다가오다가 1사

**113**

젠쯤 거리를 두고 멈춰 섰다.

"제발 자비를 베푸시어 때리지는 말아 두세요!" 로트실트가 쪼그리고 앉으면서 말했다. "모이세이 일리치가 다시 보내셔떠요. 겁내디 말고, 야코프에게 다시 가서 절대 거절은 안 된다고 말하라고요. 수요일에 예쑥이 있다고……. 네-에! 샤포발로프 씨가 딸을 됴은 사람에게 준다고……. 그리고 예쑥은 값비싸게, 후우!" 유대인은 덧붙이면서 한쪽 눈을 찡긋했다.

"못 해……." 한숨을 푹 쉬며 야코프가 말했다. "이보게, 몸이 안 좋아."

그러고는 다시 연주하기 시작했고, 바이올린 위로 눈물이 흘러내렸다. 로트실트는 야코프 쪽으로 돌아서서 가슴에 두 팔을 십자로 포개고는 주의 깊게 들었다. 놀랍기도 하고 미심쩍기도 하던 표정이 조금씩 슬픔과 고통으로 바뀌면서, 로트실트는 괴로울 정도의 환희를 경험하고 있다는 듯 눈을 치켜뜨면서 말했다. "와……!" 눈물이 뺨을 타고 천천히 흘러 녹색 프록코트에 떨어졌다.

그리고 나서 야코프는 온종일 누워서 슬퍼했다. 저녁에 사제가 와서 고해성사를 집전하면서 특별히 생각나는 죄가 있냐고 물었고, 야코프는 희미해져 가는 기억 속에서 또다시 마르파의 불행한 얼굴과 개에게 물린 유대인의 절망적인 비명이 떠올랐고, 간신히 들릴 만한 소리로 말했다.

"바이올린을 로트실트에게 주세요."

"그러지요." 사제가 대답했다.

이제 온 도시가 로트실트에게 저렇게 좋은 바이올린이 어디서 났는지를 묻는다. 산 거냐 훔친 거냐 아니면 저당물이 뚝 하고 떨어진 거냐 하면서 말이다. 로트실트는 플루트를 놓은 지 이미 오래고, 지금은 바이올린만 연주한다. 예전에 플루트를 연주할 때처럼 서글픈 음들이 활 아래로 흘러나오지만, 야코프가 문턱에 앉아 연주하던 것을 상기해 보려고 애쓸 때면 뭔가 우울하고 슬픈 것이 나오면서 듣는 이들을 울리고, 본인도 끝 무렵에는 눈을 치켜뜨면서 말한다. "와……!" 그렇게 도시에서는 이 새 노래를 너무들 좋아한 나머지, 상인이고 관리고 로트실트를 너도나도 자기 집으로 초대해서는 열 번이고 연주해 달라고 졸라 댄다.

# 상자 속 사나이

미로노시츠키 마을에서 가장 외진 프로코피 촌장의 헛간에 사냥하느라 늦은 사냥꾼들이 잠자리를 폈다. 그들은 수의사인 이반 이바니치와 교사인 부르킨, 단 두 사람이었다. 이반 이바니치의 성은 침샤-기말라이스키라고 이중으로 된 상당히 이상한 성이었는데, 그와 전혀 어울리지 않은 탓에 현에서는 다들 쉽게 이름과 부칭으로 불렀다. 말 사육 공장이 있는 도시 근처에서 사는데, 지금은 깨끗한 공기를 마시기 위해 사냥을 나온 참이었다. 교사인 부르킨 역시 매년 여름 P 백작 집에 머물러서 그런지 이미 오래전부터 이 고장 사람이나 진배없었다.

이들은 잠을 자지 않았다. 콧수염을 길게 기른 큰 키에 깡마른 노인인 이반 이바니치는 입구 바깥쪽에 앉아 파이프 담배를 피웠고, 달이 그런 그를 비추고 있었다. 부르킨은 안쪽 건초 더미에 누워 있었는데 어두워서 보이지 않았다.

이들은 이런저런 이야기를 나눴다. 촌장의 아내인 건강하고 명청하지 않은 마브라에 대한 이야기도 했는데, 평생 자신이 태어난 마을을 벗어난 적 없는 마브라는 도시며 철도를 한 번도 보지 못했고, 최근 10년간은 노상 난롯가에 앉아 있다가 밤에만 밖에 나온다고 했다.

　"딱히 놀랄 일도 아니죠!" 부르킨이 말했다. "이 세상에는 천성이 고독해서 소라게나 달팽이처럼 자신의 껍질 속으로 숨으려고 애쓰는 사람들이 적지 않다는 거 말이에요. 격세유전 현상인지 인류가 아직 사회적 동물이 아닌 자신의 동굴 속에서 고독하게 살았던 때로 회귀하려는 건지, 아니면 단순히 다양한 형태의 인간 기질 중 하나인 건지도 모르죠. 누가 알겠어요? 제가 자연과학자도 아니고 이런 질문들은 제가 건드릴 사항은 아니지만, 마브라와 같은 현상을 지닌 사람들이 드물지 않다는 것만은 말씀드리고 싶어서요. 멀리서 찾을 것도 없이, 두 달쯤 전에 벨리코프라고 그리스어를 가르치던 제 동료 하나가 죽었거든요. 물론 소식 들으셨겠지만. 그 사람은 해가 쨍쨍한 날에도 항상 우산에 오버슈즈를 신고, 솜이 든 따뜻한 외투를 입고 다니는 걸로 유명했어요. 우산을 넣는 우산 집에, 시계를 넣는 회색 스웨이드로 만든 시계 집도 있었고, 연필을 깎을 때 꺼내는 접이식 칼을 넣는 칼집까지, 얼굴도 집어넣고 싶은지 매번 옷깃을 세우고 그 속에 얼굴을 숨겼죠. 선글라스에 누비 점퍼를 입고, 귀는 솜으로 틀어막고, 마차를 탈 때면 마부에게 덮개를 올리라고 했어요. 한마디로 이 사람은 항상 자신을 칭칭 동여매려고 안간힘을 쓰면서, 외부의 영향을 막아 내면서 홀로 있을 수 있는 상자를 만들려고 했다고 할 수 있죠. 현실은 그 사람을 뒤흔들고, 놀라게 하고, 늘 초조하게 만들었죠. 그래서인지는 몰라도 자신의 소심함과 현실에 대한 혐오를 정당화하기 위해서 과거나 있지도 않는 것을 노상 붙들려고 했던 것 같아요. 고대어를 가르친 것이나 오버슈즈와 우산은 현실 세계에서 자신이 숨을 수 있는 실질적인 것들이었을 테고 말이죠.

'오, 그리스어의 영롱한 소리여!' 달콤한 표정을 지으면서, 이를 증명이라도 하려는 듯 눈을 새초롬하게 뜨고 손가락을 치켜세우고는 이렇게 발음했죠. '안트로포스!'[24]

벨리코프는 자기 생각마저 상자 속에 감추려고 노력했어요. 그에게 분명한 것은 무언가를 금지하는 지령이나 신문 기사뿐이었죠. 밤 9시 이후 학생들의 외출을 금하는 지령문이나 육체적 사랑을 금하는 기사는 그 사람에게 명확한 것이었죠. 금지한다, 그걸로 끝이니까. 하지만 허가나 승인 속에는 항상 의심스러운 요소나 뭔가 미처 다 말하지 못한 꿍꿍이가 숨어 있다고 봤죠. 도시에서 연극 모임이나 독서실, 찻집을 허가하면, 그 사람은 고개를 흔들며 조용히 말했어요.

'뭐, 그럴 수도 있죠. 하지만 그렇게 하지 않았더라면 더 근사했을 건데.'

규범에서 어긋나는 온갖 종류의 위반이나 굴절, 일탈은 자신과 전혀 상관없는 일임에도 그 사람을 소침하게 했죠. 동료 중 기도회에 늦게 오는 사람이 있다든지, 학생들이 뭔가 나쁜 짓을 했다는 소문이 돌든지, 늦은 밤 장교와 함께 있는 여교사를 봤다든지 하면, 전전긍긍하며 아무 일도 없어야 한다고 계속 말해 댔어요. 교사 모

---

24 인간을 뜻하는 그리스어.

임에서도 자신의 조심성과 걱정, 상자처럼 꽉 막힌 생각들로, 남학
교와 여학교 학생들이 나쁜 행실로 반을 소란스럽게 하는 것과 관
련해서 '어휴, 위에까지 알려지면 어떡하나', '어휴, 아무 일도 없어
야 할 텐데', '2학년 페트로프와 4학년 예고로프를 퇴학이라도 시키
면 좋으련만' 하면서 저희를 몰아댔죠. 어떡하겠어요? 그는 한숨과
불평에 창백한 작은 얼굴에 선글라스를 끼고, 아시죠, 족제비 같은
작은 얼굴로 우리 모두를 압박했어요. 그러면 저희는 물러서서 페
트로프와 예고로프의 품행 점수를 깎고 정학 처분을 내렸다가 끝내
는 퇴학까지 시키고 말았죠. 그 사람한테는 우리 집들을 돌아다니
는 이상한 습관이 있었어요. 한 교사 집에 가서는 말없이 앉아서 뭔
가를 살피는 듯하죠. 그렇게 한 두 시간 말없이 앉아 있다가 가 버려
요. 이것을 '동료들과의 좋은 관계 유지'로 불렀고, 저희 집들을 돌아
다니는 것이 그 사람에게는 분명 힘든 일이었을 텐데도 동료로서 해
야 하는 의무라고 생각했기 때문에 그랬던 거죠. 선생들은 물론 교
장까지도 무서워했어요. 생각해 보세요. 우리 선생들 모두 제 나름
의 주관도 있고, 아주 반듯하기도 하고, 투르게네프[25]와 셰드린[26]으
로 교육받은 사람들임에도, 노상 오버슈즈에 우산을 들고 다니는
이 사람이 온 학교를 15년 내내 자신의 손아귀에 쥐고 있었다니! 학
교뿐이었겠어요? 온 도시를 그렇게 했죠! 부인들이 토요일마다 가
족 연극을 개최하지 않은 것도 그 사람이 알까 봐 무서워서였고, 사
제는 그 사람이 있을 때는 기름진 음식을 먹는 것도 카드놀이를 하

---

25 이반 투르게네프(1818~1883). 러시아의 문학가. 「첫사랑」 등이 대표작.
26 니콜라이 셰드린(1826~1889). 본명은 미하일 살티코프. 러시아의 문학
가. 주로 어두운 현실을 폭로하고 풍자하는 소설을 썼다.

는 것도 껄끄러워했죠. 벨리코프 같은 사람들의 영향 아래 우리 도시는 지난 10년에서 15년 동안 모든 것을 무서워하게 되었어요. 크게 말하는 것, 편지 보내는 것, 사람 사귀는 것, 책 읽는 것을 무서워하고, 가난한 사람들을 도와주고 글을 가르쳐 주는 것도 무서워하고……."

이반 이바니치는 뭔가를 말하고 싶어 기침을 했지만, 먼저 파이프 담배를 피우고, 달을 쳐다본 다음에야 또박또박 말했다.

"그렇지. 생각이 있고, 반듯하고, 셰드린과 투르게네프, 버클[27] 등 다양하게 읽는 사람들이 그렇게 복종하고 참았다니……. 그래 그럴 수도 있지."

"벨리코프는 저와 같은 건물에 살았어요." 부르킨이 계속했다. "같은 층에 맞은편 집이라 저희는 자주 봤고, 저는 그 사람의 일상생활을 알았죠. 집에서도 상황은 같았어요. 가운에 고깔모자, 덧문에 빗장, 일련의 금지와 제한 그리고 '어휴, 아무 일도 없어야 할 텐데!'까지. 기름기 없는 음식은 해롭지만, 그렇다고 기름진 음식은 싫고, 그런데 무슨 말이라도 들을까 봐 벨리코프는 금식은 하지 않는 선에서 소기름 바른 농어를 먹었는데, 그건 기름기 없는 음식도 아니면서 기름진 음식이라고도 말할 수 없는 것이었죠. 자신에 대해 나쁘게 생각할까 봐 지레 겁을 먹고 하녀를 두지 않았고, 그 대신 예전에 병졸로 근무한 적 있는, 어떤 식으로든 뚝딱뚝딱 음식을 차려 내는 정신없고 멍청한 예순 살쯤 되는 아파나시를 요리사로 데리고 있었어요. 이 아파나시는 보통 문 옆에 팔짱을 끼고 서서는 깊은 한

---

27  헨리 토머스 버클(1821~1862). 『영국 문명사』로 유명한 영국의 역사가.

숨을 쉬면서 노상 같은 말만 중얼거렸죠.

'지금은 너무 많아졌어!'

벨로코프의 침실은 궤짝처럼 작았고, 침대에는 가리개가 있었
어요. 잠자리에 들어서는 머리까지 이불을 덮어썼죠. 덥고 답답하지
만, 잠긴 문을 바람이 두드리고, 벽난로가 윙윙대고, 부엌에서는 한
숨 쉬는 소리가 들려오니깐. 귀신들이 한숨 쉬는 소리까지……

그렇게 그 사람은 이불 밑에서 무서워했죠. 무슨 일이라도 일
어날까 봐, 아파나시가 자기를 토막이라도 낼까 봐, 도둑들이 들이
닥칠까 봐 겁이 났고, 그렇게 밤새 악몽을 꾸고는 저와 함께 아침에
학교로 출근할 때면 수척하고 창백한 모습이었고, 사람 많은 학교에
가는 것이 끔찍하고 모든 존재를 혐오하는 듯 보였어요. 천성이 고
독한 사람인데 저와 나란히 간다는 것도 힘들어하는 것 같았죠.

'저희 반은 너무 시끄러워요.' 자신의 힘든 감정을 설명하려고
애쓰듯 말하더군요. '그 무엇과도 비교할 수 없죠.'

이 그리스어 교사이자 상자 속 사나이는, 상상하실 수 있으실
지, 결혼할 뻔했어요."

이반 이바니치는 재빨리 헛간 쪽으로 고개를 돌려 말했다.

"농담도 참!"

"네, 이상하기 그지없지만 결혼할 뻔했답니다. 역사 겸 지리 선
생님이 새로 부임하셨는데, 코발렌코 미하일 사비치라고 우크라이
나 출신이죠. 혼자가 아니라 바렌카라고 하는 누이와 함께 왔어요.
코발렌코는 젊고 큰 키에 가무잡잡하고 무지 큰 손에 얼굴만 보면
목소리가 저음일 것 같은데 실제로도 드럼통에서 나는 듯 '부부부'
하는 목소리를 지녔죠…… 그런데 서른쯤 되는 누이는 젊지는 않아

도 동생처럼 큰 키에 날씬하고 짙은 눈썹에다 볼이 빨간 게, 한마디로 앳된 아가씨는 아니어도 말랑말랑한 젤리같이, 어쩌나 쾌활하고 요란스럽고 우크라이나 로맨스를 연신 부르며 깔깔대는지. 조그만 것에도 '하하하!' 하고 목청껏 웃어 댔어요. 코발렌코 오누이와 정식으로 첫인사를 한 것은, 가만 있자, 교장의 명명일[28]이었죠. 의무적으로 참석한, 냉담하고 가뜩이나 재미없는 교사들 속에서 저희는 갑자기 거품에서 탄생한 새로운 아프로디테가 허리에 손을 얹고 다니면서 하하 웃어 대고 노래를 부르며 폴짝폴짝 춤을 추는 것을 본 겁니다. 감정을 담아 「바람이 분다」를 부르고 난 뒤 로맨스를 부르고, 또 다른 노래를 부르면서 저희 모두를 사로잡았어요. 벨리코프까지 말이죠. 그는 여자 옆에 앉아 달콤한 미소를 지으며 말했답니다.

'우크라이나어의 부드러움과 영롱한 울림은 고대 그리스어를 연상시키는군요.'

이 말에 기분이 좋아졌는지 여자는 감정을 담아 가댜치스키 지역의 작은 마을에 엄마가 살고 있는데, 거기에는 배며 참외며 카박이 얼마나 좋은지 벨리코프에게 이야기해 주기 시작했어요. 우크라이나 사람들은 호박을 카박이라고 부른다고, 러시아어로 카박이라고 부르는 선술집에서 불그스름하고 푸른빛도 돌게 끓여 낸 보르시 맛은 '끝내준다!'나요.

저희는 계속 듣고만 있다가 갑자기 전부 같은 생각을 하게 되었죠.

'둘이 결혼하면 좋을 것 같아요.' 교장 사모님께서 제게 조용히

---

28 본인과 같은 이름을 한 수호 성인의 축일.

말씀하시더군요.

저희 모두는 무슨 영문인지 우리 벨리코프가 총각이라는 것을 떠올렸어요. 그러자 그 사람 인생에 중대한 부분을 여태껏 까맣게 잊고 있었다는 것이 이상하게 여겨졌죠. 그 사람은 여자를 어떻게 대하고 있고, 이 실존적인 문제를 어떻게 해결하려는 걸까? 예전에는 이에 대해 저희가 전혀 관심을 두지 않았던 것은 아마도 날씨와 무관하게 오버슈즈를 신고 다니면서, 가리개를 치고 자던 사람이 사랑할 수 있으리라고는 생각하지 못했기 때문인 것 같아요.

'마흔이 넘은 지도 한참 되었고, 여자도 서른이고······.' 교장 사모님은 본인 생각을 말씀하시더군요. '여자도 시집가려고 할 것 같은데.'

우리네 시골에서는 오죽 심심했으면 불필요하고 쓸데없이 만들어 내는 일들이 얼마나 많습니까! 이는 정작 필요한 일은 전혀 안 하고 있기 때문이죠. 그러니 유부남으로는 결코 상상도 안 했던 이 벨리코프를 왜 결혼시키려고 하지 않겠어요? 교장 사모님, 부장 사모님을 비롯한 저희 학교 모든 사모님들은 마치 인생의 목적이라도 발견한 듯 생기를 띠다 못해 반짝반짝하더군요. 교장 사모님은 극장의 좋은 좌석을 마련하고, 저희는 그렇고 그런 부채를 들고 환한 얼굴을 하고 행복해하는 바렌카와 집에서 진드기를 명분 삼아 끌려 나온 작고 구부정한 벨리코프가 나란히 그 자리에 앉아 있는 것을 보는 거죠. 제가 조촐한 파티라도 열면, 사모님들은 벨리코프와 발렌카도 꼭 초대하라고 난리였어요. 한마디로 시동을 걸었죠. 바렌카도 결혼할 생각이 있는 것 같았어요. 동생 집에서 사는 것이 유쾌하진 않은지, 저희가 알기로는 온종일 서로 싸우고 욕을 하더라고요.

상자 속 사나이

이런 일도 있었는데, 수놓은 셔츠에 챙 달린 모자 밑으로 앞머리를 내린 건장한 껑다리 코발렌코가 한 손에는 책 꾸러미를, 다른 손에는 옹이가 많은 굵은 지팡이를 들고 길을 가고 있었어요. 그 뒤를 역시 책을 든 누이가 따랐죠.

'미하일, 너 이거 안 읽었지!' 누이가 큰 소리로 시비를 걸더군요. '내 말하는데, 맹세코 너는 이 책을 절대 읽지 않았어!'

'내가 읽었다고 말했지!' 코발렌코는 지팡이로 인도를 쾅쾅 울리면서 소리쳤고요.

'어머나, 하느님, 야! 어디서 화를 내는 거야. 사실을 말하고 있는데.'

'읽었다고 했다!' 코발렌코가 더 음성을 높였죠.

집에서도 다른 사람이 있든 말든 싸워 댔어요. 매일이 그러니 지겨워질 만도 했을 거고, 제 가정을 갖고 싶은데 고르고 말고 할 나이도 아니니 아무에게나 시집가고 싶었겠죠. 그게 그리스어 교사라도 말이에요. 그리고 우리네 아가씨들 대부분이 누구에게든 시집만 가면 그만이라고 생각하니. 어쨌든 바렌카는 우리 벨리코프에게 실제로 호감을 보이기 시작했어요.

그렇다면 벨리코프는? 그 사람은 저희에게 하듯 코발렌코네도 갔죠. 그 집에 가서도 말없이 앉아 있어요. 잠자코 있으면, 바렌카는 「바람이 분다」를 불러 주기도 하고, 검은 눈으로 생각에 잠긴 듯 쳐다보기도 하고, 갑자기 웃음을 흘리기도 했어요.

'하하하!'

연애 문제, 특히 결혼이 걸려 있으면 참견이 한몫하잖아요. 동료들이고, 사모님들이고 다들 벨리코프에게 결혼해야 한다, 결혼 말고는 남은 일이 없다고 구슬렸죠. 다들 축하해 주고, 결혼은 신중한 한 걸음이라는 둥 온갖 잡다한 말들을 들먹이면서 바렌카는 멍청하지도 않고 재미있는 사람이고, 5급 공직자 딸로 집도 있고, 중요한 것은 벨리코프에게 진심으로 대하는 첫 여자라고 했어요. 정신이 혼미해진 벨리코프는 결혼을 해야겠다는 마음을 먹었죠."

"그때 오버슈즈와 우산을 뺏었어야지." 이반 이바니치가 말했다.

"생각해 보세요. 이게 가능한 일이었나. 벨리코프는 책상에 바렌카 초상화를 세워 두고, 저를 계속 찾아와서는 바렌카에 대해서, 가정생활에 대해서, 결혼은 신중한 한 걸음이라는 것에 대해서 말했어요. 코발렌코 집에도 자주 드나들었지만, 삶의 패턴은 전혀 바뀌지 않았어요. 오히려 반대로 결혼에 대한 결정에 강박증이 생겼는지 살이 빠지고, 창백해지고, 자신의 상자 속으로 더 깊숙이 들어가 버린 것만 같았죠.

'바르바라 사비시나가 맘에 들어요.' 쓴 미소를 약간 흘리며 제게 말하곤 했죠. '그리고 사람은 다 결혼을 해야 한다는 것도 알지만…… 이 모든 것이, 아시다시피 너무도 갑작스럽게 일어나서…… 생각을 좀 해 봐야겠어요.'

'여기서 생각하고 말고 할 게 뭐가 있어요?' 내가 말했죠. '결혼하세요. 그럼 끝이에요.'

'아니에요. 결혼은 신중한 한 걸음이라서 먼저 예상되는 의무, 책임 등을 따져 봐야 하죠……. 문제가 생기지 않게요. 너무 불안해서 요즘은 밤새 잠을 못 자요. 그리고 솔직히 말하면 겁도 나요. 그 오누이는 뭔가 사고방식이 이상하고 판단하는 것도, 아시다시피, 이

상하고 성격들도 너무 드세요. 결혼했는데 어떤 문제라도 생기면 그게 좋은 일이겠냐는 거죠.'

그러면서 청혼을 하지 않았고, 이로 인해 교장 사모님을 비롯해서 모든 사모님들이 크게 실망하셨죠. 그런데도 벨리코프는 예상되는 의무와 책임을 계속 따져 보면서 거의 매일 바렌카와 돌아다녔는데, 아마도 그 사람으로서는 그럴 필요가 있었나 봐요. 제게 와서 가정생활에 대해서 말하기도 하고. 어쩌면 결국 청혼을 하고, 우리가 심심해서 전혀 쓸데없는데도 하는 불필요하고 멍청한 결혼을 했을지도 모르죠. 갑자기 그런 어마어마한 스캔들이 일어나지만 않았더라면 말입니다. 바렌카의 동생 코발렌코는 처음 인사하던 날부터 벨리코프를 혐오하고 참을 수 없어 했다는 것을 말씀드려야겠네요.

'이해할 수가 없어요.' 어깨를 으쓱하면서 우리에게 말하더군요. '어떻게 이런 혐오스러운 상판을 한 내부 고발자를 거두고 계시는지 이해할 수가 없어요. 에휴, 이런 데서 어떻게들 사시는지! 이런 숨 막히고 불쾌한 분위기에서 말입니다. 교직에 있는 교사들이 맞기는 하신 건가요? 공무원 같아요. 여기는 학문의 전당이 아니라 풍기 단속 기관에 시큼한 냄새 풍기는 경찰서 같고요. 아뇨, 여러분, 여기 조금만 더 있다가 고향으로 가서 가재나 잡고 우크라이나 사람들이나 가르칠랍니다. 저는 가고, 여러분은 유다와 여기 남으시는 거죠. 배나 터져 죽으라고 해요.'

혹은 숨넘어갈 듯 웃어 대면서 저음 혹은 가느다랗게 새는 소리로 양팔을 쫙 벌리면서 제게 묻곤 했죠.

'뭣 때문에 우리 집에 앉아 있는 거래요? 뭐가 필요하다고? 괜히 앉아서 쳐다보기나 하고.'

심지어 벨리코프를 '흡혈충'이라고 불렀어요. 그러니 저희가 누이 바렌카가 '흡혈충'한테 시집가려고 한다는 말을 쉬쉬할 만도 했죠. 그래도 한번은 교장 사모님이 벨리코프같이 근사하고 존경받는 사람과 누이를 연결해 주는 것도 좋지 않겠냐 슬쩍 떠봤지만, 코발렌코는 인상을 팍 쓰면서 으르렁거렸어요.

'제가 알 바 아니죠. 뱀 같은 놈한테 시집가라고 하든지. 저는 남의 일에 상관하고 싶지 않습니다.'

이제 그 뒤로 어떤 일이 일어났는지 한번 들어 보세요. 한 사람이 장난으로 바지를 걷어 올리고 오버슈즈를 신은 벨리코프가 우산을 쓰고 바렌카와 팔짱을 끼고 걸어가는 캐리커처를 그리고는 그 밑에다 '사랑에 빠진 안트로포스'라고 써 놨죠. 딱 맞아떨어지는 제목이었어요. 그걸 그린 사람은 아마도 하룻밤에 뚝딱 완성한 것은 아닐 거예요. 학교의 여교사들과 남교사들, 신학교 교사들, 관료들까지 같은 그림을 하나씩 받았으니까. 벨리코프도 말이죠. 벨리코프는 캐리커처에 엄청난 충격을 받았고요.

저희는 함께 집을 나섰는데, 마침 5월 1일 일요일이라 전교생이 학교에 모여서 도시 근교 숲으로 가기로 했거든요. 함께 집을 나서는데, 이 사람 얼굴이 먹구름보다 더 푸르딩딩하더라고요.

'사람들이 너무 못됐고 사악해요!' 이렇게 말하는데 입술이 떨리더군요.

너무 안됐더라고요. 가다가 갑자기, 있잖습니까, 코발렌코가 자전거를 타고 오는데, 그 뒤로 바렌카 역시 뻘건 얼굴에 씩씩거리면서도 유쾌하고 즐겁게 자전거를 타고 오는 거예요.

누이가 소리쳤어요. '그럼, 우리는 먼저 갈게요! 어쩜 이렇게 날

씨가 좋을까요. 정말 죽이는 날씨예요!'

그러면서 오누이는 사라졌어요. 푸르딩딩하던 우리 벨리코프의 얼굴은 하얗게 질리더니 바짝 얼어붙더군요. 멈춰 서서 저를 쳐다봤죠…….

'도대체 뭘 본 건지 말 좀 해 주시겠어요?' 그가 묻더군요. '아니면 제가 잘못 본 건가요? 정말이지, 학교 선생이라는 사람과 여자가 저렇게 자전거를 타고 다니는 것이 점잖은 거예요?'

'점잖지 않을 것도 뭐 있어요?' 제가 말했죠. '그리고 건강을 위해서 타고 다니라고 해요.'

'어떻게 그럴 수 있어요?' 저의 태평함에 기겁하면서 벨리코프는 소리를 질렀어요. '무슨 말씀을 하시는 거죠?'

그러고는 너무 충격이 컸는지 더는 가려고 하지 않고 집으로 돌아가 버렸어요.

그다음 날에도 계속 신경질적으로 손을 비비적거리며 치를 떨었고 안색도 안 좋아 보였어요. 그러더니 생전 처음으로 조퇴를 했어요. 밥도 안 먹고. 저녁 무렵, 바깥은 완연한 여름 날씨를 보였는데도 더 따뜻하게 옷을 챙겨 입고는 간신히 코발렌코 집까지 갔죠. 바렌카는 없었고, 그를 맞아 준 건 동생이었어요.

'편히 앉으십시오.' 코발렌코는 냉담하게 말하면서 눈썹을 찌푸렸는데, 잠이 덜 깬 얼굴로 식사 후 막 휴식을 취하려던 참이어서 여간 언짢은 게 아니었죠.

벨리코프는 10분가량 말없이 앉아 있다가 입을 열었어요.

'제가 여기 온 이유는 마음을 좀 가라앉히기 위해서예요. 아주 많이 힘들거든요. 한 캐리커처 작가가 우리 두 사람과 가까운 한 분과 저를 우스꽝스럽게 그렸어요. 저랑은 하등 상관없는 일임을 꼭 알려 드려야 할 것 같았어요……. 저는 이런 우스꽝스러운 일에 어떤 실마리도 제공한 적이 없으며, 오히려 항상 반듯한 사람으로 행동해 왔어요.'

코발렌코는 앉아서 입 안에 바람을 잔뜩 넣고는 말이 없었죠. 벨리코프는 잠시 기다렸다가 슬픈 목소리로 계속 말했어요.

'드릴 말씀이 더 있어요. 저는 근무한 지도 오래되었고, 당신은 이제 막 시작했으니 선임자로서 미리 주의 사항을 알려 드려야 할 것 같아요. 자전거를 타고 다니시는데, 이런 놀이는 어린 사람들을 교육하는 사람에게는 상당히 점잖지 않은 겁니다.'

'어째서요?' 코발렌코가 낮은 목소리로 물었죠.

'정말로 이에 대한 설명이 더 필요한가요, 미하일 사비치? 정말로 이해하지 못하겠다는 거예요? 선생이 자전거를 타고 다니면, 학생들이 뭐라고 생각하겠어요? 머리에 무슨 생각들만 남겠냐고요! 위에서 한번 안 된다고 했으면, 안 되는 거죠. 어제 끔찍해서 죽는 줄 알았어요! 당신 누이를 봤을 때, 제 눈이 다 깜깜합디다. 어린 여자나 다 큰 여자가 자전거 타는 것은 끔찍한 일이죠!'

'그래서 무슨 말이 하고 싶으신 거요?'

'단 하나, 주의해 달라는 겁니다, 미하일 사비치. 젊고, 앞날도 창창하신 분이 아주 많이 신중하게 행동하셔야 함에도 결근도 잦으시고. 어휴, 결근이 어찌나 잦으신지! 수놓은 셔츠 차림에 웬 책들을 노상 밖에 들고 다니시더니 이제는 자전거까지. 당신 오누이가 자전거를 타고 다닌다는 것을 교장이 알게 되고, 장학사까지 알게 되면…… 좋을 게 뭐가 있겠어요?'

'나와 누이가 자전거를 타든 남이 무슨 상관이야!' 코발렌코는 말했고, 얼굴이 붉으락푸르락해졌죠. '그리고 우리 집안일에 간섭하는 놈이 있으면 내가 개망신을 줄 테다.'

벨리코프는 창백해져서는 일어났어요.

'저와 이런 식으로 말씀하시겠다면, 더는 말을 할 수가 없겠군요.' 벨리코프가 말했죠. '앞으로는 제가 있는 앞에서 윗분들에 대해 이런 표현은 쓰지 말아 주시길 부탁드립니다. 권위를 존중해 주셔야죠.'

'제가 권위에 대해 무슨 나쁜 말을 했다는 거죠?' 코발렌코는 악의 어린 눈빛을 보내며 물었어요. '부탁이니 날 좀 가만히 내버려 두세요. 나는 정직한 사람이라 당신 같은 신사분이랑은 말하고 싶지가 않네요. 나는 내부 고발자는 좋아하지 않거든.'

벨리코프는 신경질적으로 허둥대기 시작했고 끔찍한 표정으로 서둘러 옷을 입었어요. 그런 심한 말은 생전 처음 들었으니까요.

'아무 말이고 할 수는 있죠.' 벨리코프는 현관을 나와 계단 통로에서 말했어요. '미리 경고드릴 것이, 어쩌면 누군가 우리 대화를 들었을 수도 있고, 우리 대화가 와전되지 않고 아무 일도 일어나지 않게 교장 선생님께 대화 내용을 알려 드려야겠어요……. 주요 골자를 말이죠. 저는 그렇게 해야 할 의무가 있어요.'

'알려 드린다? 나가서 발표를 하시지!'

코발렌코는 벨리코프의 뒷덜미를 잡아 내동댕이쳤고, 벨리코프는 오버슈즈 부딪히는 소리를 내면서 계단 아래로 뒹굴었죠. 높고 가파른 계단인 데다 맨 밑에까지 굴렀는데도 벨리코프는 무사했고, 일어나 안경이 깨지지는 않았나 코를 만져 보았어요. 하지만 벨리코프가 계단을 구르던 그때, 하필이면 바렌카가 부인 두 명과 함께 건물 안으로 들어섰고, 밑에서 벨리코프에게는 너무도 끔찍한 이 일을 본 거예요. 웃음거리가 되느니 목이나 두 다리가 부러졌으면 더 좋았을 것을, 이제는 온 도시가 알게 되고 교장과 장학사까지 알게 되면, 어휴, 아무 일도 없어야 할 텐데! 새로운 캐리커처가 그려지고, 사직서를 내라는 명령으로 이 모든 것이 끝나게 될 테니 말이죠…….

벨리코프가 일어섰고, 그를 알아본 바렌카는 그의 우스꽝스러운 얼굴과 구겨진 외투, 오버슈즈를 쳐다보면서 무슨 일인지 영문도 모른 채, 혼자서 어쩌다 넘어진 걸로 생각하고는 주체를 못 하고 온 건물이 떠나가도록 웃어 댔죠.

'하하하!'

그리고 중매고, 벨리코프의 이승의 삶이고 모두 이 크게 울려 대는 '하하하'로 끝이 났어요. 이미 벨리코프는 바렌카가 무슨 말을 하는지 듣지도 못했고, 아무것도 눈에 보이지 않았죠. 집으로 돌아와서 제일 먼저 책상에 있던 초상화를 치우고는 누웠고, 더는 일어나지 못했어요.

사흘쯤 지났나, 아파나시가 제게 와서 의사라도 불러야 하지 않냐고 묻더군요, 주인에게 무슨 일이 난 것 같다고. 저는 벨리코프에게 갔죠. 침대 가리개를 하고 이불을 뒤집어쓰고 말없이 누워만 있었어요. 하는 말이라곤 질문에 네, 아니오라는 대답뿐, 더는 아무 말도 않더군요. 벨리코프는 누워 있고, 아파나시가 주위를 침울하게 어슬렁거리면서 깊은 한숨만 쉬는데, 선술집에서처럼 보드카 냄새가 나더군요.

상자 속 사나이

한 달 후 벨리코프는 죽었어요. 우리 모두, 그러니깐 남녀 학교와 신학교에 있는 모든 사람이 장례를 치러 줬죠. 관에 누워 있는 벨리코프의 온화하고 기분이 좋다 못해 유쾌해하는 표정은 마치 다시는 나올 수 없는 상자에 드디어 들어가게 된 것을 기뻐하는 것 같았어요. 네, 그 사람 자신의 이상에 도달한 거죠! 그를 추모하듯 장례 내내 흐리고 비가 와서 우리는 모두 오버슈즈를 신고 우산을 들고 있어야 했어요. 바렌카도 장례식에 왔고, 하관할 때 목청 높여 울었죠. 우크라이나 여자들은 울거나 웃는 것밖에 하지 못하고, 그 중간의 감정은 없구나 싶더군요.

솔직히 말씀드리지만, 벨리코프 같은 사람들의 장례를 치르고 나면 크게 한숨을 돌려요. 다들 담담한 모습으로 묘지에서 돌아오면서 누구도 만족감을 드러내고 싶어 하지 않을 뿐인 거지, 이 감정은 우리가 어렸을 때 어른들이 외출하고 공원에서 몇 시간이고 뛰놀면서 자유를 만끽할 때 느끼던 그 감정과 흡사하죠. 야호, 자유다 자유! 심지어 그럴 수 있는 약간의 가능성만 보여도 영혼에 날개를 단 것 같지 않나요?

우리는 흐뭇해하며 묘지에서 돌아왔어요. 하지만 일주일도 채 못 돼서 삶은 예전처럼 가혹하고 피곤하고 무의미하게 흘러갔고, 위에서 금지한 것은 아니지만 그렇다고 완전히 다 허용하는 것도 아니라 삶이 나아진 것도 아니더라고요. 그리고 실제로 벨리코프는 땅에 묻었지만, 그런 상자 속 사나이들은 얼마나 더 있으며, 앞으로도 얼마나 더 많겠어요!"

"바로 그거야." 이반 이바니치는 말하고 난 뒤 파이프 담배를 피우기 시작했다.

"앞으로도 얼마나 더 많겠어요!" 부르킨이 되풀이했다.

교사는 헛간 밖으로 나왔다. 크지 않은 키에 뚱뚱하고 완전한 대머리에 허리까지 닿을 듯한 검은 수염을 기른 사람으로, 개 두 마리가 그와 함께 나왔다.

"달이네요, 달!" 위를 쳐다보면서 부르킨이 말했다.

벌써 자정이었다. 오른쪽으로 온 마을이 보였고, 길은 5베르스타가량 멀리까지 뻗어 있었다. 사방이 고요하고 깊은 잠에 빠져 있어서 작은 움직임 하나, 미세한 소리 하나 없었다. 자연이 이렇게나 고요할 수 있는지 믿기 어려울 정도였다. 달밤에 오두막과 건초 더미, 잠든 버드나무가 있는 너른 길을 보고 있으면 마음도 고요해진다. 일이며 걱정거리, 슬픔이 밤의 그늘 속에 숨어 버린 이 평온 속에서 길이 온화하고 슬프면서도 근사해진 것은 아마도 별들도 사랑스럽게 바라봐 주고 악은 더 이상 지상에 없고 모든 것이 충만해서일 것이다. 마을 끄트머리에서 왼쪽으로는 들이 시작되었는데, 들은 멀리 지평선까지 보였고, 이 들판 전체에 달빛이 흘렀으며, 작은 움직임 하나 미세한 소리 하나 없었다.

"바로 그거야." 이반 이바니치가 되풀이했다. "답답하고 좁은 도시에 사는 우리도 불필요한 서류나 긁적이고 카드놀이나 하는데 이게 상자가 아니고 뭐야? 놈팡이에 시비꾼, 멍청이, 할 일 없는 여자들 속에서 세월을 보내면서 이런저런 쓰잘머리 없는 말이나 하거나 듣는 이게 상자가 아니고 뭐냐고? 원하신다면, 아주 교훈적인 이야기 하나 해 드리지."

"아닙니다, 자야죠." 부르킨이 말했다. "내일 뵐게요!"

두 사람은 헛간으로 들어가 건초 더미에 누웠다. 그리고 이내 눈을 감고 졸기 시작하자마자 갑자기 톡, 톡 하는 가벼운 걸음 소리가 들려왔다……. 누군가가 헛간 근처에서 서성이고 있었는데, 잠시 가다가 멈추고, 잠시 있다가 다시 톡, 톡……. 개들이 짖기 시작했다.

"마브라가 돌아다니나 봐요." 부르킨이 말했다.

걸음 소리는 조용해졌다.

"거짓말하는 것을 가만히 보고 듣고만 있으면 말이지." 이반 이바니치가 다른 쪽으로 돌아누우며 말했다. "자네가 이 거짓말에 수긍하는 줄 알고 자네를 바보로 여기고, 모욕이나 경멸을 참기나 하고 정직하고 자유로운 사람들 편에서 공개적으로 이를 선포하지 못하면 스스로를 기만하고 비웃는 꼴이 되는 거지. 빵 한 조각, 따뜻한 방 한 칸, 한 푼어치의 가치도 없는 관직 때문에 말이야. 안 돼. 더는 그렇게 살 수 없어!"

"글쎄, 그건 전혀 딴 이야기 같은데요, 이반 이바니치." 교사가 말했다. "주무시죠."

그러고는 10분이 지나자 부르킨은 이미 잠들었다. 하지만 이반 이바니치는 이리저리 몸을 뒤척이며 한숨을 쉬었고, 그러다가 일어나서 다시 밖으로 나가 문 옆에 앉아 파이프 담배를 피우기 시작했다.

# 구스베리

이른 새벽부터 비구름이 온 하늘을 덮었다. 고요했고, 대개 흐리고 우중충한 날이면 그렇듯이 덥고 음산하지는 않았으며, 들판 위에 한참이나 걸려 있는 비구름에서 비가 내리길 기다렸지만 비는 오지 않았다. 수의사 이반 이바니치와 교사 부르킨은 걷다 지친 지 오래다 보니 들판이 끝도 없이 펼쳐진 듯했다. 저 앞쪽 멀리 미로노시츠키 마을의 풍차는 보일락 말락 했고, 오른쪽으로 마을 그 너머에 있는 일련의 언덕들은 쭉 늘어섰다가 사라졌다. 두 사람 모두 여기는 강기슭이며 저쪽은 초원에 푸른 버드나무들, 영지들이 있고 언덕 중 하나에 오르면 거기서도 이런 광활한 들판과 전신국, 저 멀리 기어가는 애벌레를 닮은 기차를 볼 수 있고, 맑은 날에는 도시까지도 보인다는 것을 알고 있었다. 고요한 날씨에 모든 자연이 생각에 잠긴 듯 얌전한 지금, 이반 이바니치와 부르킨은 이 들판에 흠뻑 빠졌고, 두 사람 모두 이 나라가 얼마나 크고 아름다운지를 생각했다.

"지난번 프로코피 촌장네 헛간에 있을 때 무슨 이야기를 하려고 하셨죠." 부르킨이 말했다.

"그랬지, 내 동생 이야기를 하고 싶었네."

이반 이바니치는 한숨을 길게 쉬고는 이야기를 시작하려고 파이프 담배를 물었는데, 바로 그때 비가 내리기 시작했다. 그리고 5분쯤 지나자 세찬 장대비로 변하면서 언제 그칠지 예상하기 힘들 지경이 되었다. 이반 이바니치와 부르킨은 고민에 잠겼고, 이미 젖어 버린 개들은 꼬리를 내리고 애처롭게 이들을 바라보았다.

"어디로라도 피해야겠어요." 부르킨이 말했다. "알료힌네로 가시죠. 여기서 가까운데."

"가세나."

두 사람은 방향을 바꿔 수확이 끝난 들판을 따라 계속 걸으며, 곧장 가기도 하고 오른쪽으로 꺾기도 하며 길로 나섰다. 곧 포플러 나무들과 정원이, 그다음에는 곳간들의 빨간 지붕이 보였다. 반짝거리는 강이 보이더니 풍차와 하얀 목욕장이 있는 넓은 강호가 모습을 드러냈다. 여기가 알료힌이 사는 소피노 마을이었다.

빗소리를 삼키며 풍차가 돌았고, 제방이 흔들렸다. 수레 근처에 젖은 말들은 머리를 숙이고 있었고, 사람들은 자루를 쓰고 돌아다녔다. 진창에 더럽고 불편했고, 강호의 모습도 싸늘하고 매몰차 보였다. 이반 이바니치와 부르킨은 온몸이 젖고 더러워져서 찝찝했고, 진흙 때문에 다리도 무겁다 보니 강둑을 지나 주인집 헛간에 오를 때는 마치 서로에게 화라도 난 듯 말이 없었다.

헛간 한곳에서 키질하는 소리가 났고, 열린 문으로 먼지가 폴폴 날렸다. 문간에 바로 알료힌이 서 있었는데, 마흔쯤 되는 큰 키에 통통한 남자로 머리가 길어 지주라기보다는 교수나 예술가 같았다.

빤 지 오래된 흰 셔츠에 빨랫줄 같은 걸로 허리를 묶고, 바지 대신 내복을 입고 있었고, 장화에도 진흙과 지푸라기가 잔뜩 묻어 있었다. 코와 눈은 먼지로 시커멨다. 이반 이바니치와 부르킨을 알아보고는 아주 기뻐하는 듯했다.

"집으로들 가시죠." 미소를 지으면서 알료힌이 말했다. "저도 곧 같이 갈게요. 잠시만요."

2층으로 된 큰 집이었다. 알료힌은 아치형 천장에 창문들이 작게 난 아래층의 방 두 개에서 지냈는데, 예전에 관리인들이 살던 곳이었다. 단출했고, 호밀빵 냄새와 싸구려 보드카, 마구 냄새가 났다. 위층의 손님 방들은 손님들이 올 때에나 간혹 올라갈 뿐이었다. 집에서 이반 이바니치와 부르킨을 맞아 준 것은 젊은 하녀였는데, 두 사람이 동시에 서로를 쳐다볼 만큼 아름다웠다.

"두 분을 뵈어서 제가 얼마나 기쁜지 상상도 못 하실 겁니다." 알료힌이 뒤따라 현관으로 들어서면서 말했다. "기대도 안 했는데 말이죠! 펠라게야!" 그가 하녀에게 말했다. "손님들께 뭐라도 갈아입을 것을 드려요. 그 참에 나도 갈아입어야겠다. 먼저 몸 좀 씻고 말이지. 봄부터 안 씻은 것 같군. 목욕장에들 가시지요. 여기서 식사를 준비할 동안 말입니다."

예쁘게 생긴 펠라게야는 또 어찌나 세심한지 너무도 상냥한 모습으로 수건과 비누를 가져왔고, 알료힌과 손님들은 목욕장으로 갔다.

"네, 안 씻은 지가 오랩니다." 옷을 벗으면서 알료힌이 말했다. "보시다시피 목욕장이 좋아요. 부친께서 만드셨는데, 씻을 짬이 나야 말이죠."

구스베리

알료힌이 계단에 앉아서 긴 머리와 목을 말끔히 씻어 내자 주변의 물이 시커메졌다.

"그래, 그렇군……." 이반 이바니치가 알료힌의 머리를 보면서 의미심장하게 내뱉었다.

"안 씻은 지가 오래돼서……." 알료힌은 창피한 듯 되뇌면서 다시 한번 몸을 씻어 냈고, 물은 잉크처럼 짙푸른 색이 되었다.

이반 이바니치는 밖으로 나왔다가 물속으로 첨벙 뛰어들었고, 빗속에서 양팔을 크게 휘저으며 수영을 했다. 주변으로 물결이 일었고, 그 물결에 흰 백합화들이 출렁였다. 그는 강호 한가운데까지 헤엄쳐 갔다가 잠수를 했고, 잠시 후 다른 곳에서 모습을 드러내고는 더 멀리 갔다. 그런 뒤 바닥에 닿으려고 애쓰면서 계속 잠수를 했다. "아, 하느님……." 그가 수영을 즐기면서 말했다. "아, 하느님……." 그는 풍차까지 헤엄쳐 가 일꾼들이랑 잠시 이야기를 나누고는 되돌아왔고, 강호 한가운데서 얼굴에 비를 맞으며 누웠다. 부르킨과 알료힌은 이미 옷을 입고 갈 준비를 했지만, 이반 이바니치는 수영과 잠수를 계속했다.

"아, 하느님……." 이반 이바니치가 말했다. "아, 하느님 감사합니다."

"가시죠!" 부르킨이 외쳤다.

세 사람은 집으로 돌아왔다. 위층의 큰 응접실에 램프를 켜자마자 실크 가운에 따뜻한 실내화를 신은 부르킨과 이반 이바니치는 소파에 앉았다. 깨끗하게 씻고 머리를 빗질한 알료힌은 새 연미복 차림으로 응접실을 오가며 온기와 청결, 마른 옷에 가벼운 신발을 즐기는 듯 보였다. 예쁜 펠라게야가 부드러운 미소로 소리 없이 양탄자 위를 걸어와 차와 잼이 담긴 쟁반을 내어놓을 때는 이반 이바니치가 이야기를 막 시작한 참이라 부르킨과 알료힌뿐 아니라 금테를 두른 액자 속 노인들과 젊은 부인들, 군인들도 듣고 있는 듯했다.

"우리 집은 아들이 둘이오." 이반 이바니치가 말하기 시작했다. "나, 이반 이바니치와 두 살 어린 니콜라이 이바니치. 나는 공부를 해서 수의사가 되었고, 니콜라이는 열아홉에 이미 재정부에서 일했소. 부친 침샤-기말라이스키는 평민 용병의 아들이셨지만, 장교로 근무하시고 작위와 영지를 조금 우리에게 남기셨소. 돌아가시면서 빚 때문에 영지를 빼앗겼지만, 어쨌든 우리는 어린 시절을 시골에서 자유롭게 보냈소. 농민의 아이들처럼 낮이고 밤이고 들과 숲에서 지내면서 말들을 지키고, 나무껍질을 벗겨 내고, 물고기를 잡고……. 당신들도 아시겠지만, 살면서 농어라도 한 번 잡아 봤거나 맑고 선선한 가을 시골 위로 떼 지어 날아가는 개똥지빠귀를 본 적 있는 사람이라면 도시에서 못 살지, 죽을 때까지 자유가 그리울 테니깐. 내 동생 역시 재정부에 있으면서 울적해했소. 세월이 흘러도 늘 같은 자리에서 똑같은 문서나 작성하고 있으니 시골 생각만 하는 거지. 이런 울적함이 아주 조금씩 변해서 구체적인 소망, 어디 강이나 호숫가에 있는 아담한 저택을 하나 구입해야겠다는 꿈이 된 거요.

동생은 착하고 온순했고 나는 동생을 좋아했지만, 자신의 저택 안에 평생 갇히겠다는 이런 소망은 결코 이해할 수 없었소. 사람한테는 3아르신[29] 땅만 있으면 된다는 말도 있긴 하지만 3아르신의 땅도 망자에게나 필요하지 산 사람에게는 아니지. 또 요즈음 우리 같은 인텔리들이 땅에 애착을 가지고, 시골 저택으로 가는 것도 좋다고들 합디다. 하지만 이 저택이 바로 3아르신의 땅은 아니지 않소. 도시에서, 경쟁이나 삶의 소음에서 떠나 시골 저택에 숨는 것이 삶은 아니지. 이기주의고 태만이고 은둔인 거지. 무의미한 은둔 같은 거 말이오. 사람에게 필요한 것은 3아르신의 땅이나 저택이 아니라 자신의 모든 특성과 자유로운 영혼에서 나오는 개성을 발휘할 수 있는 광활한 공간, 바로 온 지구와 온 자연이지.

　내 동생 니콜라이는 자기 사무실에 앉아 푸른 잔디 위에서 자신이 기른 야채로 만든, 맛있는 냄새가 마당 전체로까지 나는 수프를 먹고, 일광욕을 하면서 자고, 대문 너머 작은 벤치에 몇 시간이고 앉아서 들과 숲을 바라보는 것을 꿈꾸었소. 농업 서적이나 달력에 실린 농업 관련 온갖 조언이 곧 동생의 기쁨이자 마음의 양식이었소. 동생은 신문 읽는 것도 좋아했지만, 저택과 강, 정원, 풍차, 배출구가 있는 연못 딸린 경작지나 목초지 몇 아르신을 매매한다는 광고 기사만 읽었지. 그러면서 머릿속으로 정원으로 난 작은 길들, 꽃과 과일, 새집, 연못 속 붕어를 그렸소. 아시잖소들, 이런저런 것들. 이런 상상 속 그림들은 보는 광고에 따라 달라졌지만, 왠지 구스베리는 꼭 들어 있었어요. 어떤 서정적인 외딴 시골 저택이라 해도 동생은 구스베리 없이는 상상할 수 없었던가 보오.

　'시골 생활에도 나름 편리한 점이 있어요.' 동생이 간혹 말하곤 했소. '발코니에 앉아서 차를 마시고, 연못에는 오리들이 헤엄치고, 향긋한 냄새에…… 그리고 구스베리도 자라고.'

---

29 미터법이 시행되기 전에 러시아에서 쓰이던 길이 단위. 1아르신은 0.711미터.

동생은 자기 영지를 설계해 보곤 했는데, 매번 도출된 결론은 같았소. 1) 본채 2) 별채 3) 텃밭 4) 구스베리. 동생은 덜 먹고 덜 마시면서 인색하게 살았는데, 하느님은 아실 겁니다. 거지꼴로 입고 다니며 돈을 모아서 은행에 저축을 했고, 얼마나 노랑이짓을 했는지. 동생을 보고 있자니 안쓰러운 마음에 뭘 주기도 하고 명절에는 소포도 보냈지만, 동생은 숨기기에 바빴소. 한번 마음먹은 사람을 말릴 수는 없는 법이니.

세월이 흘렀고, 동생은 다른 곳으로 전근을 갔소. 마흔을 훌쩍 넘겼지만, 여전히 신문 광고를 보면서 돈을 모았소. 그러고는 결혼했다는 말이 들립디다. 구스베리가 있는 저택을 구입하려는 바로 그 목적 하나로 아무 감정도 없는 늙고 못생긴 과부한테 장가를 들었던 거요, 돈이 좀 있다는 이유로. 동생은 그 여자와도 인색하게 살면서 여자를 반쯤 곯게 만들었고, 여자 돈은 자기 이름으로 은행에 다 넣어 버렸소. 우체국장에게 시집가서 파이와 과일 주스에 익숙했던 여자가 두 번째 남편과 살면서 흑빵 한 조각 보기가 힘드니, 그런 생활로 쇠약해져서 3년인가 버티다가 하느님께 갔답니다. 그리고 내 동생은 여자의 죽음에 자기 잘못이 있다는 생각은 물론 눈곱만큼도 해 본 적이 없었고, 보드카처럼 돈도 사람을 이상하게 만든다오. 우리 도시에 상인이 하나 죽었는데, 죽기 전에 접시에 꿀을 담아 달라고 해서는 자기가 가진 돈 전부랑 복권을 꿀에 섞어 먹어 치웠다나, 아무에게도 안 주려고 말이오. 한번은 기차역에서 내가 사람들을 감시하고 있는데, 그때 한 암표상이 기관차에 받혔고, 다리를 절단해야 했소. 응급실로 옮기는데, 피가 끔찍할 정도로 많이 흘렸소. 그런데 남자는 계속 자기 다리를 찾아 달라고 애원하면서 안절부절못

했는데, 신고 있던 장화 속 20루블이 사라졌을까 봐 그랬다는 거요."

"이건 다른 이야기인 것 같은데요." 부르킨이 말했다.

"아내가 죽자……." 이반 이바니치는 잠시 생각하고는 계속했다. "내 동생은 저택을 보러 다니기 시작했소. 5년을 보러 다녔지만, 끝내는 실수해서 꿈꿨던 것과는 전혀 다른 것을 구입했지. 니콜라이는 중개인을 통해 부분 납부로 본채와 별채, 정원이 있는 112데샤티나[30]의 저택을 구입했소. 그러나 과수원도, 구스베리도, 오리 떼가 있는 연못도 없었고, 강이 있기는 했지만 한쪽은 벽돌 공장 부지, 다른 쪽은 뼈 소각 공장이 있어서 물이 커피색 같았소. 그런데도 우리 니콜라이 이바니치는 조금 안타까워하고는, 구스베리나무 스무 그루를 주문해서 심고 지주로 살기 시작했다오.

작년에 그곳으로 놀러 갔었소. 가서 어떤지 한번 보자 생각한 거지. 동생은 편지에서 자기 저택을 '춤바로클로바 푸스토시', '기말라이스코예 명칭 변경'이라고 부릅디다. 내가 '기말라이스코예 명칭 변경'에 도착한 것은 정오가 지나서였소. 더웠고 도처에 도랑과 울타리, 담장이 있고 전나무를 쭉 심어 담장으로 만들어 놔서 어디로 들어가야 할지, 말은 어디다 세워 두어야 할지 알 수가 있어야지. 집 쪽으로 걸어가니까 웬 불그스름한 개가 달려 나오는데, 뚱뚱한 것이 돼지를 닮았더군요. 짖고 싶지만, 귀찮아하는 것 같았소. 부엌에서 맨다리를 한 하녀가 나왔는데 뚱뚱한 것이 역시 돼지를 닮았고, 나리는 식사 후 쉬고 계신다고 합디다. 들어가서 보니 동생은 무릎에 이불을 덮고 침대에 앉아 있는데 늙고, 살은 엄청나게 찌고, 피부는

30 37만 평 정도 되는 땅을 말한다.

늘어져 있더군요. 볼이고 코고 입이고 앞으로 툭 튀어나와 당장에라도 이불에 대고 꿀꿀거릴 것만 같더군요.

우리는 포옹을 했고, 기쁘면서도 한때는 젊었는데 지금은 둘다 머리가 세고 죽을 때가 다 되었다는 서글픔에 눈물에 났소. 동생은 옷을 입고, 저택을 보여주려고 나를 데리고 나갔소.

'그래, 너는 여기서 어떻게 사니?' 내가 물었소.

'하느님께 감사하게도, 별일 없이 잘 살아요.'

예전에 눈치나 보던 가난뱅이 관리가 아니라 진짜 지주 나리가 되어 있었소. 거기에 정착해서 익숙해지기도 하고 제 나름의 취향도 생겨서 많이 먹고, 사우나에서 씻고, 살도 붙고, 단체와 두 공장에 소송도 걸고, 일꾼들이 '존경하는 나리'라고 부르지 않으면 삐치기도 하고 말이오. 정신도 나리님들처럼 근사하게 가꾸고, 선행도 그냥 하는 것이 아니라 생색을 내면서 합디다. 어떤 선행을 하다냐고요? 일꾼들의 웬만한 병은 소다와 아주까리기름으로 치료하면서, 자신의 명명일에는 마을에서 송축 예배를 드리게 하고, 그래야 한다고 생각하는지 술 반 통을 내놓는다더군요. 어휴, 빌어먹을 술 반통! 뚱뚱한 지주가 오늘은 밭을 망쳤다고 일꾼들을 농촌 위원장에게 끌고 가고, 내일은 축일이라고 술 반 통을 내어놓으면, 일꾼들은 술을 마시며 만세를 부르다가 취하면 동생 발에 엎드려 입을 맞춘다나. 형편이 피고, 배도 부르고, 여유가 생기면 러시아 사람은 참으로 뻔뻔스러워진다오. 관청에 있을 때는 지극히 개인적인 의견이 생기는 것조차 무서워하던 니콜라이 이바니치도 지금은 장관 같은 말투로 진리만 말씀하십디다. '교육은 필요하지만 민중에게는 시기상조다', '체벌은 일반적으로 해롭지만, 어떤 경우에는 이롭고 대체 불가능한 것이기도 하다'.

'저는 민중을 알고, 대하는 법도 알죠.' 동생이 말했소. '민중도 저를 좋아한답니다. 손가락만 까딱하면 원하는 건 다 해 주죠.'

그리고 이런 말들은, 짐작들 하시듯, 똑똑하고 선량한 미소를 지으면서 하더군요. 스무 번도 더 한 말이 '우리, 귀족들은', '저는 귀족으로서'였는데, 정말이지 우리 조부가 일꾼이었고, 부친은 군인이었다는 걸 벌써 까맣게 잊은 것 같았소. 심지어 침샤-기말라이스키라는 출처도 분명치 않은 우리 성도 이제 동생은 듣기 좋고, 명망 있고, 아주 기분 좋게 느끼는 것 같았다오.

하지만 문제는 동생이 아니라 내 자신이오. 내가 당신들에게 말하고 싶은 것은 동생의 저택에 있었던 길지 않은 시간 동안 내 속에서 일어난 변화요. 저녁에 우리가 차를 마시고 있자니 하녀가 구스베리를 한가득 담은 접시를 내놓습디다. 산 게 아니라 나무를 심고 난 뒤 처음으로 수확한 거라더군요. 니콜라이 이바니치는 웃기 시작했고 잠시 구스베리를 말없이 바라보면서 눈물을 흘리는데, 울컥했는지 말을 잇지 못하다가 구스베리를 하나 입 안에 넣고는 드디어 자기가 좋아하는 장난감을 받은 아이처럼 기뻐하면서 저를 쳐다보며 말했소.

'이렇게 맛있을 수가!'

그렇게 욕심부리듯 먹으면서 계속 반복하더군요.

'아하, 이렇게 맛있을 수가! 형님도 한번 드셔 보세요!'

질기고 시큼했지만, 푸시킨이 말한 것처럼 '우리에게는 진리의 어둠이 우리를 고양하는 속임보다 낫다'는 거죠.[31] 나는 그토록 염원하던 꿈을 실현하고, 인생의 목적에 도달해서 원하던 것을 얻고, 운명과 제 자신에게 만족해하는 행복한 사람을 본 거요. 나한테 인간의 행복이란 항상 왠지 모르겠지만 뭔가 슬픈 것과 혼합되어 있는데, 바로 지금 행복해하는 사람 앞에서 절망에 가까운 무거운 마음이 들더군요. 동생 침실과 나란히 있는 방에 잠자리를 마련해 줬는데, 동생이 잠을 설치다 일어나서 구스베리 접시 쪽으로 다가가서 베리를 집는 소리가 들립디다. 생각해 보니 실제로 만족스러워하고 행복해하는 사람이 얼마나 많던지! 이렇게나 강력한 힘을 가지고 있다니! 이 인생을 한번 보시오. 강자들의 후안무치와 유유자적, 약자들의 무지와 가축 같은 삶, 사방이 헤어 나올 수 없는 가난에 비좁고 퇴행에 만취, 위선, 거짓말투성이인데……. 그런데도 모든 집과 거리는 조용하고 평온하고, 도시에 사는 5만 명 중 누구 하나 소리를 빽 지른다거나 야단법석을 피우는 사람이 없다니. 우리는 시장에 먹을 걸 사러 다니고, 낮에는 먹고, 밤에는 자고, 쓰잘머리 없는 소리나 하고, 결혼하고, 늙어 가고, 호상이라고 관에 실려 가는 시체들을 보면서도 고통을 당하고 있는 사람들이나 어딘가 무대 뒤에서 일어나고 있는 끔찍한 일은 보지도 듣지도 못하지. 모든 것이 조용하고 평온하지만, 그렇지 않다고 말하는 통계가 하나 있소. 얼마나 많은 사람들이 미쳐 버렸는지, 얼마나 많은 술통을 해치워 버렸는지, 얼마나 많은 아이들이 기아로 죽었는지……. 분명한 건 이런 법칙이 있다는 거요. 행복한 사람이 아무 근심 걱정이 없다고 느끼는 것은 불행한 사람들이 말없이 그 짐을 지워주고 있기 때문이라는. 이런 침묵 없이는 행복도 불가능하다는 거지. 일반적인 가설이 그렇다는

31 푸시킨의 시 「영웅」(1830) 속 시인이 한 말 중 한 구절을 인용.

거요. 아무 근심 걱정 없이 행복해하는 개개인의 문밖에 누군가가 서서 조그만 망치를 들고 계속해서 두드려 대며 알려 주기라도 하면 좋으련만. 불행한 사람들이 있다고, 지금은 행복해도 늦든 빠르든 인생은 자기 발톱을 드러낼 테고 질병이나 가난, 상실의 고난이 닥칠 거라고. 하지만 지금 다른 사람들을 보지도 듣지도 않는 것처럼 그때가 되면 누구 하나 봐 주고 들어 줄 사람이 없을 거라고 말이오. 정작 망치 든 사람은 없고, 행복한 사람은 자기 식대로 살면서 사소한 문제 따위에나 가볍게 사시나무 떨 듯할 뿐 만사가 평탄하니.

그날 밤, 나 또한 아무 근심 걱정 없이 행복하다는 걸 알게 된 거요." 이반 이바니치는 일어나 이야기를 계속했다. "나 역시 식탁에서 사냥을 하면서 어떻게 살아야 하고, 무엇을 믿어야 하고, 민중을 어떻게 다뤄야 하는지 말했소. 나 역시 가르침이 빛이고 교육은 필요하지만 평범한 사람들에게는 글 정도 아는 걸로 충분하다고 말했소. 자유는 은총이고, 자유가 없는 것은 공기가 없는 것과 같다고 말하면서도 자유를 기다려야 한다고 말했고. 그래, 그렇게 말했소. 그럼 한번 물어봅시다. 무엇을 위해서 자유를 기다려야 하는 거요?" 이반 이바니치는 화가 난 듯 부르킨을 쳐다보면서 물었다. "무엇을 위해서 기다려야 하는지 자네에게 내가 묻고 있는 거네. 무엇을 염두에 두고 하는 말이지? 내게 말들 하길, 한 번에 다 이루어지는 것은 아니고, 모든 생각은 인생에서 제때에 점차적으로 실현되어 간다고. 그런데 누가 이렇게 말한 거지? 증거는 어디 있으며 정당하긴 한 건가? 물질의 자연 질서나 현상 법칙을 갖다 붙인다 한들, 만약 사고하는 살아 있는 인간인 내가 구덩이 위에 서서 구덩이가 스스로 메워지든지 진흙으로 메워질 때까지 기다리는 것이 질서고 법칙이라고 한다면, 혹 구덩이를 훌쩍 뛰어넘거나 지나가게 다리라도 만들 수도 있는 거 아닌가? 그러니 또다시 물을 수밖에. 무엇을 위해서 기다려야 하냐고? 살 힘이 없을 때까지 기다리라지만, 그런데 살아야 하고, 살고 싶다면!

나는 새벽에 동생 집에서 나왔고, 그 이후로는 도시에 있는 것이 못 견디겠더군요. 정적과 평온이 나를 짓누르고, 창밖을 보는 것도 무섭고, 지금은 식탁에 둘러앉아 차를 마시는 행복한 가정만큼 참고 보기 힘든 광경도 없소. 나는 이미 늙어서 투쟁과도 맞지 않고, 미워할 여력도 없소. 밤마다 머릿속에 떠도는 생각들로 마음이 괴롭고, 바르르 떨리고, 울화가 치밀어 잠을 잘 수도 없고……. 아, 젊었더라면!"

이반 이바니치는 흥분해서 주위를 왔다 갔다 했다.

"내가 젊었더라면!"

이반 이바니치는 갑자기 알료힌에게 다가가서 한 손씩 잡았다.

"파벨 콘스탄티니치." 호소하는 목소리로 말했다. "평온해지지 마시게. 둔해지면 안 되오! 아직 젊고, 힘이 있고, 활력도 있을 때 선행을 제쳐 두지 마시게! 행복은 없소. 있을 리도 없고. 인생에 의미와 목적이 있다면, 이는 우리 행복에 있는 것이 아니라 보다 이성적이고 대단한 것에 있다오. 선행을 하시오!"

이 모든 말을 이반 이바니치는 무언가 부탁하는 듯 애잔한 미소를 띠며 말했는데, 마치 자신에게 부탁하는 것 같았다.

그 후 세 사람은 각각 응접실의 다른 방향에 있는 안락의자에 앉아 말이 없었다. 이반 이바니치의 이야기는 부르킨에게도 알료힌에게도 그다지 감흥을 주지 못했다. 황혼에 살아 있는 것처럼 보이는 금테 액자 속 장군들과 부인들도 구스베리를 먹는 가난뱅이 관료 이야기를 듣고 있자니 지루한 듯했다. 왠지 우아한 사람들이나 여자들에 대해 말하고 이야기하고 싶은 듯했다. 세 사람이 샹들리에에 소파에 카펫까지 모든 것이 구비된 응접실에 앉아 있다는 것, 지금은 틀 속에서 바라보고 있는 사람들이 예전에는 이곳에서 돌아다니며 앉아 있기도 하고 차를 마시기도 했다는 것, 그리고 지금은 여기에 예쁜 펠라게야가 조용히 다니고 있다는 것보다 더 근사한 이야기도 없지 않은가.

알료힌은 잠이 쏟아졌고, 일 때문에 새벽 2시에 일어난 터라 지금은 눈이 감기기 직전이었지만, 자기를 빼고 뭔가 재미난 이야기라도 할까 봐 자리를 뜨지 못했다. 이반 이바니치가 방금 한 이야기가 현명한지 공평한지는 아무 상관 없었고, 손님들이 곡식이나 건초, 타르 같은 자기 삶과 직접적으로 관련이 없는 이야기들을 하는 것이 기뻤고, 계속하기를 바랐다…….

"그나저나 잘 시간이네요." 부르킨이 일어나면서 말했다. "잘들 주무세요."

알료힌은 인사를 하고 자기 방이 있는 아래층으로 내려갔고, 손님들은 위층에 남았다. 두 사람은 조각 장식을 한 오래된 커다란 나무 침대 두 개와 구석에 상아로 만든 십자가상이 있는 큰 방에서 밤을 보내게 되었는데, 널찍하고 참참한 침대에서는 예쁜 펠라게야가 세탁한 산뜻한 침구 냄새가 기분 좋게 났다.

이반 이바니치는 말없이 옷을 벗고 누웠다.

"하느님, 우리의 죄를 사하여 주시옵소서!" 이렇게 말하고는 머리를 이불 속에 감췄다.

탁자 위에 놓아둔 파이프 담배에서 담배 타는 냄새가 강하게 났고, 부르킨은 어디서 이런 독한 냄새가 나는지 알지 못한 채 오랫동안 잠을 잘 수가 없었다.

비가 밤새 창을 두드렸다.

# 사랑에 관하여

다음 날 아침 식사에 아주 맛있는 파이와 가재, 양고기 커틀릿이 나왔고, 요리사 니카노르가 식사 중인 손님들이 점심으로 무엇을 먹고 싶어 하는지 알아보러 올라왔다. 그는 볼이 통통하고 눈이 작은 보통 키의 남자로 면도한 콧수염은 면도를 했다기보다는 뽑아낸 것 같았다.

알료힌은 예쁜 펠라게야가 이 요리사에게 빠졌다고 이야기 해주었다. 요리사가 주정뱅이에 불같은 성격이라 시집은 가기 싫고, 그냥 같이 살고 있다고. 요리사는 신앙이 깊어서 이렇게 사는 것은 교리에 어긋나니 시집오는 것 외에 달리 방도가 없다며 펠라게야를 들들 볶으면서 욕을 하기도 하고 술에 취하면 때리기까지 한단다. 요리사가 술에 취한 성싶으면 펠라게야는 위층으로 올라와 숨어서 엉엉 울고, 그때는 알료힌이나 하인들이 만약의 경우를 대비해 펠라게야를 보호하기 위해 집 밖으로 나가질 않는다고.

사람들은 사랑에 대해서 이야기하기 시작했다.

"어떻게 사랑이 시작되었는지……." 알료힌이 말했다. "왜 펠라게야는 마음씨로나 외모로나 자기한테 더 어울리는 다른 누군가를 사랑하지 않고, 니카노르 같은 저런 야수를 사랑할까요. 우리 집에서는 다들 야수라고 불러요. 사랑은 개인의 행복이 중요한 문제이기 때문에 전혀 알 수 없으면서도 원하는 대로 다 끼워 맞출 수도 있지요. 지금까지 사랑에 대한 논쟁 중 다들 인정하는 단 하나의 진실이 있는데, 그건 바로 '사랑의 비밀은 거대하다'라는 거죠. 그 외 사랑에 대하여 쓰고 말한 모든 것은 해답이 아니라 그저 풀지 못한 채 남겨진 질문들을 제시해 놓은 것에 불과하지요. 어떤 경우에는 들어맞는 설명이, 다른 열 개의 경우에는 들어맞지 않을 수도 있기 때문에 제 소견으로는 각각의 경우를 개별적으로 설명해야 한다고 봅니다. 일반화하지 말고 말이죠. 의사들이 말하는 것처럼 각각의 경우를 개별화해야 한다는 겁니다."

"옳은 말이오." 부르킨이 동의했다.

"우리 러시아 사람들은 워낙 성격이 깔끔하다 보니 이런 풀지 못한 채 남겨진 질문들에 집착을 보입니다. 보통은 사랑을 시화詩化하고 장미나 꾀꼬리로 꾸며 대지만, 우리 러시아 사람들은 사랑을 절체절명의 질문으로 꾸미다 못해 가장 재미없는 질문을 선택하기도 하죠. 제가 대학생이었을 때, 모스크바에서 사귀던 여자가 있었는데, 귀여운 여자였어요. 그녀는 제가 자기를 안을 때마다 내가 한 달에 얼마를 줄까, 쇠고기 한 근 시세가 얼마일까를 생각했지요. 그렇게 우리는 사랑하면서도 이것이 정직한 것인지 아닌지, 현명한 것인지 멍청한 것인지, 이 사랑이 어떻게 될지 등등의 질문을 멈추지 않았습니다. 이것이 좋은지 아닌지 저는 잘 모르겠지만, 이것이 방

해가 되고, 불만스럽고, 화가 난다는 것은 알지요."

알료힌은 뭔가 이야기하고 싶어 하는 눈치였다. 혼자 사는 사람들에게는 항상 마음속에 이야기하고 싶어 하는 뭔가가 있다. 도시에 사는 독신자들은 이야기를 좀 하려고 일부러 목욕탕이나 레스토랑을 가서는 가끔 때밀이나 목욕탕 종업원이나 웨이터에게 아주 재미있는 이야기를 들려주기도 하는데, 시골에 사는 독신자들은 손님들 앞에서 이런 마음을 드러내곤 한다. 지금 창밖에는 흐린 하늘과 비에 젖은 나무들이 보이고, 이런 날씨에는 아무 데도 못 가니 앉아서 이야기나 하고 듣는 수밖에 없다.

"저는 소피노에 살면서 농사일을 한 지도 꽤나 오래되었습니다." 알료힌이 말을 시작했다. "대학을 졸업하고 나서부터니까요. 교육받은 걸로 치자면 화이트칼라고 성향상으로도 사무실에 앉아 있는 것이 적성에 맞는 사람인데, 이곳 영지로 와 보니 빚이 많더라고요. 일부는 부친이 제 교육으로 쓰신 거라 이 돈을 다 갚을 때까지는 일하면서 이곳을 떠나지 말아야겠다고 결심했습니다. 그렇게 결심하고 여기서 일을 시작했는데, 솔직히 거부감이 전혀 없었던 것은 아니었어요. 이곳 땅은 그리 소출이 많지 않아서 손해를 보지 않으려면 농민이나 품꾼을 쓰거나, 그래 봐야 별반 차이는 없지만 농민에게 맡겨서 자기 식솔들과 함께 직접 경작하게 해야 했습니다. 그 중간은 없거든요. 하지만 그때는 이런 세세한 부분까지 알 리가 없었지요. 저는 땅 한 자락도 놀리지 않으려고 이웃 마을 장정들과 아낙들을 죄다 끌어냈어요. 한껏 열을 내서 직접 땅도 일구고, 씨도 뿌리고, 추수도 하다 보니 무료하기도 하고 배고픈 시골 고양이가 텃밭에 있는 오이를 먹는 것처럼 인상이 절로 써졌죠. 삭신은 쑤시고,

걸으면서 줄기도 했죠. 처음에는 이 노동하는 생활을 제 교양 있는 습관들과 쉽게 겸할 수 있을 것 같았고, 그러려면 외적 질서만 잘 잡으면 되겠다 싶었습니다. 여기 위층, 호화로운 방에 자리를 잡고, 아침 식사와 점심 식사 후에는 리큐어를 넣은 커피를 대령하라고 지시하고, 잠자리에서 밤새『유럽통보』를 읽었지요. 그런데 하루는 이반이라는 저희 사제님이 오셔서 제 리큐어를 한자리에서 다 마셔 버리셨고,『유럽통보』도 사제 따님들께로 넘어갔어요. 여름, 특히 풀베기 철이면 침대에 가지도 못 하고 헛간 썰매 위에서나 어디 산림 보호소에서 눈 붙이기 바쁜데 독서가 웬 말이겠습니까? 그러다 보니 아래층으로 내려오게 되고, 사람들이 일하는 부엌에서 먹게 되었죠. 제게 남은 유일한 사치는 제 부친 때부터 일해서 쫓아내기도 가슴 아픈 하녀 한 명뿐이지요.

초창기에는 이곳 명예 치안 판사로 선출되기도 했습니다. 도시에 나가서 회의나 지방 법원에 참석하는 것이 즐겁더군요. 여기 살면서 특히 겨울에 두세 달 외출을 못 하고 있으면 검정 프록코트가 그리워진답니다. 지방 법원에는 모두가 프록코트나 제복, 연미복을 입고 있었지요. 법률가들로 교육받은 사람들이어서 아무와도 대화를 할 수 있었습니다. 썰매에서 잠을 자거나 사람들이 일하는 부엌에서 식사한 뒤에 안락의자에 앉아 깨끗한 속옷과 가벼운 단화 차림으로 가슴에 십자가를 얹고 있으면 이보다 더한 사치가 없었지요!

도시에서도 저를 반갑게 맞아 주시니, 저 또한 기꺼이 인사를 하고 다녔습니다. 인사한 사람 중에 가장 귀하고, 감히 말씀드리지만 가장 기분 좋았던 분은 지방 법원장이신 루가노비치였습니다. 두 분 모두 알고 계시겠지만 정말 좋으신 분이죠. 유명했던 방화 사건

직후에 인사했는데, 심리가 이틀 동안 이어지면서 저희는 지치고 말았습니다. 루가노비치가 저를 쳐다보시고는 말씀하셨어요.

'저기요? 우리 집에 가서 식사나 합시다.'

예상치 못했던 것이 루가노비치와는 공식석상에서 인사만 나눈 사이였거든요. 그분 댁에는 한 번도 가 본 적이 없었습니다. 저는 옷을 갈아입으러 잠시 숙소에 들렀다가 식사를 하러 갔습니다. 그리고 거기서 루가노비치의 아내이신 안나 알렉세예브나와 인사하는 기회가 생겼고요. 당시에는 스물두 살도 안 된 아주 젊은 분으로, 첫 아이를 낳은 지 반년도 안 되었을 때였습니다. 다 지난 일이라 지금은 그 여인에게 뭐가 그리 특별한 것이 있었고, 무엇이 그렇게 제 맘에 들었는지 설명하기는 힘들지만, 식사하던 그때는 모든 것이 너무도 선명했습니다. 저는 그전에는 한 번도 만난 적이 없는 젊고 근사하고 착하면서도 지적이고 매력적인 여자를 보았던 것입니다. 곧바로 이미 오래 알고 지낸 사이처럼 느껴졌는데 얼굴이며, 상냥하면서도 똑똑해 보이는 눈이 언젠가 어릴 적, 제 어머니 서랍장 속에 있던 앨범에서 본 것 같았지요.

방화 사건은 네 명의 유대인이 용의자로 지목되어 공동 범행으로 판결이 났습니다. 제 생각에는 전혀 근거가 없어 보였습니다. 저는 식사를 하면서 무척 흥분했고 힘들어했어요. 제가 무슨 말을 했는지 지금은 기억이 안 납니다만, 안나 알렉세예브나는 시종 머리를 끄덕이며 남편에게 말했지요.

'드미트리, 어떻게 그럴 수가 있어요?'

루가노비치, 이 착한 사람은 일단 법정에 선 사람은 죄가 있다고 보고, 판결의 정당성에 대한 이의 제기는 법적인 절차나 서류로

하는 것이지 이렇게 식사나 사적인 대화에서는 하는 게 아니라고 굳게 믿고 있는 단순한 사람 중 한 사람이었습니다.

'우리는 방화를 하지 않았소.' 루가노비치는 부드럽게 말했습니다. '그러니 우리를 판결하지도 감옥에 넣지도 않는 거요.'

그러면서 부부는 제가 더 많이 먹고 마시도록 배려를 해 주셨었어요. 여러 사소한 정황들로 미루어, 예를 들어 부부가 함께 커피를 끓인다거나 말을 다 하지 않아도 서로를 잘 이해하는 것으로 봐서는 두 사람이 사이좋게 잘 살고 있고, 손님을 맞는 것을 기뻐한다는 결론을 내릴 수 있었습니다. 식사 후 부부는 함께 피아노를 연주했고, 어두워지자 저는 숙소로 돌아왔지요. 이때가 초봄이었습니다. 이후 여름 내내 저는 소피노에 두문불출하면서, 도시를 생각할 겨를도 없이 지냈지만, 날씬한 금발 여인에 대한 기억은 제 마음에 계속 남아 있었어요. 그녀를 생각한 것은 아니었지만, 그녀에 대한 가벼운 그림자가 제 마음에 드리워져 있었던 것 같습니다.

늦가을 도시에서 자선 공연이 있었습니다. 초대를 받아 가서 쉬는 시간에 지사가 계신 자리로 갔는데, 지사 부인과 나란히 있는 안나 알렉세예브나를 보니 그 아름다움과 사랑스러우면서도 부드러운 눈으로 인해 또다시 지울 수 없던 이전의 감정과 친밀감이 느껴지더군요.

저희는 나란히 앉았고, 후에는 로비를 거닐기도 했지요.

'살이 좀 빠지셨네요.' 그녀가 말하더군요. '아프셨어요?'

'네, 어깨가 좀 쑤셔서 비 오는 날에는 잠을 설칩니다.'

'기운이 없어 보이세요. 그때 봄에 식사하러 오셨을 때는 더 젊고 활기차셨는데, 엄청 재미있으셨어요. 솔직히 말하면, 조금 반할 뻔했답니다. 웬일인지 여름에 자주 생각이 나던데, 오늘도 극장에 올 준비를 하면서 당신을 볼 것 같은 생각이 들었어요.'

그러면서 그녀는 웃기 시작했습니다.

'그런데 오늘은 기운이 없어 보이시네요.' 그녀가 한 번 더 말했습니다. '나이 들어 보여요.'

다음 날 저는 루가노비치 댁에서 아침을 먹었고, 부부가 식사 후 월동 준비하러 별장에 가는 길에 저도 동행했습니다. 도시로 돌아와서도 자정까지 그 집에서 조용하고 가족적인 분위기에서 차를 마셨고, 벽난로가 타고 있는 가운데 젊은 엄마는 딸이 잘 자고 있는지 보러 왔다 갔다 했지요. 그 뒤로 도시에 갈 때마다 루가노비치 댁에 들렀습니다. 그들은 저에게 익숙해졌고, 저도 익숙해졌죠. 대개는 식구처럼 알리지도 않고 갔습니다.

'누구세요?' 멀리 방에서 길게 들려오는 목소리가 제게는 그렇게나 아름다울 수가 없었습니다.

'파벨 콘스탄티니치이십니다.' 하녀나 유모가 대답하곤 했지요.

안나 알렉세예브나는 걱정 어린 얼굴로 제게 와서는 매번 물었습니다.

'왜 그렇게 오랫동안 안 오셨어요? 무슨 일이라도 있으셨어요?'

그녀의 시선, 제게 내미는 우아하고 고귀한 손, 실내용 원피스, 머리 모양, 목소리, 발걸음은 매번 제게 새롭고도 제 인생에 특별하고도 중요한 인상을 주었습니다. 저희는 한동안 담소를 나누다가도 각자 자기 생각을 하느라 한동안 침묵하기도 했어요. 때로는 그녀가 피아노 연주를 해 주기도 했습니다. 집에 아무도 없어도, 돌아가기보다는 기다리면서 유모와 담소를 나누거나 아이와 놀거나 서재에 있는 터키식 소파에 누워 신문을 읽었어요. 그러다가 안나 알렉세예브나가 귀가하면 현관에서 그녀를 맞이하면서 구입한 물건들을 들어주었는데, 매번 이 물건들을 옮길 때면 왜 그렇게 소년처럼 마냥 기쁘고 좋았는지 모르겠습니다.

속담에 걱정이 없는 여편네는 새끼 돼지를 사들인다고 하지요. 루가노비치 댁은 걱정이 없었고, 저와도 사이가 좋았습니다. 제가 오랫동안 도시에 가지 않으면, 가령 아프다든지 무슨 일이 생겨서 말입니다, 그러면 부부가 얼마나 걱정을 하는지. 그들은 교육을 받고 외국어도 아는 제가 학문이나 문학 쪽 일을 하지 않고, 시골에 살면서 다람쥐 쳇바퀴 돌듯 많은 일을 하면서도 돈 한 푼 없다는 것에 대해서도 걱정했죠. 제가 힘들어하고 있으며, 말하고 웃고 먹고 하는 것도 힘든 것을 숨기기 위해 그런 거라고 생각하시는 것 같았습니다. 제가 두 사람의 관심 어린 시선을 좋게 느끼면서 즐거워하던 순간에도 말입니다. 실제로 제게 힘든 일이 생겼거나 어떤 채권자가 저를 압박하거나 시일 내 갚아야 할 돈이 부족했을 때 특히나 더 감동적인 행동을 보였습니다. 부부가 창가에서 속삭이더니 남편이 제게 다가와서 심각한 얼굴로 말했습니다.

'파벨 콘스탄티니치, 만약에 지금 현재 돈이 필요하시다면, 사양 마시고 저희 돈을 받아 주시길 바라오.'

그러면서 긴장을 했는지 귀가 빨개졌지요. 한번은 이전과 똑같이 창가에서 속삭이다가 남편이 벌게진 귀를 하고 저에게 와서 이렇게 말하는 경우도 있었습니다.

'나와 아내는 이 선물을 받아 주실 것을 간곡히 바라오.'

그러면서 커프스단추나 담배 케이스, 램프를 건네면 저는 그

보답으로 시골에서 새고기나 기름, 꽃을 보내 드렸지요. 말씀드리지만, 부부가 모두 재력이 있는 사람들이었습니다. 초창기에 저는 돈을 자주 빌렸고, 어디든 가리지 않고 돈을 빌려 댔지만, 루가노비치 댁에서만은 돈을 추호도 빌리고 싶지 않았습니다. 네, 무슨 말이 필요하겠습니까!

저는 불행했습니다. 집에서도 들에서도 헛간에서도 그녀를 생각했습니다. 거의 노인에 가까운(남편은 마흔이 훨씬 넘었으니까요) 지루한 사람에게 시집가서 아이들을 낳은 젊고 아름답고 똑똑한 여자의 사정을 이해해 보려고 애를 썼습니다. 그리고 건전하고 고리타분한 사고로 판단하는 호인이지만 평범하고 심심한 사람, 무도회와 연회에서 마치 꿰다 놓은 보릿자루처럼 지체 높은 사람들의 대화는 듣되 참여하지는 않는다는 표정으로 맥없이 의미 없이 있지만 자신의 행복권을 믿고 그녀와의 사이에 아이들을 가진 사람의 사정 또한 이해해 보려고 했습니다. 그녀는 왜 제가 아닌 그 사람을 만났고, 무엇을 위해서 이래야 했는지, 우리 인생에 왜 이런 끔찍한 실수가 일어났는지를 이해해 보려고 애를 썼던 겁니다.

도시에 가면 매번 그녀의 눈에서 그녀도 저를 기다렸음을 보았고, 그녀는 아침부터 뭔가 특별한 예감이 들어서 제가 올 것 같았다고 털어놓기도 했습니다. 우리는 한참을 말하거나 침묵했지만, 서로에게 사랑을 고백하지는 않았고, 서툴게 애써 감추려고 했지요. 저희는 각자의 속내를 서로가 알게 될까 봐 겁이 났습니다. 저는 정녕 그녀를 깊이 사랑하고 있었지만, 우리가 이 사랑과 싸워 내지 않는다면 어떤 결과를 초래할지 자문해 보았습니다. 저의 이 혼자만의 슬픈 사랑이 저를 그렇게나 아껴 주고 믿어 주는 그녀의 남편과 아이들의 행복한 삶을 갑자기 격변시킬 것이 너무도 자명해 보였습니다. 정당하기는 한 건가? 그녀가 나에게 오기라도 한다면, 어디로 가야 하나? 내가 그녀를 어디로 데리고 갈 수 있을까? 만약 내 삶이 아름답고 재미있었더라면, 가령 내가 조국 해방을 위해 싸운다든지 유명한 학자나 배우, 화가였더라면 문제가 달라질 수도 있었겠지만, 평범한 일상에서 그녀를 조금 더 다른 평범한 삶으로 데려가는 것이라면 어쩐단 말인가. 그렇다면 우리의 행복이 얼마나 오래 지속될 수 있을까? 내가 아프거나 죽기라도 하면, 혹은 그냥 서로에 대한 사랑이 식기라도 하면 그녀는 어떻게 될까?

그녀 역시 비슷한 생각을 하는 것 같았습니다. 남편과 아이들, 그리고 사위를 아들같이 좋아하시는 친정어머니를 생각했겠죠. 그녀가 자신의 감정대로 했다고 한들, 진실을 말하든 거짓말을 하든, 본인의 입장에서는 겁나고 불편한 것은 매한가지였을 겁니다. 그리고 안 그래도 힘들고 온갖 불행으로 가득 찬 제 인생에 아무런 문제 없이 자신의 사랑으로 저를 행복하게 해 줄 수 있겠느냐고 하는 문제도 그녀를 힘들게 했을 것입니다. 그녀 자신이 한창 젊은 것도 아니고, 새로운 인생을 시작할 만큼 열심과 에너지가 있는 것도 아니라고 느꼈는지 자주 남편에게 제가 좋은 안주인이 될 만한 똑똑하고 자질이 많은 아가씨에게 장가가야 한다고 말했어요. 그러나 어떤 도시에도 그런 아가씨를 찾는 건 힘들다고 덧붙였지요.

그렇게 세월이 갔습니다. 안나 알렉세예브나에게는 이미 두 아이가 있었지요. 제가 루가노비치 댁에 가면, 하인들은 반갑게 웃어 주었고, 아이들은 파벨 콘스탄티니치 삼촌이 왔다고 소리를 질러 대며 제 목에 매달리며 다들 환영해 주었습니다. 제 속도 모르고 다들 저도 기쁜 줄 알았겠죠. 제 속에 있는 고결한 존재를 보면서 말입니다. 어른이고 아이고 고결한 존재가 방을 거닌다고 느꼈고, 이것이 그들과 저와의 관계에 뭔가 특별한 매력을 부여해서, 마치 제가 있으면 그들의 삶이 더 깨끗하고 아름다워지기라도 하는 듯했습니다. 저와 안나 알렉세예브나는 함께 극장에 다녔는데, 매번 걸어 다녔습니다. 좌석에 나란히 앉아서 서로 어깨가 부딪히기도 하고, 말없이 그녀 손에 있던 오페라글라스를 집으면서 그녀는 나와 가까운 사람이고, 내 여자이며, 서로 없어서는 안 됨을 동시에 느끼다가도 왠지 모르게 극장을 나오기만 하면 저희 둘은 매번 모르는 사람처럼 인사하고 헤어져 버렸죠. 도시에서는 이미 저희에 대해서 수군대기 시작했는데, 무슨 말들을 하는지는 하느님만 아시겠지만, 한 조각의 진실도 없었습니다.

마지막 몇 년간 안나 알렉세예브나는 더 자주 친정어머니나 여동생에게 갔고, 기분이 안 좋을 때가 잦아졌으며 남편도 아이들도 보기 싫을 정도로 삶이 불만스럽게 망가지고 있었습니다. 이미 신경 쇠약으로 치료를 받고 있기까지 했지요.

저희는 내내 입 다물고 있다가도 다른 사람들이 있으면 그녀는 저에게 뭔가 이상할 정도로 짜증을 냈고, 제가 무슨 말을 하든 반대만 했고, 제가 논쟁이라도 하면 상대편만 들었습니다. 제가 뭘 떨어뜨리기라도 하면 냉정하게 말했지요.

'축하해요.'

함께 극장을 가는데, 제가 오페라글라스 챙기는 것을 잊기라도 하면 그녀가 말했습니다.

'잊어버리실 줄 알았어요.'

불행인지 다행인지, 우리 인생에 이르든 늦든 끝이 나지 않는 것은 없습니다. 루가노비치가 서부에 있는 한 현의 의장으로 임명되면서 이별의 시간이 왔으니까요. 가구며 말, 별장을 팔아야 했습니다. 별장에 다녀와서는 마지막으로 정원과 초록 지붕을 눈에 담기 위해서 쳐다보는데 다들 슬퍼했고, 저는 곧 작별해야 하는 것이 별장 하나만은 아니라는 것을 알게 되었죠. 8월 말에 안나 알렉세예브나는 의사들이 권고한 크림반도로 가고, 조금 뒤 루가노비치는 아이들과 서부 현으로 떠나기로 정해졌습니다.

우리는 여럿이 함께 몰려가서 안나 알렉세예브나를 배웅했습니다. 남편과 아이들과는 이미 작별 인사를 했고 곧 세 번째 종이 울리려던 찰나 저는 그녀가 잊어버릴 뻔한 바구니 하나를 선반에 올려주러 기차 안으로 뛰어들었습니다. 인사도 해야 했고요. 기차 안에서 우리는 눈이 마주쳤고, 둘만 남겨진 가운데 저는 그녀를 안았고 그녀는 제 가슴팍에 얼굴을 묻었습니다. 눈에서는 눈물이 흘렀고, 그녀의 얼굴과 어깨, 손과 젖은 눈에 입을 맞추는데, 오, 저희가 얼마나 불행하던지! 저는 사랑을 고백했고, 저희의 사랑을 방해하던 모든 것이 얼마나 불필요하고 사소하면서도 기만적이었는지를 통감하게 되었습니다. 사랑을 할 때는 이 사랑을 논하는 데 통상적으로 하는 행복이냐 불행이냐, 선이냐 악이냐 하는 생각보다 좀 더 고차원적이고 좀 더 중요한 것에서 출발해야 하며, 아니면 아예 논하지를 말아야 한다는 것을 깨달았지요.

저는 마지막으로 입을 맞추고, 손을 잡고는 영원히 헤어졌습니다. 기차는 이미 움직이기 시작했고요. 저는 비어 있는 옆 칸에 앉아서 다음 정거장에 도착할 때까지 울었습니다. 그러고는 소피노까지 걸어갔지요……."

알료힌이 이야기하는 동안, 비가 그치고 해가 났다. 부르킨과 이반 이바니치는 발코니로 나갔고, 거기서 보는 정원과 강호는 거울처럼 햇빛에 반짝거려 너무도 아름다웠다. 두 사람은 경치를 즐기면서도 동시에 순수한 마음으로 이야기를 들려준, 선하면서도 총명한 눈을 가진 이 사람을 가여워했다. 인생을 더 재미있게 해 줄 수도 있는 학문이나 다른 뭔가를 하지 않고 이 드넓은 영지에서 다람쥐 쳇바퀴 돌듯 살고 있으니 말이다. 그리고 두 사람은 알료힌이 기차 안에서 여자와 작별 인사를 하면서 얼굴이며 어깨에 입을 맞췄을 때 젊은 부인의 얼굴이 얼마나 슬픈 얼굴을 했을지 떠올려 보았다. 두 사람 모두 그 여자를 도시에서 본 적이 있었고, 부르킨은 심지어 그녀와 아는 사이로 그녀의 아름다움을 알고 있었다.

# 귀여운 여인

올렌카는 8등 문관으로 퇴직한 플레먄니코프의 딸로, 생각에 잠긴 채 집 마당에 있는 작은 현관 계단에 앉아 있었다. 더웠고 파리들이 집요하게 들러붙는데, 곧 저녁이 된다고 생각하니 너무도 좋았다. 동쪽에서 비를 동반한 짙은 먹구름이 몰려오면서 가끔 습기를 머금은 바람이 불었다.

마당 한가운데에는 '티볼리'라고 하는 유원지와 개인 극단을 가지고 있는 쿠킨이 서서 하늘을 보고 있는데, 바로 이 마당에 있는 별채에 세 들어 살고 있는 사람이었다.

"또야!" 쿠킨이 절규했다. "또 비가 온다고! 매일같이 비야, 매일같이 비. 일부러 그러는 것도 아니고! 이건 올가미인 거야! 파산하라는 거나 마찬가지라고! 날마다 손해가 어마어마하다니까!"

쿠킨은 양손을 펼쳐 보이고는 올렌카 쪽을 보면서 계속 말했다.

"이것 보세요, 올가 세묘노브나, 우리 인생이 이렇답니다. 운다고 별수 있나요! 애써 일하고 시달리면서 밤에 잠도 안 자고 무엇이

최선일지만 고민합니다. 대중은 배움이 없고 야만스럽죠. 제가 이런 사람들한테 최고의 오페레타나 몽환극, 대단한 가수를 보여 준들 정말이지 이들한테 소용이 있을까요? 이해할 만한 것이 하나라도 있 겠어요? 익살극이나 소용 있겠죠! 저속한 거나 보여 주면 되는 겁니 다! 또 다른 문제는, 날씨 좀 보세요. 거의 매일 저녁만 되면 비가 옵 니다. 5월 10일부터 이러고 있는데 6월까지 내내 이러면 끔찍함 그 자체죠! 관객들이 오질 않는데 임대료를 내야 하나요? 배우들한테 급료도 줘야 하고?"

다음 날 저녁 무렵 또다시 먹구름이 몰려오자 쿠킨은 신경질 적으로 웃으며 말했다.

"어쩌겠습니까? 그러라고 해요! 유원지 전체도 잠기게 하고, 나도 그렇게 하라고요! 이승이든 저승이든 내가 무슨 복이 있겠어 요! 배우들보고 고소하라고 해요! 고소? 시베리아에서 유형살이라 도 하지 뭐! 단두대도 좋고! 하하하!"

그리고 사흘째 날에도 또…….

올렌카는 잠자코 쿠킨이 하는 말을 심각하게 듣고 있다가 눈 물이 났다. 결국 쿠킨의 불행이 올렌카의 마음을 건드렸고, 올렌카 는 쿠킨을 좋아하게 되고 말았다. 쿠킨은 작은 키에 빼빼하고, 누런 얼굴에 옆머리를 빗어 넘기고, 목소리가 가늘고 높았고 말을 할 때 면 입이 비틀렸으며, 항상 절망이라고 쓰인 얼굴을 하고 다녔지만, 이 모든 모습이 바로 올렌카의 진실된 감정을 불러일으킨 것이었다. 올렌카는 항상 누군가를 사랑하지 않고는 살 수가 없었다. 예전에는 아빠, 지금은 아픈 몸으로 어두운 방 안락의자에 앉아 힘겹게 숨을 쉬고 계시는 아빠를 사랑했고, 1년에 한두 번 브랸스크에서 오시는 이모도 좋아했으며, 더 오래전 학교에서 공부할 때는 프랑스어 선생님을 좋아했다. 올렌카는 조용하면서도 성격이 좋고 동정심 많은 아가씨로, 눈매가 순하고 부드러웠으며 아주 건강했다. 올렌카의 통통한 장밋빛 볼이나 검은 점이 있는 부드럽고 하얀 목, 무언가 기분 좋은 것을 들을 때 얼굴에 떠오르곤 하는 선하고 천진한 미소를 보면서 남자들은 '와, 근사한데……'라고 생각하면서 같이 미소를 지었다. 손님으로 온 부인들도 이야기 도중에 갑자기 올렌카의 손을 잡고 자신의 흡족한 감정을 말로 내뱉지 않을 수 없었다. "귀여워라!"

올렌카가 태어날 때부터 살았고, 자신의 이름으로 상속받게 되어 있는 집은 도시 외곽에 있는 치간스카야 슬로보드카에 위치해 있었고 '티볼리' 유원지와도 멀지 않아서 올렌카는 밤마다 유원지에서 연주되는 음악이며 폭죽 터지는 소리를 들었다. 이 소리는 마치 쿠킨이 자신의 운명과 겨루면서 자신의 가장 큰 적인 무심한 대중에게 돌진하는 소리인 것처럼 느껴져 심장이 달콤하게 쪼그라들면서 전혀 잠을 자고 싶지가 않았고, 아침 무렵 쿠킨이 집으로 돌아오면 자기 침실에 난 조그마한 창을 두드리며 커튼으로 얼굴과 한쪽 어깨만 드러낸 채 부드러운 미소를 지었다…….

쿠킨은 청혼을 했고, 두 사람은 결혼식을 올렸다. 쿠킨은 올렌카의 목에서 통통하고 건강한 어깨로 시선을 옮기면서 양손을 펼쳐 보이며 말했다. "귀여워!"

쿠킨은 행복했지만, 결혼식 날에도 비가 오고 그날 밤에도 비가 오자 절망스러운 기색이 얼굴에서 사라지지 않았다.

결혼 후 두 사람은 행복하게 살았다. 올렌카는 매표소에 앉아 있기도 하고 유원지를 관리하기도 하고 지출을 기록하기도 하고 급

**165**

여를 주기도 했는데, 올렌카의 장밋빛 볼과 사랑스럽고 천진난만한, 화사함 그 자체인 미소는 매표소 창구에서도 무대 위에서도 간이식당에서도 반짝거렸다. 그러면서 지인들에게 이 세상에서 가장 근사하고 중요하면서도 필요한 것은 바로 극장이고, 진정한 기쁨을 얻을 수 있고 교양 있고 인도주의적인 사람이 될 수 있는 곳도 극장뿐이라고 말하고 다녔다.

"하지만 대중이 정말 이것을 이해할까요?" 올렌카가 말했다. "그들한테는 익살극이나 소용 있죠! 어제 우리는 「파우스트 개작」을 올렸는데 좌석이 텅텅 비다시피 했죠. 우리 바니치카³²랑 저속한 걸로 아무거나 올렸더라면, 물론 극장은 미어터졌을 테지만. 내일은 우리 바니치카랑 「지옥의 오르페우스」를 올릴 건데 보러들 오세요."

극장이나 배우들에 대해서 쿠킨이 하는 말을 올렌카는 따라 하고 다녔다. 남편이 생각하는 그대로 올렌카는 대중이 예술에 무심하고 무식하다고 경멸했고, 리허설에 참견하면서 배우들을 다잡았으며, 연주가들의 행동을 감시했고, 지역 신문에서 극장에 대해 혹평이라도 하면 울고 난 다음 해명하러 신문사에 갔다.

배우들은 올렌카를 좋아하면서 '우리 바니치카랑'이라든지 '귀여운 여인'이라고 불렀고, 올렌카도 배우들을 아끼면서 조금씩 돈을 꾸어 주기도 했다. 어쩌다 배우들이 자신을 속이는 일이 생기더라도 조금 울기만 할 뿐 남편에게 하소연하지는 않았다.

그렇게 겨울을 잘 지냈다. 도시에 있는 극장을 겨우내 빌려서 우크라이나 극단이나 마술사, 지역 동호회 등에 단기 임대를 해 주

---

32 이반 페트로비치 쿠킨의 애칭.

기도 했다. 올렌카는 살도 붙고 얼굴에 가득 만족감이 흘러넘쳤지만, 쿠킨은 살도 빠지고 얼굴도 노래지고, 겨우내 일이 그렇게 나쁘지 않았음에도 손해가 엄청나다고 불평을 해 댔다. 밤마다 쿠킨이 기침을 하자 올렌카는 산딸기즙이나 보리수 꽃잎 차를 마시게 하고 오드콜로뉴를 발라 주고는 자신의 부드러운 숄로 감싸 주었다.

"우리 멋진 여보!" 올렌카는 남편의 머리를 쓰다듬으면서 진심에서 우러나오는 말을 했다. "당신은 정말 좋은 사람이에요!"

사순절 기간에 쿠킨이 극단을 물색하러 모스크바로 떠나자 올렌카는 남편 없이 잘 수가 없어 내내 창가에 앉아서 별을 쳐다보았다. 그러면서 자신을 닭장에 수탉이 없으면 밤새 잠도 못 자고 불안해하는 암탉들에 비교했다. 쿠킨은 모스크바 일이 지체되어 부활절 즈음해서 돌아오겠다고 편지했고, 편지에 벌써 '티볼리'와 관련한 지시를 해 놓았다. 하지만 고난 주일 월요일 늦은 저녁, 갑자기 대문이 불길하게 울렸는데, 누군가가 현관문을 드럼통처럼 둥! 둥! 둥! 하고 쳐 대고 있었던 것이다. 잠이 덜 깬 하녀가 맨발로 웅덩이를 첨벙거리며 문을 열려고 뛰쳐나갔다.

"문 좀 열어 주세요!" 누군가가 대문 너머로 묵직한 저음으로 말했다. "전보가 왔습니다!"

올렌카는 전에도 남편에게서 전보를 받곤 했지만 지금은 왠지 덜컥 겁이 났다. 손을 파르르 떨면서 전보문을 열어 다음과 같은 글을 읽었다.

"이반 페트로비치 금일 돌연사. ㅈㅅ 지시 기다림. 화요일 당례식"

전보에는 '당례식'이라고 쓰여 있었고, 또 하나 무슨 말인지 모르겠는 'ㅈㅅ'라는 말도 있었다. 서명은 오페레타 극단장 이름으로 되어 있었다.

"우리 여보!" 올렌카는 통곡하기 시작했다. "바니치카 내 사랑, 우리 여보! 당신을 뭣 하러 만났을까요? 뭣 하러 당신을 보고 사랑하게 된 거죠? 당신은 어떻게 가엾은 올렌카를, 이 불쌍하고 불행한 여자를 버리고 갈 수가 있는 거예요?"

화요일에 모스크바에 있는 바간코보에서 쿠킨의 장례를 치르고, 올렌카는 수요일에 집으로 돌아와서는 자기 방으로 들어가자마자 침대에 몸을 던져 어찌나 크게 울어 대기 시작했던지 거리와 이웃 마당들에서도 들릴 정도였다.

"귀여운 것!" 이웃 여자들은 성호를 그으며 말했다. "귀여운 올가 세묘노브나. 엄마야, 사람 잡겠네!"

석 달이 지나고 올렌카가 예배를 마치고 상복 차림에 슬픈 모습을 하고 집으로 돌아오는 길이었다. 어쩌다 보니 상인 바바카예프의 목재 창고 관리인이자 이웃에 사는 바실리 안드레이치 푸스토발로프와 나란히 교회에서 집으로 오게 되었다. 밀짚모자에 금줄 달린 조끼 차림의 푸스토발로프는 상인이라기보다는 지주처럼 보였다.

"모든 날에는 그 나름의 규칙이 있는 법입니다, 올가 세묘노브나." 푸스토발로프는 진중하고 애석함을 담은 목소리로 말했다. "그러니 우리 중에 가까운 사람이 죽는다는 것은 하느님의 뜻이니 이런 경우, 우리는 스스로를 다잡고 순종으로 이겨 내야 합니다."

올렌카를 현관문까지 바래다주면서 푸스토발로프는 인사를 하고 갔다. 이후 푸스토발로프의 진중한 목소리가 온종일 올렌카에게 들려왔고, 간신히 눈을 감을라치면 푸스토발로프의 짙은 턱수염이 떠올랐다. 푸스토발로프가 무척이나 맘에 들었다. 그리고 올렌카

역시 푸스토발로프에게 인상을 남겼는지, 잠시 후 잘 알지도 못하는 중년 부인 하나가 올렌카네로 커피 마시러 왔다며 식탁에 앉자마자 서둘러 푸스토발로프는 건실하고 좋은 사람이라 처녀라면 기꺼이 그 사람에게 시집가려고 할 거라며 운을 뗐다. 사흘 뒤에는 푸스토발로프가 직접 찾아왔다. 10여 분 정도 별다른 말 없이 잠깐 앉아 있었지만, 올렌카는 푸스토발로프를 좋아하게 되고 말았다. 얼마나 좋은지 밤새 한숨도 못 자고 열병에 걸린 것처럼 몸이 달아올라서는 아침에 중년 부인을 부르러 사람을 보냈다. 곧 혼담이 오갔고, 결혼식을 올렸다.

　푸스토발로프와 올렌카는 결혼하고 행복하게 살았다. 보통 푸스토발로프가 목재 창고에 점심때까지 앉아 있다가 일을 보러 나가면, 올렌카는 남편 대신 사무실에 저녁까지 앉아 있으면서 계산서를 쓰기도 하고 물건을 내주기도 했다.

　"요즈음은 목재가 매년 20퍼센트씩 가격이 오릅니다." 올렌카는 손님들이나 지인들에게 말했다. "양해해 주셔야 할 것이, 예전에는 우리 지역에서 나는 목재로 거래했지만 지금은 바시치카가 매년 모길레프현까지 목재를 사러 갔다 와야 합니다. 그런데 운송료가 얼마나 비싼지!" 올렌카는 끔찍하다는 듯 손으로 양쪽 볼을 감싸며 말했다. "엄청나답니다!"

　올렌카는 아주 오래전부터 목재를 판매해 왔던 것처럼 느꼈고, 인생에서 가장 중요하고 필요한 것이 바로 목재라는 생각이 들어 들보나 통나무, 널빤지, 합판, 서까래, 조립 목재, 수피 등등 이와 관련된 단어만 들어도 뭔가 친근하고 감동이 왔다. 밤마다 자면서 합판이나 널빤지가 산처럼 쌓여 있고, 어딘가 멀리 도시로 목재를 신고 가는 끝없이 길게 늘어진 행렬 꿈을 꾸기도 했다. 12아르신 길이에 두께가 5베르쇼크[33]인 통나무가 수직으로 서서 전쟁에 나가듯 일개 연대를 이루며 목재 창고로 들어오는 꿈, 통나무나 들보, 수피가 마른 나무의 울림소리를 낼 정도로 서로 세게 부딪치면서 넘어졌다 다시 일어났다 하며 차곡차곡 쌓이는 꿈을 꾸면서 비명을 지르기라도 하면, 푸스토발로프가 부드럽게 말했다.

"올렌카, 무슨 일이오? 여보, 성호를 그어요!"

남편이 하는 생각이 바로 올렌카의 생각이었다. 남편이 방 안이 덥다거나 지금은 경기가 가라앉았다고 생각하면, 올렌카도 그렇게 생각했다. 남편은 그 어떤 오락거리도 좋아하지 않아서 축일에도 집에만 있었는데, 올렌카도 그렇게 했다.

"노상 집 아니면 사무실에만 있군요." 지인들이 말했다. "귀여운 사람, 극장이나 서커스라도 좀 보러 다녀요."

"우리 바시치카랑 극장이나 다니고 할 시간이 없답니다." 올렌카는 진중하게 대답했다. "우리는 일하는 사람들이라 별 쓸모도 없는 일까지 할 시간이 없지요. 극장 같은 데서 뭐 좋은 게 있을라고요?"

토요일마다 푸스토발로프와 올렌카는 저녁 예배를 다녀오고 축일에는 낮 예배를 드렸는데, 교회에서 나란히 걸어 돌아올 때면 온화한 표정의 두 사람에게서 좋은 냄새가 났고, 올렌카의 실크 원피스는 기분 좋은 소리를 냈다. 그들은 집에서 여러 종류의 잼을

---

33 미터법이 시행되기 전에 러시아에서 쓰이던 길이 단위. 1베르쇼크는 4.45센티미터.

곁들여 우유와 버터를 가득 넣어 구운 빵을 차와 함께 마시고 난 뒤 파이를 먹었다. 매일 정오가 되면 마당을 넘어 대문 밖 거리에까지 보르시[34]와 구운 양고기나 오리고기의 맛있는 냄새가 났고, 금식하는 날에는 생선 냄새를 풍겼는데, 먹고 싶지 않다는 생각으로는 결코 대문 밖을 지나갈 수 없을 정도였다. 사무실에서도 항상 사모바르[35]가 끓고 있어서 손님들에게 차와 부블리크[36]를 대접했다. 일주일에 한 번 부부는 목욕탕을 다녔는데, 두 사람 다 벌건 얼굴로 나란히 돌아왔다.

"별일 없이 우리는 잘 살고 있답니다." 올렌카는 지인들에게 말했다. "하느님께 영광을. 하느님께서 다들 우리 바시치카랑처럼 살게 하시기를."

푸스토발로프가 목재를 사러 모길레프현으로 가자 올렌카는 너무도 적적해서 밤마다 자지도 않고 울었다. 가끔 저녁마다 별채에 세 들어 사는 젊은 군軍수의사 스미르닌이 오곤 했다. 스미르닌은 올렌카에게 이런저런 이야기도 해 주고, 카드놀이도 하면서 올렌카를 즐겁게 해 주었다. 특히 스미르닌의 가족사 이야기가 흥미로웠는데, 스미르닌은 결혼을 했고 아들이 있었지만, 아내가 바람을 피우는 바람에 이혼했고, 지금은 아내를 미워하고 매달 아들 양육비로 40루블을 보내고 있다고 했다. 이 이야기를 들으면서 올렌카는 한숨을 쉬며 고개를 흔들어 댔고, 스미르닌을 애석하게 여겼다.

"그래도 하느님이 구속救贖해 주실 겁니다." 초를 들고 계단까

---

34 사탕무를 넣고 끓여 붉은색을 띠는 수프.
35 러시아의 가정에서 물을 끓이는 데 사용하는 주전자.
36 도넛 형태의 딱딱한 롤빵.

지 스미르닌을 배웅하며, 인사를 하면서 올렌카가 말했다. "적적한 저와 함께해 주셔서 감사드리며 하느님께서 건강을 지켜 주시길, 하늘의 여왕께서……."

올렌카는 남편을 흉내 내면서 모든 것을 진중하고 사리분별력 있게 표현했고, 수의사가 이미 아래 문 뒤로 모습을 감췄는데도 그를 부르면서 말했다.

"있잖아요, 블라디미르 플라토니치. 아내와 화해하시길 바랍니다. 아드님을 위해서라도 아내를 용서해 주시길! 아이도 분명 다 이해할 겁니다."

푸스토발로프가 돌아오자 올렌카는 반쯤 속삭이는 목소리로 수의사와 그의 불행한 가족사를 이야기해 주었고, 두 사람 모두 한숨을 푹푹 쉬고 고개를 흔들면서 아빠를 그리워할 것이 분명한 소년에 대해서 말하고는 뭔가 이상한 사고의 흐름에 따라 성상 앞에 서서 큰절을 올리고 아이들을 보내 달라고 기도했다.

그렇게 푸스토발로프 부부는 조용하고도 사이좋게 충만한 사랑을 누리며 6년을 살았다. 그러나 겨울 어느 날 바실리 안드레이치가 창고에서 뜨거운 차를 마시고, 모자 없이 목재를 꺼내려고 나갔다가 감기에 걸렸다. 용하다는 의사들이 치료했지만 차도가 없었고, 푸스토발로프는 넉 달을 끙끙 앓다가 죽고 말았다. 그렇게 올렌카는 또다시 과부가 되었다.

"사랑하는 여보, 어떻게 나를 버리고 갈 수 있어요?" 남편을 묻고 난 올렌카는 통곡했다. "이제 당신 없이 어떻게 살라고. 고달프고 불행한 나는? 착하신 분들, 저를 불쌍히 여겨 주세요, 천애고아를……."

올렌카는 상장喪章을 단 검은 원피스 차림으로, 다시는 모자와 장갑은 착용하지 않기로 하고, 교회나 남편 무덤에 가는 것 말고는 외출을 삼간 채 수녀처럼 집에만 있었다. 그렇게 6개월이 지났을 뿐인데, 올렌카는 상장을 떼고 창에 난 덧문을 열기 시작했다. 가끔 사람들은 아침에 올렌카가 하녀와 함께 먹을 것을 사러 시장에 다녀오는 것을 보았지만, 이제는 집에서 무엇을 하고 어떻게 지내는지는 짐작만 할 뿐이었다. 가령 집 안에 있는 작은 정원에서 수의사와 차를 마시고 수의사가 소리 내어 신문을 읽어 주는 것을 본다든지, 우체국에서 알고 지내던 부인을 만나 말한 것으로 짐작할 뿐이었다.

"우리 도시는 수의사에게 제대로 된 검진을 받지 않아서 이렇게 질병들이 많은 거예요. 사람들이 우유 먹고 탈이 나거나, 말이나 소에 감염되었다는 말을 자주 들으시잖아요. 핵심은 사람들의 건강을 보살피는 것처럼 그렇게 가축들의 건강도 보살펴야 한다는 거예요."

올렌카는 수의사의 생각을 되풀이해서 말했고, 이제는 수의사의 의견이 바로 두 사람 모두의 의견이었다. 애착 없이는 1년도 살 수 없는 올렌카가 자기 집 별채에서 새로운 행복을 찾은 것이 분명했다. 다른 여자였다면 이를 놓고 비난했겠지만, 올렌카에 대해서는 누구 하나 나쁘게 생각하는 사람이 없었고, 그녀의 삶이 그럴 수밖에 없음을 잘 이해했다. 올렌카는 수의사에게 둘 사이의 관계 변화를 말하지 않고 숨기려고 노력했지만, 올렌카에게 비밀이란 있을 수 없기 때문에 실패하고 말았다. 수의사에게 손님이나 군대 동료들이 찾아왔을 때, 올렌카가 차를 내어 주거나 저녁을 대접하면서 뿔 있는 가축 페스트나 결핵, 도시에 있는 도살장에 대해서 말하기 시작

귀여운 여인

하기라도 하면, 수의사는 너무도 부끄러워서 손님들이 돌아간 뒤 올렌카의 손을 잡고 씩씩거리며 화를 냈다.

"당신이 이해하지 못하는 것은 말하지 말라고 내가 부탁했지! 우리 수의사들끼리 말할 때는 제발 끼어들지 좀 말아. 이러는 것도 지겹군!"

그러면 올렌카는 너무 놀라 수의사를 쳐다보면서 불안 가득한 소리로 물었다. "볼로디치카, 그럼 나는 무슨 말을 해요?"

그러고는 눈물을 글썽이며 제발 화내지 말라고 수의사를 안았고, 그렇게 두 사람은 행복해졌다.

하지만 이런 행복도 오래 지속되지는 못했다. 수의사는 군대와 함께 시베리아쯤 되는 아주 먼 곳으로 이동해야 했기 때문에 영원히 떠나가 버렸다. 그렇게 올렌카는 홀로 남겨졌다.

이제 올렌카는 완전히 혼자이다. 아버지는 이미 오래전에 돌아가셨고, 다리 하나가 빠진 아버지의 안락의자는 먼지에 잔뜩 쌓여 다락방에 굴러다녔다. 올렌카는 조금 마른 데다 얼굴도 조금 상해서 거리에서 마주치는 사람들은 예전처럼 올렌카를 쳐다보지도 웃어 주지도 않았고, 이는 황금기는 이미 지나 예전 일이 되었으며, 이제는 새로운 삶, 생각하지 않는 것이 더 나은 미지의 삶이 시작되었음을 명확하게 해 주었다. 저녁마다 올렌카는 작은 현관 계단에 앉아 있었는데, '티볼리'에서 연주하는 음악 소리와 폭죽 터지는 소리가 들려왔지만 이제는 아무 감흥도 일지 않았다. 텅 빈 마당을 아무 생각도, 원하는 것도 없이 그저 바라만 보다가 밤이 되면 자러 갔고 텅 빈 마당 꿈을 꾸었다. 마지못해 먹고 마셨다.

최악은 올렌카에게 이미 아무 의견도 없다는 것이다. 주변에 있는 사물을 보아도 그냥 있는 그대로 이해할 뿐 의견을 내본다거나 무슨 말을 해야 할지를 알지 못했다. 어떠한 의견도 없다니 이 얼마나 끔찍한 일인가! 가령 병이 세워져 있다거나 비가 내린다거나 아니면 농군이 수레를 타고 가는 것을 보아도 이 병은 왜 있고, 비는 왜 내리고, 농군이 왜 가는지, 여기에 무슨 의미들이 있는지 1,000루블을 준다 한들 아무 할 말이 없다. 쿠킨이나 푸스토발로프, 수의사가 있었을 때 올렌카는 모든 것을 설명할 수 있었고 원하는 만큼 자신의 의견을 말할 수도 있었지만, 지금은 머릿속도 가슴속도 마당처럼 텅 비어 있을 뿐이다. 쑥이라도 씹어 먹고 있는 것처럼 그렇게 괴롭고 씁쓸할 수가 없다.

　　도시가 사방으로 조금씩 발전해 나가면서 츠간스카야 슬로보드카에도 거리가 생기고, '티볼리' 유원지와 목재 창고가 있던 곳에도 집들이 생겨나면서 골목들이 조성되었다. 시간이 얼마나 빨리 지나가는지! 올렌카의 집은 때가 묻었고, 지붕은 녹슬었으며, 헛간은 기울었고, 온 마당에는 잡초와 가시 엉겅퀴가 자랐다. 올렌카도 조금 늙은 데다 얼굴도 조금 상했다. 여름에는 작은 현관 계단에 앉아 있었는데, 마음은 예전처럼 텅 비고 무료한 쑥 냄새를 풍겼다. 겨울에는 창가에 앉아 눈을 바라보았다. 봄바람이 일거나 교회 종소리가 바람에 실려 오기라도 하면, 불현듯 지난날의 기억이 밀려 나와 심장을 달콤하게 옥죄고 눈에서는 눈물이 쏟아졌다. 그러나 이것도 찰나일 뿐, 다시 공허함이 차오르면서 무엇 때문에 살고 있는지 알지 못하게 된다. 검은 고양이 브리스카가 치대면서 부드럽게 야옹야옹 울어 대지만, 이 고양이의 애교가 올렌카의 마음을 달래 주지는 못한다. 올렌카에게 필요한 것이 이런 것일 리가? 올렌카에게는 온

몸과 마음, 이성을 휘어잡을 수 있는 그런 사랑이, 사고와 삶의 방향을 줄 수 있는 그런 사랑이, 늙어 가고 있는 그녀의 피를 데워 줄 수 있는 그런 사랑이 필요한 것이리라. 그렇게 올렌카는 치맛자락에서 검은 브리스카를 떼어 내면서 짜증스럽게 말한다.

"가, 가라고……. 얼씬도 마!"

그렇게 하루하루가 한 해 한 해가 아무런 기쁨도 없이, 그 어떤 의견도 없이 지나갔다. 하녀 마브라가 말하면, 그대로 되었다.

7월의 어느 무더운 날 저녁 무렵, 도시의 가축 떼를 거리로 몰고 오면서 마당 전체에 먼지구름이 가득할 때, 갑자기 누군가가 현관문을 두드렸다. 올렌카는 직접 문을 열려고 나갔다가 대문 너머에 평상복 차림에 이미 허옇게 머리가 센 수의사 스미르닌이 서 있는 것을 보고 그 자리에 얼어붙었다. 갑자기 모든 것이 생각난 올렌카는 자제력을 잃고 울면서 수의사의 가슴에 얼굴을 묻고 말 한마디 하지 못했고, 얼마나 흥분했던지 어떻게 집 안으로 들어와서 차를 마시려고 앉아 있는지도 알지 못했다.

"내 사랑!" 기쁨에 떨며 올렌카가 중얼거렸다. "블라디미르 플라토니치! 어떻게 하느님이 보내 주신 거죠?"

"여기 완전히 눌러앉으려고 하오." 수의사가 말했다. "퇴역하고 이렇게 자유 좀 만끽하면서 정착해서 살아 보려고 왔지. 아들도 곧 입학해야 하고. 컸다오. 몰랐겠지만, 나는 아내와 화해했소."

"그러면 부인은 어디 계시죠?" 올렌카가 물었다.

"아들과 호텔에 있고, 나는 이렇게 세를 보러 다니고 있소."

"하느님, 아버지, 우리 집에서 사세요! 세는 무슨? 아이고, 하느님, 아무것도 안 받을게요." 올렌카는 흥분하기 시작했고, 다시 울었다. "여기서 사세요, 나는 별채면 충분하니깐. 저는 정말 기뻐요!"

다음 날 이미 지붕에 색을 칠하고, 벽을 하얗게 닦고, 올렌카는 두 팔을 걷어붙이고 마당을 돌아다니며 지시를 했다. 예전의 미소가 얼굴에서 빛나기 시작했고, 올렌카의 모든 것이 살아나 생기를 띠는데 마치 오랜 잠에서 깨어난 것 같았다. 짧은 머리에 변덕스러운 얼굴의 빼빼하고 못생긴 수의사의 아내가 사샤라고 하는 (벌써 열 살이나 된) 나이보다 더 작고, 선명한 푸른 눈에 보조개가 있는 통통한 소년을 데리고 왔다. 소년은 마당으로 들어서자마자 고양이를 쫓아 뛰어다니며 이내 즐겁고 기쁜 웃음소리를 냈다.

"아줌마, 이거 아줌마네 고양이예요?" 소년은 올렌카에게 물었다. "고양이가 새끼를 배면, 꼭 새끼 고양이 한 마리를 저희에게 선물로 주셨으면 좋겠어요. 엄마가 쥐를 엄청 무서워하시거든요."

올렌카는 소년과 이야기하면서 차를 따라 주었는데, 가슴 속 심장이 갑자기 따뜻해지면서 달콤하고 옥죄는 것이 꼭 이 소년이 자신의 친아들 같았다. 그리고 저녁에 식탁에 앉아서 복습을 하고 있는 소년을 올렌카는 애틋하게 쳐다보면서 안쓰럽다는 듯 속삭였다.

"우리 예쁜 아가…… 귀여운 것, 어떻게 이렇게 똑똑하고 뽀얗게 태어났는지."

"섬은 육지의 일부이고, 사면이 물로 덮여 있습니다." 소년이 읽었다.

"섬은 육지의 일부이고……." 올렌카가 따라 했고, 바로 이것이 수년 동안의 침묵과 생각의 공허함 이후 자신감 있게 내뱉은 첫 의견이었다.

그렇게 올렌카는 자신의 의견이 생겼고, 저녁을 먹으면서 사샤의 부모에게 요즘 아이들은 김나지움에서 공부하는 것을 힘들어하지만, 그래도 실기 교육보다 고전 교육이 더 좋은 이유는 김나지움을 나오면 모든 길이 열려 있어서 박사가 되고 싶으면 박사가, 기술자가 되고 싶으면 기술자가 될 수 있다고 말했다.

사샤는 김나지움을 다니기 시작했다. 사샤의 어머니는 하리코프에 있는 언니 집에 가서는 돌아오지 않았고, 사샤의 아버지도 매일 어디론가 가축 무리를 진단하러 다니면서 사흘씩 집을 비우는 경우가 생기다 보니 올렌카는 사샤가 완전히 버림받아 집에 혼자 남겨져 굶어 죽지나 않을까 싶어 별채로 데리고 와 작은 방을 마련해 주었다.

그렇게 벌써 반년이 흘렀고, 사샤는 별채에서 올렌카와 살고 있다. 매일 아침 올렌카가 사샤 방에 들어가면, 사샤는 손을 뺨 아래에 넣고 곤히 자느라 숨소리도 내지 않는다. 올렌카는 사샤를 깨우는 것이 안쓰럽다.

"사셴카." 올렌카가 슬프게 말한다. "일어나야지, 우리 아기! 학교 갈 시간이야."

사샤는 일어나 옷을 입고 하느님께 기도를 드리고는 앉아서 차를 마시는데, 차 석 잔에 큰 부블리크 두 개, 프랑스식 빵 반 개를 버터에 발라 먹는다. 여전히 잠이 덜 깨 정신이 없다.

"그런데 사셴카, 너는 우화를 정확하게 외우지 못했어." 올렌카가 말하면서 사샤의 앞길을 내다보는 듯 사샤를 쳐다본다. "걱정이구나. 노력 좀 해야지, 우리 아기. 공부도 하고…… 선생님 말씀도 잘 듣고."

"어휴, 그만 좀 하세요!" 사샤가 말한다.

그러고는 학교를 가는데, 작은 몸집에 큰 망토와 책가방을 메고 있다. 그 뒤를 말없이 올렌카가 따라간다.

"사센카!" 올렌카가 부른다.

사샤가 뒤를 돌아보면, 올렌카는 사샤 손에 대추야자나 캐러멜을 쥐여 준다. 학교가 있는 골목을 돌아설 때면, 사샤는 자기 뒤에서 따라오는 큰 키에 통통한 여자가 부끄러워져서 뒤돌아서며 말한다.

"아줌마, 집으로 가세요. 이제는 혼자 갈 수 있어요."

올렌카는 멈춰 서서 사샤가 학교 입구에서 사라지기 전까지 뒷모습을 지켜본다. 어휴, 올렌카가 사샤를 얼마나 사랑하는지! 예전에 애착하던 사람들 중에 그 누구도 이렇게 깊게 사랑한 사람은 없었다. 내면에 점점 더 모성이 불타오르고 있는 지금처럼, 예전에는 한 번도 이렇게 조건 없이 순전하게 기쁨으로만 마음이 움직였던 적도 없었다. 남의 아이에게, 그 아이의 뺨에 있는 보조개에, 망토에 올렌카는 자신의 전 인생을 다 내어 준 것만 같았고, 기쁨과 눈물로 헌신하는 것만 같았다. 왜? 하지만 왜 그런지를 그 누가 알랴?

사샤를 학교에 바래다주고, 올렌카는 만족스럽고 평온하고 사랑하는 마음으로 가득 차 집으로 조용히 돌아온다. 최근 반년 동안 얼굴은 젊어졌고 미소로 화사해져서 마주친 사람들은 좋은 기운을 받으며 올렌카에게 말한다.

"안녕하세요, 귀여운 올가 세묘노브나! 어떻게 지내시나요?"

"요즘 김나지움에서 하는 공부가 너무 힘들어졌어요." 올렌카는 시장에서 이야기한다. "농담도 아니고, 어제 1학년한테 우화 외우

귀여운 여인

기에다 라틴어 번역에, 과제가…… 글쎄, 어린 애들한테 가당키라도
한가요?"

그러면서 선생님, 수업, 교과목 등에 대해서 사샤가 말했던 그
대로 말하기 시작했다.

2시에 함께 점심을 먹고, 저녁에는 함께 숙제를 하면서 진땀을
뺀다. 사샤의 잠자리를 봐주면서 올렌카는 오랫동안 사샤를 위해
성호를 긋고 조용한 소리로 기도한다. 그런 뒤 잠자리에 들면 멀고
희미한 미래가 펼쳐지는데, 사샤는 학업을 마치고 박사나 기술자가
되어서 큰 집에 말, 마차를 사고, 결혼해서 아이들을 낳고……. 올렌
카는 자면서도 계속 같은 생각만 하고, 감긴 눈에서는 눈물이 뺨을
타고 흐른다. 검은 고양이가 옆구리 쪽에 누워 가르릉거린다.

"가르릉…… 가르릉…… 가르릉……."

갑자기 현관문이 심하게 흔들린다. 잠이 깬 올렌카는 두려움
에 숨도 못 쉬고 심장은 세게 뛴다. 잠시 후 다시 문을 두드린다.

'하리코프에서 온 전보.' 온몸을 떨면서 올렌카가 생각한다. '사
샤 엄마가 사샤를 하리코프로 데려가려고……. 오, 하느님!'

절망에 빠져 머리며 손, 발이 차가워지고 세상에 자신보다 더
불행한 사람은 없다는 생각이 들었다. 하지만 다시 1분이 흐르고 목
소리가 들리는데, 수의사가 모임에서 집으로 돌아온 것이었다.

'어휴, 하느님 감사합니다.' 올렌카가 생각한다.

심장에서 조금씩 긴장이 사그라지면서 또다시 가벼워지고, 올
렌카는 누워서 옆방에서 깊이 잠든 사샤에 대해서 생각한다. 가끔
사샤가 욕을 한다.

"너어! 꺼져! 건드리지 말라고!"

# 개를 데리고 다니는 여인

## 1

　해변에 새 얼굴, 개를 데리고 다니는 여인이 나타났다고들 했다. 벌써 2주째 얄타에 머무르면서 이곳에 익숙해진 드미트리 드미트리치 구로프 역시 새 얼굴들에 관심을 보이기 시작했다. 카페 베르네에 앉아 베레모를 쓴 금발의 크지 않은 젊은 여인이 해변을 걸어가고 그 뒤를 흰색 스피츠가 쫓아가는 것을 보았다.

　그리고 이후 도시공원과 광장에서 하루에 여러 번 여인을 만났다. 그녀는 똑같은 베레모에 흰색 스피츠를 데리고 혼자서 산책했는데, 아무도 여인이 누구인지 몰라 그냥 '개를 데리고 다니는 여인'이라고들 불렀다.

　'여기에 남편도 지인도 없다면 알고 지내는 것도 나쁠 것 없잖아.' 구로프는 생각했다.

　구로프는 마흔도 안 되었지만 이미 열두 살 난 딸과 김나지움에 다니는 아들이 둘 있었다. 그는 대학교 2학년 때 결혼했는데, 지금은 아내가 한 배 반은 더 늙어 보였다. 아내는 큰 키에 눈썹이 짙고 고집과 권위가 있는 근사한 여자로, 스스로를 '생각 있는 여자'라고 불렀다. 독서를 많이 했고 단어 끝에 'ъ'[37]를 쓰지 않았으며 남편을 드미트리가 아닌 디미트리라고 불렀지만,[38] 구로프는 속으로 아내를 어리석고 속이 좁으며 천박하다고 생각했고, 아내를 무서워해서 집에 있는 걸 좋아하지 않았다. 아내를 배신한 지는 오래되었고 자주 바람을 피웠는데, 그래서인지 구로프는 여자들에 대해서는 거의 항상 나쁘게 평했다. 그가 있는 자리에서 여자들에 대해 이야기를 꺼내면 구로프는 여자들을 이렇게 불렀다.

"저열한 종족!"

구로프는 여자들을 부르고 싶은 대로 불러도 될 정도로 쓰라린 경험을 충분히 했음에도 '저열한 종족' 없이는 이틀도 살 수가 없었다. 남자들 사회는 지겨웠고 자신과 맞지 않아서 구로프는 별말 없이 냉담하게 있었다. 그러나 여자들 속에서는 편안함을 느끼며, 여자들과는 무슨 말을 하고 어떻게 행동해야 할지를 알아서인지 침묵하는 것도 쉬웠다. 외모와 성격, 기질까지 여자들의 마음을 끌 만한 숨은 매력이 있음을 구로프 본인도 알았고, 그 역시 여자들에게 끌렸다. 구로프는 수많은 경험, 실제로는 쓰라린 경험을 통해 모든 친밀한 관계는 처음에는 그렇게나 기분 좋게 삶을 다채롭게 하고 사

---

37 러시아 알파벳 중 하나로, 음가를 가지고 있지 않은 경음부호. 고대 슬라브어에서는 모음 음가를 가지고 있었으나 차츰 음가를 상실하면서 사용 빈도가 줄었다.
38 디미트리는 드미트리의 옛날 발음.

랑스럽고 가벼운 모험 같다가도 단정한 사람들, 특히 과감하지 못하고 우유부단한 모스크바 사람들에게는 피할 구멍 없이 전 과정을 엄청 복잡하게만 만들다가 결국 입장을 난처하게 한다는 것을 오래전에 깨우쳤다. 그러나 새로 호감 가는 여자를 만날 때면 이러한 경험은 기억 속에서 어디로 미끄러져 버렸는지 사귀어 보고 싶고, 또 그러면 그렇게나 모든 것이 단순하고 재미날 수가 없었다.

그렇게 어느 저녁 무렵 구로프가 공원에서 식사를 하는데, 베레모를 쓴 여인이 옆 테이블에 앉으려고 천천히 다가왔다. 구로프는 여인의 표정과 걸음걸이, 원피스, 머리 모양에서 상류 계층 출신이고, 기혼이며, 얄타에는 처음이고, 여기에서 혼자라 심심하다는 것을 알아차렸다……. 지방 사람들이 문란하다는 이야기들은 오해의 소지도 많고, 대부분 할 수만 있다면 자신들이 기꺼이 범하고 싶어 하는 사람들이 지어낸 것이라고 생각해 구로프는 이런 이야기들을 혐오스러워했다. 하지만 여인이 세 걸음 떨어진 옆 테이블에 앉았을 때, 구로프는 누군가를 쉽게 정복했다거나 산으로 함께 여행을 떠났다는 따위의 이런 이야기들을 떠올리며 빠르고 덧없는 관계에 대한, 이름도 성도 모르는 묘령의 여자와의 로맨스에 대한 유혹적인 생각에 갑자기 휩싸였다.

구로프는 스피츠를 자기 쪽으로 살살 유인했고, 스피츠가 다가왔을 때 손가락으로 위협을 가했다. 스피츠는 짖기 시작했다. 구로프는 다시 위협했다.

여인은 구로프를 쳐다보고는 바로 눈을 돌렸다.

"물지 않아요." 여인은 말하면서 얼굴을 붉혔다.

"뼈를 줘도 될까요?" 여인이 괜찮다는 뜻으로 고개를 끄덕이자 구로프는 상냥하게 물었다. "얄타에 오신 지는 오래되셨나요?"

"닷새쯤 되었어요."

"저는 여기서 두 주째 있습니다."

두 사람은 잠시 말이 없었다.

"시간은 빨리 가는데, 여기는 너무 지루하네요!" 여인은 구로프를 쳐다보지 않고 말했다.

"지루하다는 말은 여기서만 통용되죠. 어디 벨료프나 지즈드라[39] 같은 작은 곳에 사는 사람도 집에 있을 때는 지루하다고 말하지 않으면서, 여기만 오면 '어휴, 지루해! 어휴, 먼지!' 하고 말하죠. 그라나다[40]에서라도 온 것처럼 말입니다."

여인은 웃기 시작했다. 그러고는 두 사람 모두 모르는 사람처럼 말없이 먹기만 하다가 식사 후 나란히 걸어가면서, 어딜 가든 무슨 말을 하든 상관없는 한가한 사람들의 농담 섞인 가벼운 대화를 하기 시작했다. 거닐면서 바다 색이 이상한 것에 대해서 말했는데, 바닷물은 부드럽고 따뜻한 라일락색이었고, 달의 금빛 줄기가 수면에 드리웠다. 무더운 낮이 지나면 얼마나 후텁지근해지는지에 대해서도 말했다. 구로프는 자신이 모스크바 사람이고 인문학을 전공했지만, 은행에서 근무하고 있으며, 사설 오페라에서 노래를 불러 볼까 준비한 적도 있었지만 그만두었고, 모스크바에 집이 두 채가 있다고 말했다……. 그리고 여인으로부터 구로프가 알게 된 것은, 그녀가 페테르부르크에서 자랐지만 S시로 시집가서 벌써 2년째 살고

---

39 러시아 중부의 소도시들.
40 스페인 안달루시아 지역의 관광 도시.

있고, 얄타에 한 달 더 있을 것이고, 역시 이곳에서 쉬기를 원하는 남편이 뒤따라올 것이라는 것이었다. 남편이 어디서 근무하는지, 현청인지 현자치 의회인지 설명할 수 없는 자신을 우스워했다. 그리고 구로프는 여인의 이름이 안나 세르게예브나인 것도 알게 되었다.

이후 구로프는 숙소에서 그녀를 떠올리면서, 어쩌면 내일 그녀와 만나게 될지도 모르겠다고 생각했다. 반드시 그럴 것이다. 잠자리에 누워 그녀가 바로 얼마 전까지만 해도 여대생이었고, 자신의 딸처럼 공부를 했다는 것이 떠올랐다. 그녀의 웃음과 낯선 사람과의 대화에서 얼마나 우물쭈물하고 서툰지도 떠올랐다. 아마도 낯선 사람이 자기 뒤를 따라가며 자신을 쳐다보고, 본인은 예측할 수 없는 어떤 은밀한 목적으로 자신에게 말을 건네는 그런 상황에 혼자 놓인 것은 생전 처음이었을 것이다. 구로프는 그녀의 가늘고 연약한 목과 아름다운 회색 눈을 떠올렸다.

'그녀에게는 어찌되었든 뭔가 애처로운 게 있어.' 이렇게 생각하면서 구로프는 잠들었다.


## 2

그녀와 만난 지 일주일이 지났다. 축제일이었다. 방 안은 후텁지근했고, 거리는 바람이 불어 먼지가 회오리쳐 날리고 사람들이 쓴 모자들이 날아갔다. 온종일 목이 말랐고, 구로프는 자주 카페에 들러 안나 세르게예브나에게 시럽 탄 물이나 아이스크림을 권했다. 갈 데가 없었다.

바람이 조금 잠잠해진 저녁에 두 사람은 증기선이 오는 것을 보러 방파제로 나갔다. 선착장에는 마중 나온 사람들이 많았는데, 누군가와 만날 채비를 하는지 꽃다발을 들고 있었다. 여기서 얄타 사람들의 옷차림 중 확연히 눈에 들어오는 두 가지 특징을 볼 수 있었다. 중년 부인들은 젊은 사람처럼 옷을 입었고, 장군들이 많았다는 것이다.

파도 때문에 증기선은 해가 넘어간 후에야 도착했고, 방파제에 정박하는 데도 한참을 씨름했다. 안나 세르게예브나는 오페라글라스로 아는 사람이라도 있는지 증기선과 승객들을 살펴보았고, 그러다 구로프를 바라볼 때면 안나의 눈은 반짝거렸다. 안나는 말을 많이 했는데, 질문들은 단편적이었고 물어본 것도 금방 잊어버리곤 했다. 나중에는 군중 속에서 오페라글라스도 잃어버리고 말았다.

화려하게 차려입은 군중이 흩어지고 더는 한 사람도 보이지 않았다. 바람도 완전히 잦아들었지만 구로프와 안나 세르게예브나는 증기선에서 누가 더 내리지는 않나 기다리는 듯 서 있었다. 안나 세르게예브나는 말이 없었고, 구로프를 쳐다보지도 않으면서 꽃향기를 맡고 있었다.

"저녁이 되니 날씨도 좀 나아지는군요." 구로프가 말했다. "이제 우리 어디로 갈까요? 아무 데나 가 보지 않겠어요?"

안나는 아무 대답도 하지 않았다.

그때 구로프는 안나를 뚫어지게 쳐다보다가 갑자기 안고는 입을 맞추었는데, 꽃향기와 습기를 확 느끼는 동시에 놀라서 누가 없나 주변을 살폈다.

"당신 숙소로 갑시다……." 구로프가 조용히 말했다.

그렇게 두 사람은 서둘렀다.

안나의 방은 후텁지근했고, 그녀가 일본 가게에서 산 향수 냄새가 났다. 구로프는 안나를 쳐다보며 생각했다. '인생에서 이런 만남도 흔치 않지!' 구로프는 아주 짧았다 하더라도 자신과 사랑에 빠져 즐거워하고 행복에 겨워하던 천진난만하고 마음 좋은 여자들에 대한 추억을 간직하고 있었다. 또한 아내처럼 진심 없이 쓸데없는 대화나 하면서도 이것이 마치 사랑도 열정도 아닌, 보다 의미 있는 것인 양 예민하게 구는 여자들에 대한 추억도 있었다. 그중에는 무척이나 아름답고 도도한 여자가 두서넛 있었는데, 이들은 얼굴에서 인생이 줄 수 있는 것보다 더한 것을 움켜쥐려는 탐욕을 불현듯 드러내기도 했다. 젊은 시절이 지난 데다가 변덕스럽고, 분별력이 없고, 권위적이며, 똑똑하지 못한 여자들이라 구로프는 이들에 대한 감정이 식으면 이들의 아름다움은 증오를 불러일으켰고 그녀들의 속옷까지 비늘처럼 여겨졌다.

그런데 이번에는 모든 것이 소극적이고 경험 없는 젊음의 서툶과 어색함이 있었다. 갑자기 누가 문을 두드리기라도 한 것 같은 당혹감 말이다. 또한 안나 세르게예브나, 이 '개를 데리고 다니는 여인'은 이미 벌어진 일을 뭔가 특별하고 아주 심각한 일로, 마치 자신이 타락하기라도 한 것처럼 여겼는데, 구로프에게 이것은 이상하고 적절치 못해 보였다. 안나는 축 처진 기력 없는 모습에 얼굴 양옆으로 긴 머리카락을 슬프게 늘어뜨리고 우울한 자세로 생각에 잠겼는데, 그 모습이 마치 옛날 그림 속 죄지은 여인 같았다.

"좋지 않아요." 안나가 말했다. "당신은 이제 나를 존중해 주지 않는 첫 번째 사람이 되었어요."

개를 데리고 다니는 여인

숙소 탁자에 수박이 있었다. 구로프는 한 조각을 잘라 천천히 먹기 시작했다. 침묵 상태로 적어도 30분이 흘렀다.

안나 세르게예브나에게는 감정을 자극하는 무언가가 있었다. 순결하고 단정하며 세상 경험이 적은 순진함이 느껴졌다. 탁자 위에서 홀로 타고 있는 촛불에 겨우 비칠락말락 한 그녀의 얼굴에서 마음이 편치 않음이 또렷이 보였다.

"무엇 때문에 내가 당신을 존중하지 않았다는 거요?" 구로프가 물었다. "당신 스스로 무슨 말을 하는지 모르는 것 같군."

"하느님 저를 용서해 주세요!" 안나는 말했고, 눈에 눈물이 그렁그렁했다. "정말 끔찍해요."

"변명할 필요는 없소."

"무엇으로 나를 정당화하죠? 나는 행실 나쁜 벌레만도 못한 여자라서 나 자신이 혐오스럽고 변명하고 싶은 생각도 없는걸요. 나는 남편이 아니라 내 자신을 기만했어요. 그리고 단지 지금뿐만이 아니라 이미 오래전부터 기만해 오고 있었고요. 내 남편은 어쩌면 정직하고 좋은 사람일지도 모르지만, 하인이에요! 남편이 직장에서 무슨 일을 하는지는 모르지만, 남편이 하인이라는 것만은 알아요. 그런 사람한테 스물에 시집갔는데, 호기심이 나를 짓눌렀고 뭔가 더 나은 것을 원하면서 스스로에게 다른 삶이 있다고 말했죠. 살아 보고 싶었어요! 이렇게도 살아 보고, 저렇게도 살아 보고…… 호기심은 나를 충동질했고…… 당신은 이해하지 못 하시겠지만, 하느님께 맹세하건대, 더는 자신을 통제할 수 없었어요. 어떻게든 해 봤지만 걷잡을 수 없게 되자 남편에게 아프다고 하고 여기로 온 거였는데…… 그리고 여기서 미친 여자처럼 쏘다녔건만…… 이렇게 모욕당해도 싼 걸레 같은 여자가 되다니."

구로프는 그녀의 말을 듣는 것이 이미 지루해졌다. 순진한 어투도 진절머리가 났으며, 갑작스럽고 적절하지 못한 이 같은 회개가 짜증스러웠다. 안나의 눈에 맺힌 눈물이 아니었다면 안나가 농담이나 연기를 하고 있다고 생각했을 것이다.

"이해를 못 하겠군." 구로프는 조용하게 말했다. "도대체 뭘 원하는 거지?"

안나는 구로프의 가슴에 얼굴을 묻고, 그에게 바짝 붙었다.

"믿어 주세요, 나를 믿어 주세요, 제발……" 안나가 말했다. "나는 정직하고 깨끗한 삶이 좋아요. 죄는 끔찍해요. 나도 내가 무슨 짓을 하는지 모르겠어요. 흔히들 뭔가에 홀렸다고 말하죠. 지금은 내가 뭔가에 홀렸다고 말할 수 있겠네요."

"됐어, 그만하지……" 구로프가 중얼거렸다.

구로프는 겁에 질려 굳어 버린 안나의 눈동자를 보면서 키스했고, 조용하고 상냥하게 말했다. 그러자 안나는 조금씩 진정하더니 유쾌함을 되찾았고, 두 사람은 이내 웃기 시작했다.

그 후 두 사람은 밖으로 나왔다. 해변에는 사람 하나 없었고, 사이프러스 나무가 있는 도시는 완전히 죽은 듯 조용했지만, 파도는 여전히 철썩대며 해안을 때리고 있었다. 고기잡이 배 한 척이 파도에 넘실대고 있었는데, 배에 걸린 작은 등불이 조는 듯 가물거렸다.

두 사람은 마부를 찾아 오레안다[41]로 갔다.

"오늘에서야 아래 현관에서 당신 성을 알게 되었소. 명부판

---

41 얄타에서 6킬로미터쯤 떨어진 해안 도시.

에 폰 디데리츠라고 쓰여 있더군." 구로프가 말했다. "남편이 독일인이오?"

"아니요. 조부님이 독일인이셨던 것 같고, 남편은 러시아 정교 신자예요."

그들은 오레안다의 교회에서 멀지 않은 벤치에 앉아 말없이 바다를 내려다보았다. 새벽안개 사이로 얄타가 보일락말락 했고, 산 정상에는 흰 구름이 깔려 움직이지 않았다. 나뭇잎들은 살랑거리지 않았고, 매미들은 울어 댔으며, 아래에서 들려오는 일정한 형태의 둔탁한 파도 소리는 우리를 기다리는 평온과 영면永眠에 대해서 말하고 있었다. 아래에서 나는 소리는 아직 이곳이 얄타도 오레안다도 아닐 때도 났었고, 지금도 나고, 앞으로도, 우리가 없어도 무심하고 둔탁하게 날 것이다. 그리고 이 연속성 속에, 우리 각자의 삶과 죽음에 대한 완전한 무관심 속에 어쩌면 우리의 영원한 구원과 이 땅에서의 끊임없는 생명의 움직임, 끊임없는 완성을 보증하는 것이 숨어 있을지도 모른다. 새벽빛을 받아 더 아름다워 보이는 젊은 여인 곁에 앉아 평온하고 매력적인 바다와 산, 구름과 넓은 하늘의 동화 속 풍경 속에서 구로프가 곰곰이 생각한 것은 우리가 존재의 근본적인 목적과 인간의 가치를 잊고 스스로 생각하고 행동하는 것만 빼면 이 세상 모든 것이 본질적으로 더없이 근사하다는 것이었다.

경비로 보이는 사람이 다가와 두 사람을 보고는 사라졌다. 그리고 이런 사소한 일이 너무 비밀스럽고도 아름다워 보였다. 페오도시야에서 오는 증기선이 불을 끈 채 아침 햇살을 받으며 들어오고 있었다.

"풀잎에 이슬이 맺혔어요." 안나 세르게예브나가 침묵 끝에 말했다.

"그렇군. 돌아갑시다."

두 사람은 도시로 돌아왔다.

이후 매일 정오 해변에서 만나 함께 아침을 먹고, 점심을 먹고, 산책을 하면서 바다에 감탄했다. 안나는 잠을 설쳤다거나 가슴이 심하게 뛴다고 불평하기도 했고, 질투 혹은 겁에 사로잡혀 구로프가 자신을 충분히 존중해 주지 않는다고 매번 같은 말을 해 대기도 했다. 구로프는 자주 광장이나 정원에서 주변에 사람이 없으면, 갑자기 안나를 자신 쪽으로 끌어당겨서 열정적으로 키스했다. 완전한 여유, 누가 보지나 않을까 눈치 보며 하는 대낮의 키스, 무더위, 바다 냄새, 눈앞에서 항상 얼쩡대는 잘 차려입은 게으르고 배부른 사람들이 구로프를 다시 태어나게 하는 듯했다. 구로프는 안나 세르게예브나에게 그녀가 얼마나 멋지고 매혹적인지를 말해 주면서, 참을 수 없는 열정에 휩싸여 그녀에게서 한 걸음도 떨어지지 않으려고 했다. 그러나 안나는 자주 생각에 잠기며, 구로프에게 자신을 존중하지 않고 사랑하지도 않으며, 자신을 단순히 천박한 여자로 보고 있음을 실토하라고 매번 졸라 댔다. 두 사람은 거의 매일 저녁 다 늦게 오레안다나 폭포 같은 교외 어딘가로 갔고, 이러한 여행은 매번 근사하고 장엄한 인상을 남겼다.

두 사람은 남편이 오기를 기다렸다. 하지만 남편에게서는 눈병이 심하게 났으니 집으로 곧장 와 달라는 편지가 왔다. 안나 세르게예브나는 서둘렀다.

"내가 떠나는 것이 좋겠어요." 안나는 구로프에게 말했다. "이게 운명이에요."

안나는 마차에 올랐고, 구로프는 기차역까지 동행해 주었다. 꼬박 하루를 갔다. 안나는 급행열차에 오른 뒤 두 번째 종이 울리자 말했다.

"당신을 한 번 더 보게 해 주세요……. 한 번만 더 보게. 그렇게요."

안나는 울지는 않았지만 아픈 사람처럼 슬퍼했고, 얼굴에 경련이 일었다.

"당신 생각이 날 거예요……. 기억나겠죠." 안나가 말했다. "하느님이 함께하시길. 잘 있으세요. 다시는 못 보겠죠, 그래야 하고, 만나지 말았어야 했으니깐. 하느님이 함께하시길."

열차는 빠르게 떠나갔고, 불빛도 곧 사라지면서 잠시 후에는 아무 소리도 들리지 않았다. 이 모든 것이 마치 단잠과 어리석음을 즉각 멈추라고 일부러 꾸며 놓은 것 같았다. 플랫폼에 혼자 남아 저 먼 어두운 곳을 응시하면서 구로프는 귀뚜라미 우는 소리와 전깃줄이 윙윙대는 소리를 들으며 지금 막 깨어난 듯한 기분을 느꼈다. 그러면서 인생에서 또 하나의 외도 혹은 모험이 이미 끝났고, 이제는 추억으로 남았다고 생각했다……. 찡했고, 슬펐으며, 가벼운 회한을 느꼈다. 더는 볼 수 없게 된 이 젊은 여자는 자신과 있을 때 행복해하지 않았다. 자신은 즐겁고 진심이었음에도 이 여자를 대하는 자신의 억양과 예뻐함 속에는 나이를 곱절 가까이 먹은 행복해하는 남자의 가벼운 조소와 무례할 수도 있는 거만이 그림자처럼 드리워져 있었다. 이 여자는 항상 구로프를 친절하고 특별하며 고귀한 사람이라고 불렀고, 정작 본인은 그렇지 않은 사람이었기에 의도치 않게 여자를 속인 꼴이 되었다…….

여기 기차역에서는 이미 가을 냄새가 풍겼고, 바람은 찼다.

'북쪽으로 갈 때가 되었군.' 구로프가 플랫폼을 떠나며 생각했다. '때가 됐어!'

# 3

모스크바에 있는 집은 이미 겨울에 맞춰 난로를 피웠고, 아이들이 학교 갈 준비를 하며 차를 마시는 아침에도 아직 어두워서 유모는 잠시 불을 켜야 했다. 벌써 혹한이 시작되었다. 첫눈이 와서 썰매를 타고 다니기 시작한 첫날, 하얀 땅과 하얀 지붕을 보는 것이 유쾌하고 부드럽게 숨이 쉬어지는 이때는 마냥 어린 시절이 떠오른다. 하얗게 서리 맞은 오래된 보리수와 자작나무의 포근함은 사이프러스나 야자수보다 더 마음에 와 닿고, 이들 곁에 있으면 산이나 바다 생각은 나지도 않는다.

모스크바 사람인 구로프는 화창하게 추운 날 모스크바로 돌아왔다. 모피코트와 따뜻한 장갑을 끼고 페트로프카 거리를 지날 때나 토요일 저녁 종소리를 듣고 있으니 얼마 전에 다녀왔던 여행 장소는 그 매력을 완전히 잃었다. 차츰 모스크바 생활에 익숙해지고 하루에 신문 세 개를 탐독하면서도, 말로는 모스크바 신문은 읽지 않는다고 했다. 벌써 레스토랑에다 모임, 식사 초대 자리, 기념식에 다녔고, 유명한 변호사들이나 배우들이 집에 드나들었으며, 박사 모임에서 교수들과 카드놀이를 하는 것도 자랑스러웠다. 해장국[42] 한 냄비를 먹어 치울 수도 있게 되었다……

그렇게 한 달이 지나면 안나 세르게예브나는 먼 안개 속에 사라질 것이고, 다른 사람들처럼 꿈에서나 간혹 가슴 울리는 미소를 지으며 나타날 것이다. 하지만 한 달이 훨씬 지나고 한겨울이 되었는데도, 어제 헤어진 것처럼 안나 세르게예브나에 대한 모든 기억이 선명했다. 그리고 기억은 점점 더 강하게 타올랐다. 조용한 저녁, 수업을 준비하는 아이들의 목소리가 서재에까지 들려오거나, 레스토랑에서 로망스나 오르간 연주를 듣거나, 벽난로에서 눈보라가 윙윙댈 때면 갑자기 모든 기억이 되살아나곤 했다. 방파제에 있었을 때, 산에 안개가 낀 이른 아침, 페오도시야에서 오는 증기선, 키스. 구로프는 오랫동안 방을 이리저리 오가며 기억을 떠올렸고 미소를 지었으며, 이후 회상은 바람이 되어 과거가 상상 속에서 미래와 뒤엉켰다. 안나 세르게예브나는 꿈에 나타난 것이 아니라 그림자처럼 구로프가 어디를 가든 졸졸 따라다녔다. 눈을 감으면 안나의 모습이 생생하게 떠올랐다. 안나는 이전보다 더 아름답고 젊고 상냥해 보였고, 자신은 얄타에 있었을 때보다 더 근사해 보였다. 안나는 저녁마다 책장이나 벽난로, 방구석에서 구로프를 쳐다보았고, 구로프는 안나의 숨소리와 옷이 살랑거리는 소리를 들었다. 거리에서 여자들에게 시선을 보내며 안나와 닮지는 않았나를 살폈다…….

이제는 회상을 공유할 누군가가 절실히 필요해졌다. 하지만 집에서 자신의 연애를 말할 수는 없었고, 집 밖에는 이야기를 나눌 만한 사람이 없었다. 이웃과도, 은행에서도 말할 수 없었다. 그리고 무

---

42 원어로는 셀랴카селянка로, 서민들이 고기와 야채를 넣고 끓여서 해장국으로 먹던 솔랸카солянка를 상류층에서는 이렇게 달리 불렀다.

슨 말을 한단 말인가? 정말이지 그때는 사랑했던가? 정말이지 뭔가 아름답고 시적이며 교훈적인 것이 있었다거나 아니면 단순히 즐거웠던 것이 있었을까? 그러면서 구로프가 사랑과 여자들에 대해서 은근슬쩍 말을 꺼내도 무슨 말인지 제대로 알아듣는 사람은 없었고, 아내만이 짙은 눈썹을 실룩이며 말할 뿐이었다.

"디미트리, 멋쟁이 역할은 당신에게 전혀 어울리지 않아."

한번은 밤에 박사 모임에 갔다가 자신의 파트너였던 관리와 함께 나오면서 구로프는 참지 못하고 말해 버렸다.

"내가 얄타에서 얼마나 멋진 여자를 만났는지 모르실 겁니다!"

관리는 썰매에 앉아 가다가 갑자기 뒤를 돌아보며 외쳤다.

"드미트리 드미트리치!"

"네?"

"얼마 전 당신 말이 맞았어요, 철갑상어가 상했어요!"

너무도 평범한 이 말이 무엇 때문인지 구로프를 격분시켰고, 구로프를 멸시하고 불결하게 만드는 것 같았다. 얼마나 야만스러운 취향의 사람들인가! 의미 없는 밤과 재미없고 그저 그런 날들! 광란의 카드놀이에 폭식과 폭음, 항상 같은 이야기. 불필요한 일들과 늘 상 하는 이야기들은 자신에게 가장 좋은 시간과 가장 좋은 에너지를 앗아 가고, 결국 꼬리와 날개는 없고 시시껄렁한 삶만 남아서 정신 병원이나 죄수 부대에 있는 것처럼 떠나지도 도망치지도 못하게 하다니!

구로프는 한숨도 못 잤고 화도 났고, 그러면서 온종일 두통에 시달렸다. 그리고 그날 밤도 잠을 설쳤고, 침대에 내내 앉아서 생각하기도 하고 이 구석 저 구석으로 돌아다니기도 했다. 아이들도 귀

개를 데리고 다니는 여인

찮고, 은행도 귀찮고, 아무 데도 가고 싶지 않았고 아무 말도 하고 싶지 않았다.

12월 연휴 기간 구로프는 여행 채비를 하고는 아내에게 어느 젊은이 일을 봐주러 페테르부르크로 간다고 말하고는 S시로 갔다. 뭣 하러? 구로프 자신도 잘 몰랐다. 안나 세르게예브나를 보고, 이야기도 좀 하고 싶었고, 가능하면 데이트도 하고 싶었다.

S시에 아침에 도착해서 호텔에서 가장 좋은 방을 잡는데, 군용 회색 나사羅紗가 바닥 전체에 깔려 있었고, 탁자에는 목은 날아가고 손을 쭉 뻗고 있는 말 탄 기사와 함께 먼지가 뿌옇게 쌓인 잉크병이 있었다. 수위는 구로프에게 필요한 정보를 주었는데, 폰 디데리츠는 호텔에서 멀지 않은 스타로곤차르나야 거리 자기 집에서 살고 있고, 부자로 잘살고, 본인 소유의 말들도 있고, 도시에서 모르는 사람이 없다고 했다. 수위는 드리디리츠라고 발음했다.

구로프는 천천히 스타로곤차르나야에 가서는 집을 찾아냈다. 마침 집 앞에는 못이 박힌 회색 담장이 길게 쳐져 있었다.

'저런 담장이니까 도망을 치지.' 구로프는 창문과 울타리를 번갈아 쳐다보며 생각했다. 구로프는 머리를 굴려 보았다. 오늘은 출근하지 않는 날이니 남편은 아마도 집에 있겠지. 그렇지 않다고 하더라도 집에 들어가는 것은 무례하고 부끄러운 짓이야. 쪽지라도 보냈다가 남편 손에 떨어지기라도 하면, 모든 것이 끝장이고. 우연을 기대하는 것이 제일인데. 그러면서 구로프는 계속 거리와 담장 근처를 왔다 갔다 하면서 우연을 기다렸다. 거지 하나가 대문 안으로 들어갔고, 개들이 공격하는 것을 보았다. 한 시간 후 피아노 치는 소리가 들렸는데, 소리는 약하고 불분명했다. 안나 세르게예브나가 연주하는 것이 틀림없을 것이다. 갑자기 현관문이 열리더니 어떤 노파가 나왔고, 그 뒤로 익숙한 흰색 스피츠가 뛰어나왔다. 구로프는 개를 부르려고 했지만, 갑자기 심장이 뛰고 흥분해서인지 스피츠 이름을 기억할 수가 없었다.

계속 서성이다 보니 구로프는 회색 담장이 점점 더 싫어졌다. 어쩌면 안나 세르게예브나가 자신을 잊고 벌써 다른 남자에게 빠진 것은 아니며, 아침부터 저녁까지 이 빌어먹을 담장을 보고 있어야 하는 젊은 여자 입장에서는 그것이 지극히 당연한 일일지도 모른다는 생각에 초조해졌다. 구로프는 호텔 방으로 돌아와서 오랫동안 침대 겸용 소파에 앉아 무엇을 해야 할지 모르고 있다가 이후에 식사를 한 다음 한참을 잤다.

'전부 다 어리석고 불안한 짓일 뿐이야.' 잠에서 깬 구로프는 어두운 창문을 보면서 생각했다. 벌써 저녁이었다. '웬일로 이렇게나 개운하게 자다니. 이제 밤에는 뭘 하지?'

구로프는 병원용인 것 같은 싸구려 회색 이불이 깔린 침대에 앉아 자신에게 짜증을 내며 자신을 비웃었다.

"그래, 너랑 개를 데리고 다니는 여인……. 그래, 모험이라며……. 그래서 여기 앉아 있는 거구나."

아침에 기차역에서 「게이샤」 초연을 알리는 아주 큼지막한 글씨로 된 포스터에 눈길이 갔었던 생각이 떠오르자 그는 극장으로 갔다.

'그녀가 초연을 보러 올 가능성이 높지.' 구로프는 생각했다.

극장은 만원이었다. 모든 지방 극장이 대개 그렇듯 이곳도 조명 위로 연기가 가득했고, 객석은 시끌벅적했으며, 공연 시작 전 앞

줄에는 뒷짐을 진 지방 멋쟁이들이 서 있었고, 지사가 앉는 공간 앞자리에는 깃털 목도리를 두른 지사의 딸이 앉아 있는 반면 지사는 조용하게 커튼 뒤에 숨어서 손만 겨우 보일 뿐이었다. 무대 막이 출렁였고 오케스트라가 한동안 악기를 조율했다. 관객들이 입장해서 자리에 앉는 동안 구로프는 계속 눈으로 열심히 그녀를 찾았다.

안나 세르게예브나가 들어왔다. 세 번째 줄에 앉았다. 안나를 보자 심장이 조여들면서, 지금 세상에 이보다 더 가깝고 귀하고 소중한 사람은 없음을 분명히 깨달을 수 있었다. 지방 도시의 인파 속에 묻혀 있는, 볼품없는 오페라글라스를 손에 들고 멋들어진 것 하나 없는 이 조그만 여자가 이제는 자신의 삶을 온통 채웠고, 자신의 슬픔이자 기쁨이자 자신이 원하던 유일한 행복이었다. 실력 없는 오케스트라와 조야한 바이올린 소리를 들으며 그녀가 너무도 예쁘다고 생각했다. 구로프는 생각했고 꿈꿨다.

안나 세르게예브나와 함께 들어와서 옆에 앉은 젊은 남자는 짧은 구레나룻에 키는 아주 컸고 등은 굽었는데, 걸음마다 머리가 흔들리는 것이 계속 인사를 하는 것 같았다. 안나가 얄타에서 씁쓸한 감정을 보이며 하인이라고 불렀던 남편인 듯했다. 그리고 실제로도 긴 형체와 구레나룻, 약간 벗겨진 머리에 뭔가 하인 같은 비굴함이 드러나 있었고, 부드러운 미소와 옷깃에서 반짝이는 학자 배지는 하인이 하고 다니는 것처럼 보였다.

첫 번째 휴식 시간에 남편은 담배를 피우러 나갔고, 안나는 자리에 있었다. 같은 1등석에 앉아 있던 구로프는 안나에게 다가가 애써 미소를 지으며 떨리는 목소리로 말했다.

"안녕하시오."

안나는 구로프를 쳐다보고는 창백해졌고, 다시 한번 제 눈을 의심하며 끔찍하게 쳐다보고는 기절하지 않으려고 자신과 싸우면서 손에 든 부채와 오페라글라스를 꽉 쥐었다. 두 사람 모두 말이 없었다. 안나는 앉아 있고, 안나가 당혹스러워하는 것에 놀란 구로프는 옆에 앉을까 말까 망설이면서 서 있었다. 바이올린과 플루트를 조율하는 소리가 나기 시작하고, 모든 사람이 쳐다보는 것 같아 갑자기 겁이 났다. 하지만 안나는 일어나 빨리 출구로 갔고, 그 뒤를 구로프가 따르면서 두 사람은 정신없이 복도와 계단을 따라 오르내렸다. 그들 앞으로 하나같이 배지를 단 법조계, 교육계, 공직계 복장을 한 사람들이 지나다녔고, 부인들과 옷걸이에 걸린 모피코트들이 어른거렸으며, 담배꽁초 냄새를 실은 바람이 불어왔다. 구로프는 가슴이 심하게 뛰는 것을 느끼면서 생각했다.

'오 하느님! 이 사람들하며 오케스트라는 뭐길래…….'

그러면서 이 순간 구로프는 안나 세르게예브나를 보내고 역에서 모든 것이 끝났고 다시는 볼 수 없을 거라고 자신에게 했던 말이 갑자기 떠올랐다. 하지만 그러려면 아직 한참 남았다!

'2층 입구'라고 쓰여 있는 좁고 어두운 계단에서 안나는 멈췄다.

"어떻게 나를 이렇게 놀라게 하시는 거예요!" 너무 놀란 나머지 여전히 창백한 얼굴로 힘겹게 숨을 쉬면서 안나가 말했다. "오, 어떻게 이렇게 놀라게 하시는 거예요! 죽을 뻔했잖아요. 왜 오신 거예요? 왜?"

"하지만 이해해 줘요, 안나. 이해해 줘요……." 구로프는 작은 목소리로 서둘러 말했다. "제발 부탁이오, 이해해 주구려……."

개를 데리고 다니는 여인

안나는 두려움과 애원, 사랑을 담아 구로프를 바라보면서 구로프의 모습을 기억 속에 더 강하게 남겨 두려고 뚫어지게 쳐다보았다.

"나는 너무 고통스러워요!" 안나는 구로프의 말은 듣지도 않고 말했다. "나는 종일 당신 생각만 하고, 당신을 그리며 살았어요. 잊고 또 잊으려고 했는데 왜, 도대체 왜 오신 거예요?"

위쪽 계단참에서 학생 두 명이 담배를 피우면서 아래를 보고 있었지만, 구로프는 개의치 않고 안나 세르게예브나를 끌어당겨 얼굴이며 뺨이며 손에 입을 맞추기 시작했다.

"뭐 하시는 거예요, 뭐 하시는 거냐고요!" 겁에 질린 안나는 구로프에게서 빠져나가려고 하면서 말했다. "우리는 정신이 나갔어요. 오늘 당장 떠나세요, 당장 떠나시라고요……. 제발요, 부탁이에요……. 사람들이 와요!"

밑에서 계단을 따라 누군가가 올라왔다.

"당신은 반드시 떠나셔야 해요……." 안나 세르게예브나가 계속해서 속삭였다. "듣고 계세요, 드미트리 드미트리치? 내가 모스크바로 갈게요. 나는 한 번도 행복한 적이 없었고, 지금도 행복하지 않고, 앞으로도 결코, 결코 행복하지 않을 거예요, 결코! 더 고통스럽게 좀 하지 마세요! 맹세컨대 내가 모스크바로 갈게요. 그러니깐 지금은 헤어져요! 사랑스럽고 착하고 소중한 내 사람, 헤어져요!"

안나는 구로프의 손을 한 번 잡고, 아래로 급히 내려가면서도 구로프를 계속 응시하는 눈에는 정말 행복하지 않은 것이 보였다. 구로프는 잠시 서 있으면서 소리에 주의를 기울였고, 주변이 조용해지자 자신의 옷을 찾은 다음 극장을 나갔다.

# 4

그렇게 안나 세르게예브나는 구로프를 만나러 모스크바에 오기 시작했다. 한 달에 두세 번 S시를 나서면서 남편에게는 여성 질환과 관련해서 교수에게 상의하러 간다고 말했다. 남편은 반신반의했다. 모스크바에 도착해서는 '슬라뱐스키 바자르'를 숙소로 정하고 바로 구로프에게 급사를 보냈다. 구로프는 안나를 만나러 갔고, 모스크바에서 이를 아는 사람은 없었다.

그렇게 겨울의 어느 아침 구로프는 안나에게 가고 있었다(간밤에 급사가 구로프 집에 왔지만, 구로프를 만나지 못했다). 가는 길이라 딸을 학교까지 바래다주고 싶어 같이 걸었다. 함박눈이 펑펑 내렸다.

"지금 3도인데도 눈이 오지." 구로프가 딸에게 말했다. "하지만 지표면만 따뜻한 거고, 대기권 상층부는 기온이 전혀 다르단다."

"아빠, 그럼 겨울에는 왜 번개가 치지 않아요?"

구로프는 이것도 설명해 주었다. 말하면서도 자신은 이렇게 데이트를 하러 가고 있고, 이에 대해 누구 하나 아는 사람이 없고, 앞으로도 없을 거라고 생각했다. 구로프는 두 개의 인생을 살고 있었는다. 하나는 모두가 보고 알고 있는 명확히 드러난 인생으로, 조건부 진실과 거짓이 가득한 주변 지인이나 친구들과 전혀 다를 바 없는 인생이고, 다른 하나는 은밀하게 흐르고 있는 인생이다. 그래서 이상하게 꼬여 버린 상황 속에서 우연히도 구로프가 중요하고도 흥미롭고 꼭 필요하다고 생각하는 것, 자신을 속이지 않고 진실하게 대하는 것, 인생의 맹아를 이루는 이 모든 것들은 주변에서 알 수 없게 은밀히 일어나고 있었고, 구로프가 진실을 은폐하기 위해 감추고

개를 데리고 다니는 여인

있는 거짓 껍데기, 가령 은행 근무나 모임에서의 논쟁, '저열한 종족'들, 부부 동반 참석 모임과 같은 것들은 전부 명확하게 드러났다. 그래서 다른 사람들에 대해서도 보이는 것은 믿지 않았고, 각자가 밤의 덮개 아래처럼 비밀의 덮개 아래 가장 흥미진진한 진정한 인생을 보내고 있으리라 늘 추측했다. 개인적인 삶은 은밀함 속에 있고, 부분적으로는 그 때문에 교양 있는 사람이 사적인 비밀을 존중하는 것에 그렇게 예민하게 구는지도 모를 일이다.

구로프는 딸을 등교시키고 '슬라뱐스키 바자르'로 향했다. 밑에서 모피코트를 벗고, 위로 올라와 조용히 노크했다. 여정과 기다림에 지친 안나 세르게예브나는 구로프가 좋아하는 회색 원피스를 입고 지난밤부터 구로프를 기다리고 있었는데, 창백한 얼굴로 구로프를 보고는 웃지도 않고 구로프가 들어서기도 전에 그의 가슴에 파묻혔다. 2년은 못 봤다는 듯 오래 키스를 했다.

"그래, 거기서는 어떻게 지냈소?" 구로프가 물었다. "새로운 일이라도 있소?"

"기다려 봐요, 말해 줄게요……. 못 하겠어요."

안나는 우느라 말할 수가 없었다. 구로프에게서 등을 돌려 손수건을 눈에 갖다 댔다.

'그래, 울라고 해. 잠시 앉아 있지 뭐.' 구로프는 생각한 뒤 안락의자에 앉았다.

그러고는 전화해서 차를 가져오라고 말했고, 구로프가 차를 마시고 있을 동안 안나는 계속 창 쪽으로 등을 돌리고 서 있었다……. 안나는 두 사람의 인생이 이렇게나 비참해진 것에 감정이 북받치고 애처로운 생각이 들어 울었다. 도둑처럼 사람들을 피해

몰래 볼 수밖에 없다니! 정녕 두 인생이 산산이 조각난 것이 아니라고?

"됐어, 그만하구려!" 구로프가 말했다.

구로프에게 명확한 것은 이들의 사랑이 곧 끝나지는 않을 것이고, 언제 그렇게 될지도 모른다는 것이다. 안나 세르게예브나는 구로프에게 점점 더 강하게 끌렸고, 구로프가 좋아 죽을 정도여서 언젠가는 모든 것이 끝날 거라고 말해줘 봤자 헛일이었고, 말해 준다고 하더라도 믿을 리 만무했다.

구로프는 안나에게 다가가서 어깨를 잡고 쓰다듬기도 하고 농담도 하다 거울 속 자신을 보았다.

이미 그의 머리가 세기 시작했다. 그리고 최근 몇 년 만에 이렇게나 늙고 추해진 것이 이상하게 여겨졌다. 손이 닿은 어깨는 따뜻했지만 떨리고 있었다. 구로프는 아직은 이렇게나 따뜻하고 아름다운 인생이 곧, 아마도 자신의 인생처럼 퇴색하고 시들기 시작할 것이라는 데 연민을 느꼈다. 무엇 때문에 그렇게나 그를 사랑하는 것일까? 구로프는 항상 여자들에게 실제가 아닌 모습으로 비쳤고, 그들이 상상으로 만들어 낸, 자신들의 인생에서 미칠 듯이 찾던 사람으로서 그를 사랑했다. 그러다 본인의 실수를 눈치채고도 여전히 구로프를 사랑했다. 그렇게 이들 중 누구 하나 그와 행복했던 여자는 없었다. 세월이 흐르며 구로프도 누구를 만나서 사귀고 헤어지고 했지만, 단 한 번도 사랑해 본 적이 없었고, 뭐라고 불러도 상관없지만 그건 결코 사랑이 아니었다.

그런데 머리가 세기 시작한 지금에서야 진정한 사랑을 하게 된 것이다. 인생에서 처음으로.

개를 데리고 다니는 여인

그와 안나 세르게예브나는 아주 가까운 사람처럼, 혈육처럼, 남편과 아내처럼, 사랑스러운 친구처럼 사랑했다. 운명은 서로를 미리 예비해 두었는데, 왜 장가를 들고 시집을 갔는지 이해할 수가 없었다. 암컷과 수컷인 철새 두 마리를 잡아다가 각기 다른 새장에서 살게 한 것 같았다. 두 사람은 과거에 했던 부끄러운 짓들에 대해 서로에게 용서를 구했고, 현재의 모든 것을 용서하면서 이 사랑이 두 사람 모두를 바꾸어 놓았다고 느꼈다.

전에는 슬픈 순간에 머릿속에 드는 온갖 생각들로 자신을 추스르려고 했다면, 지금은 생각은 고사하고 깊은 연민을 느끼면서 진실하고 다정한 사람이 되고 싶었다…….

"그만하구려, 예쁜 사람." 구로프가 말했다. "그만큼 울었으니 됐소. 지금은 이야기 좀 하면서 뭐라도 방책을 생각해 보자고."

그 후 두 사람은 오랫동안 상의하면서 어쩔 수 없이 숨기고 속여야 하는 것과 다른 도시에서 사는 것, 오래 만날 수 없는 것을 어떻게 탈피할 수 있을지를 말했다. 이런 참을 수 없는 족쇄에서 어떻게 해방될 수 있을까?

"어떻게? 어떻게?" 구로프는 자신의 머리를 움켜쥐고 물었다. "어떻게?"

그러자 조금씩 방법을 발견하게 될 것이고, 그리고 그때는 새롭고 근사한 인생이 시작될 것 같다는 생각이 들었다. 그러나 두 사람은 끝이 나려면 아직은 멀었고, 가장 어렵고 복잡한 것이 이제 막 시작되었다는 것을 분명히 알고 있었다.

# 체호프의
# 귀여운 여인들

김현정(옮긴이)

체호프는 1860년 러시아 남부의 아조프해 연안 항구 도시 타간로크에서 태어났다. 열여섯 살이 되던 해, 잡화점을 운영하던 아버지의 파산으로 가족 전원이 모스크바로 떠난 뒤 체호프는 학업을 위해 홀로 고향에 남아 자신을 책임져야 했다(당시 두 형은 이미 모스크바에서 학업 중이었다). 고등학교 졸업 후 모스크바 의대에 합격한 뒤에는 가족까지도 돌봐야 하는 처지가 되었다(자유로운 영혼에 알코올 의존증 증세까지 보이던 형들을 보면서 체호프는 일찍이 자신이 장남 역할을 해야 한다고 생각했던 것 같다).

학업을 병행하면서 돈을 버는 방법으로 체호프가 선택한 것은 글쓰기였고, 이때부터 소위 '글벌이' 인생이 시작된다. 체호프는 어렸을 때부터 글쓰기를 좋아했다. 줄거리를 구상하고, 대본도 써 보면서 어느 순간 여기에 재능도 있고, 이것으로 돈을 벌 수 있을 만큼 경쟁력도 있겠다고 생각했을지도 모른다. 그렇게 체호프는 일상의 소소한 단편斷片에 구체적인 묘사와 재치 있는 유머로 살을 발라 깔끔한 필치로 다듬은 토막글을 러시아의 두 수도, 모스크바와 상트페테르부르크에서 발행되는 얄팍한 삼류 잡지사 여기저기에 보낸다. 훗날 자신의 기억에도 가물가물한 '안토샤 체혼테Антоша Чехонте'를 비롯한 수십 개의 필명으로 말이다.

체호프가 의학 공부를 하면서 글로 열심히 아르바이트하던 이 시기에 나온 작품 중의 하나가 바로 「뚱뚱이와 홀쭉이」(1883)이다. 제목 그대로 뚱뚱한 사람 하나와 빼빼한 사람 하나가 기차역에서 우연히 만난 이야기이다. 학창 시절 친구였던 두 사람은 이 뜻밖의 만남에 반가워하며 서로의 짓궂은 별명을 떠올리는 등 회상에 젖는다. 하지만 그간 못 본 세월 동안 친구에서 직장의 상사와 부하 직원의 관계로 변해 있는 것을 알게 되자, 여전히 옛 친구로 대하려는 뚱보 상사와는 달리 승진 발령으로 우쭐거리던 빼빼한 친구는 그만 주눅이 들고 만다. 누구나 한 번쯤 겪어 봤을, 특히 홀쭉이의 입장이었더라면 그의 급격한 행동 변화를 마냥 비아냥거릴 수만은 없는 이 이야기를 체호프는 첫 구절부터 생생한 묘사로 맛깔스럽게 풀어낸다. 맛있는 음식을 먹고 난 기름진 입술에 고급 와인 향기를 풍기며 홀로 가볍게 기차에서 내리는 뚱뚱한 사람과 담배 찌든 냄새를 폴폴 내며 바리바리 싼 짐을 이고 진 채 아내와 아들을 달고 기차에서 내리는 빼빼한 사람으로 말이다. 장면 하나에 불과 몇 마디 대화가 오가는 것으로 끝나 버리는 단편이지만, 학창 시절의 아련함과 친구의 비굴한 태도에 못마땅해하며 자리를 뜨고 마는 뚱뚱이의 뒷모습과 그러든지 말든지 연신 굽실거리며 잘 보이려고 억지웃음으로 일관하는 홀쭉이의 모습을 통해 다양한 감정선과 여러 가지 생각을 불러일으키는 작품이다. 또한 「뚱뚱이와 홀쭉이」는 돈벌이용으로 바쁜 시간을 쪼개 쓴 토막글이라고 치부하기에는 단편의 대가다운 체호프의 매력과 그의 작품 세계가 초기부터 일관된 패러다임을 가지고 있었음을 시사하는 작품이기도 하다.

　　대학 재학 중 단편집을 출간할 만큼 많은 글을 썼던 체호프는 의대 졸업 후의 1, 2년은 매일 웃기는 단편을 하나씩 완성했다고 고백할 정도로 더 많은 글을 쓰던 소위 다작의 시기였다. 당시 단편은 순전히 분량이 적다는 이유만으로 장편과 비교하여 늘 평가 절하를 받던 시절이라 이때 쏟아져 나온 체호프의 짧은 글들에 대한 높은 관심과 긍정적 평가는 상당히 이례적이었다. 당대 최고의 장편 작가 톨스토이까지 매료시킬 만큼 말이다. 작가 생전에 이미 여러 나라 언어로 번역되기도 한 「피고인」(1885)과 「애수」(1886)는 바로 이 시기에 나온 작품들이다.

　　실제 있었던 절도 사건을 토대로 「피고인」을 쓰면서 체호프는 등장인물에 대한 그 어떤 것도 이상화하지 않고, 객관적인 관찰자의 시선을 유지하면서 인물의 생김새와 표정, 말투에 주의를 기울이고 있다. 이는 당시 톨스토이를 위시한 문단에서 오랜 세월 귀족의 수발을 들며 인간 이하의 취급을 받던 대다수 농노를 귀족-엘리트들이 본받아야 할 만큼 삶으로 체득한 지혜를 가진 친근하면서도 법없이도 살 선량한 이미지로 한껏 이상화하고 있는 것과는 사뭇 다른 행보로, 실제 농노의 핏줄을 이어받기도 한 체호프는 작품 처음부터 주인공 데니스를 평소 비위생적인 상태 그대로 판사 앞에 끌려온 험상궂은 농민으로 묘사하고 있을 뿐만 아니라 절도 사실을 인정하면서도 시종일관 자신의 체포 연유에 대해서는 인지하지 못하는 단순 무지함을 가감 없이 보여 주면서 농민을 긍정하거나 이상화

할 수 있는 그 어떤 조건도 허락하지 않고 있음을 알 수 있다. 대신 남들도 다 하고 어린아이도 다 안다는 식의 막무가내 논리를 펴 가면서 어떻게 판사라는 나리가 모를 수 있느냐는, 데니스에게 꼭 어울릴 만한 능청스러운 말투와 한심해하는 표정 묘사, 실형을 선고받는 순간 다급해진 심정과 그런데도 여전히 무엇이 잘못인지를 모르는 데니스의 상태를 생생하게 그려 내는 데 주목하고 있다. 이것이 바로 체호프 창작 세계의 전형적인 특징이자 비극적 상황을 희극으로 승화시키는 체호프식 '유머'다. 현행 러시아 교과서에 체호프의 유머 세계를 이해하기 위해서 실린 작품이 「피고인」인 것도 이 같은 맥락이다.

아들을 잃은 한 마부의 이야기를 다룬 「애수」에서도 체호프는 역시 같은 기법을 쓰고 있다. 즉 불과 며칠 전에 죽은 아들로 인해 세상을 뒤덮은 애수 속에서 살아가는 이오나의 비극적 상황을 객관적이라고 하기에는 냉정을 넘어 웃음거리로 다루고 있는 것이다. 몇 시간째 미동도 없이 몸을 잔뜩 웅크리고 눈을 맞은 이오나와 그의 애마를 귀신과 과자에 빗대는 것을 시작으로, 눈꺼풀이 얼어붙어 눈을 잘 못 뜨는 이오나를 본 승객 하나는 미련하게 잠이나 잤던 것처럼 치부하고, 한참이나 어린 승객들은 이오나의 모자를 가지고 조롱하며 온갖 욕설을 퍼부으면서 아들이 죽었다는 이오나의 말에 사람은 다 죽는다고 쏘아붙인다. 그럼에도 정작 이오나는 히죽거리면서 그들이 도착지에 내려 떠나는 것을 아쉬워할 뿐이다. 그렇게 이오나가 자신의 애수를 절절히 나누고자 애타게 찾던 대화 상대는 결국 말을 할 수 없고 들어 주지도 못하는 말이었다. 이것이 체호프식 글쓰기이고, 체호프식 유머다. 세상 그 누구도 볼 수 없지만 한 번

쏟아지면 세상을 잠가 버릴 만큼 가공할 만한 위력을 가진 애수를 품은 이오나를 웃음거리로 만들어 버리는 것. 유머가 쇼펜하우어의 정의대로 웃음을 전면에 내세우면서 마무리는 진지하게 하는 것이라면, 체호프식 유머가 바로 이러하다.

잡지의 두께로 작가를 평가하던 시절, 아직 삼류 잡지들에 글을 기고하던 체호프는 "얄팍한" 신문에 실린 「애수」에 대한 "두툼한" 일류 문학잡지들의 호평이 쏟아지면서 문단의 주목을 받게 된다. 그리고 「애수」가 나온 그해 5월에 받은 한 통의 편지로 "다작 습관"을 반성하게 되는데, 바로 당시 문단을 이끌어 가던 드미트리 그리고로비치가 「애수」를 읽고 감동하여 재능 있는 후배 작가를 아끼는 마음에서 작품의 양보다 질을 추구하라는 내용의 편지를 보내왔던 것이다. 실제 이 한 통의 편지는 체호프의 말년까지 영향을 미쳐 체호프가 작품 수를 확연히 줄이고, 대신 작품 하나하나에 더 많은 정성을 쏟는 계기가 되었다. 심지어 성공하지는 못했지만, 체호프에게 장편에 대한 욕망을 일시적으로 불러일으키기도 했다.

그리고로비치의 편지 이후 선보인 작품 중 하나인 「카시탄카」(1887)는 선배 작가의 충고에 따라 질과 함께 분량도 갖춰 「애수」보다 세 배나 길게 쓴 작품이다. 또한 체호프가 서커스 조련사를 비롯한 주변 지인들에게서 들은 이야기를 토대로 쓴 「카시탄카」는 당시 사진 찍냐는 식의 비아냥거림을 받으면서도 카메라처럼 객관적인 관찰자 시점을 고수하던 체호프의 창작 기법을 이해하기 좋은 작품이기도 하다. 왜냐하면 이야기 전개가 바로 잡종 닥스훈트인 카시탄카의 시선으로 이루어지고 있기 때문이다. 제목 밑에 "이야기"임을 재차 밝히면서 시작하는 이 일곱 장으로 된, 체호프로서는 장편인 「카시탄카」는 주인을 따라나섰다가 순간의 방심으로 주인을 잃은 개의 비극적 상황을 그리고 있다. (「피고인」이나 「애수」와 같은 앞선 작품들의 비극적 상황과 이 카시탄카의 상황을 어찌 같은 수준에 놓을 수 있겠냐고 비아냥거릴 수도 있겠지만, 카시탄카는 심각한 어투로 분명 자신이 사람이었다면 권총으로 자살할 수밖에 달리 방도가 없을 만큼 비극적인 상황에 처해 있음을 분명히 밝히고 있다. 사람이 아닌 동물의 시선에서 오는 또 다른 객관성은 낯섦과 함께 웃음을 자아내기에 충분하다.) 카시탄카는, 사람과는 전혀 다른 각도에서, 불결한 환경 속 주정뱅이 주인의 욕설과 주인 아들의 심한 장난을 새 주인집의 깨끗한 환경과 새 주인의 친절함보다 우위에 두면서 그동안의 정과 의리를 지키려는 고고함을 보이는 동시에 가장 원초적인 먹을 것 앞에서 그 모든 것이 와르르 무너지는 모습을 보이기도 한다. 그리고 마침내 꿈에도 그리던 옛 주인들의 품으로 힘차게 들어가면서, 욕설과 심한 장난에 괴로울 앞날에도 두 사람을 따르며 마냥 행복해하는 카시탄카를 통해 체호프식 유머는 마지막 순간까지 기대를 저버리지 않는다.

생계를 위해 글벌이를 시작한 이후 체호프는 10년도 되지 않아 당대 최고의 인기 작가이자 그동안 하위 문학으로 치부되던 단편의 위상을 높이면서 지금까지도 단편의 대가라는 수식어가 따라다니는 세계적인 작가가 되었다. 1888년 「초원」을 시작으로 이후 발표된 60여 편의 작품 모두 "두툼한" 문학 전문 잡지들에 실리는데, 그중 대부분이 체호프가 1892년부터 1899년까지 7여 년간 모스크바 근교 멜리호보에 살면서 집필한 것들이다. 「검은 수사」(1894)를 비롯한 「로트실트의 바이올린」(1894)과 1898년 여름에 연이어 나온 「상자 속 사나이」, 「구스베리」, 「사랑에 관하여」가 바로 이 멜리호보

시기의 작품이다.

　　러시아 대표 연극 연출가 중 한 사람인 카마 긴카스는 2000년
도를 전후하여 체호프의 희곡이 아닌 산문 중 세 편을 무대에 올
려 세계적인 주목을 받았다. 그 세 작품은 「검은 수사」와 「로트실트
의 바이올린」 그리고 체호프의 간판작 「개를 데리고 다니는 여인」
(1899)이다(「개를 데리고 다니는 여인」은 멜리호보 시기 이후 체호프의
건강이 급속도로 악화되면서 흑해 연안의 휴양지 얄타로 이사한 뒤에 쓰
인 작품이지만, 여기서 함께 살펴보도록 하겠다). 긴카스는 체호프의 산
문을 무대로 올리면서 부제를 달았다.

　　"인생은 아름답다. 체호프식으로."

　　인생의 아름다움을 논한다면서 체호프의 작품 중에서도 유독
비극적이고 암담한 현실 혹은 죽음으로 생을 마감한 인물들의 삶을
다룬 이야기들을 선정한 긴카스의 의도는 무엇이었을까? 자신의 삶
을 희생해서 인류를 구원하겠다는 숭고한 정신이 과대망상으로 변
해 되레 자신이 돌봄을 받아야 하는 처지로 전락하면서 인류는커녕
사랑하는 가족도 지키지 못하고 이들의 삶을 짓밟고 끝내 자신마저
도 죽음으로 파멸시킨 「검은 수사」 속 코브린의 인생이 아름답다는
것일까? 매일 생겨나는 손해를 계산하며 차라리 관 속에 있는 것이
이득이라고 열을 올리며 평생을 살아온 칠순의 노인이 50년을 자신
의 멸시와 학대를 묵묵히 참아 준 아내의 죽음으로 불현듯 진정한
삶을 직시했을 때 남겨진 시간은 단 하루였던 「로트실트의 바이올
린」 속 야코프의 하루살이 인생이 아름답다는 것일까? 평생 수많은
여자와 사랑이란 이름의 유희를 즐기다 불혹의 나이에 불현듯 만난
가정이 있는 유부녀와 진정한 사랑을 이어 가기 위해 험난한 가시밭

길, 그 초입에 선 「개를 데리고 다니는 여인」 속 구로프의 인생이 아름답다는 것일까?

체호프에게는 확신하는 것이 하나 있었다. 바로 죽음을 피할 수 있는 인간은 아무도 없다는 사실이다. 인간은 언제 어디서 들이닥칠지 모르는 죽음을 향해 걷는 자들이다. 체호프 작품 속에 깔려 있는 다양한 비극적 상황들 — 처지가 달라진 옛 친구를 만나든, 구속拘束이 되든, 아들을 잃든, 주인을 잃든 등 — 은 결국 이 죽음이라는 커다란 비극의 파편들이고, 이왕 피할 수 없을 바에야 여유를 가지고 즐기는 것이 영원을 살 수 없는 자들의 삶의 양식이 되어야 하지 않느냐는 것이 체호프의 생각이었다. 그리고 체호프는 그렇게 평생을 살았고, 그런 생각을 글로 옮겼다. 임종을 맞아 샴페인을 터트리고, "나 죽어"라는 한 마디로 삶을 마무리했을 만큼 체호프는 비극적 삶 속에서 유희를 찾아내고 즐길 줄 아는 담대한 사람이었고, 이런 담대한 여유는 작품 속에 고스란히 묻어 있다. 이런 체호프와 그의 작품관을 제대로 읽어 내고 있는 긴카스는 원작에는 없지만, 무대에 선 구로프에게 체호프의 초기 단편을 읽게 한다. 바로 자신의 체호프 3부작의 모토이기도 한 「인생은 아름다워!」(1885)를 말이다. 느낌표로 생동감을 더한 원작에는 부제가 붙어 있다. "자살 충동을 느끼는 이들에게." 체호프식 삶은 죽음을 향한 걷는 여정이기에 그래서 더욱 생기 있고 찬란할 정도로 아름답다. 칠순에 드디어 진정한 하루를 살게 된 야코프처럼, 죽음 앞의 그 하루를 바이올린 선율에 담는 야코프와 혀 짧은소리를 내는 로트실트의 입에서 터져 나오는 단발의 감탄사 "와우"처럼 말이다. 그래서 슬프다. 체호프식 유머는 말이다.

1898년 5월 체호프는 "상자 같은 삶"을 주제로 여러 편의 단편을 구상하지만, 여름이 지나면서 오랜 지병이 악화되는 바람에 세편, 「상자 속 사나이」와 「구스베리」, 「사랑에 관하여」으로 일단락시킨다. 평론가들이 체호프의 '소小3부작'이라고 부르기도 하는 이 작품들은 콧수염을 기른 장신의 '홀쭉이' 수의사 이반 이바니치라는 노인과 수염을 허리까지 기른 단신의 '뚱뚱이' 교사 부르킨이라는 전혀 다르게 생긴 두 사람이 사냥을 나갔다가 남의 집 헛간에서 밤을 함께 보내며, 세상 구경은커녕 밤에만 잠시 밖을 나오는 그 집 안주인 마르파의 발걸음 소리를 들으며 나누는 이야기들이 액자 형식으로 구성된 단편들이다. 부르킨이 마르파와 같이 자신의 삶 속에 갇혀 지내다가 얼마 전에 죽은 동료 벨리코프의 이야기(「상자 속 사나이」)를 들려주자 이반 이바니치도 그와 같은 이야기를 하고 싶었지만, 늦은 밤 피곤함으로 이 이야기는 다음번 사냥으로 넘겨진다. 다시 사냥으로 만난 두 사람은 비를 피하기 위해 알료힌의 집에 머물게 되고, 이반 이바니치는 이전에 하려다 못 했던 이야기, 평생 구스베리가 열리는 전원주택을 갖는 것이 꿈이었던 친동생 니콜라이 이바니치가 그 꿈을 이룬 뒤에는 그 속에서 갇혀 살고 있다는 이야기(「구스베리」)를 들려준다. 이튿날 아침 식사를 하면서 자연스럽게 알료힌은 자신의 지난 사랑 이야기(「사랑에 관하여」)를 들려주게 되고, 이반 이바니치와 부르킨은 시골에 박혀 젊음과 재능을 묵히고 있는 알료힌을 안타깝게 여기는 것으로 3부작은 끝이 난다.

체호프는 왜 필멸 앞에서 스스로를 가두고 그 속에 틀어박혀 살아가는 사람들에 관한 이야기를 시리즈로까지 쓰고 싶었을까? (3부작 외에도 「이오니치」(1898), 「지루한 이야기」(1889) 등 이런 뉘앙스를 담은 작품들은 많다.) 작가란 "비극적 상황"(인간이 맞닥뜨리는 모든 문제가 죽음이라는 큰 범주에서 이해할 때)을 특정 이념이나 사상으로 시시비비를 가리려고 한다든지, 정의를 내리려고 한다든지, 나아가 올바른 해결책까지 제시하려고 하는 시대의 "스승"이 아니라 그 상황과 그 속에서 허우적거리는 인물을 구체적이고 생생하게 형상화하는 것으로 소임을 끝내야 한다고 생각했던 체호프였기에 이 수많은 "상자 속 사나이들"을 통한 그의 속뜻을 알아채기란 쉽지 않다. 그럼에도 첫 수확한 구즈베리를 하나씩 음미하며 감격의 눈물을 흘리는 동생의 모습에, 이야기를 듣던 부르킨과 알료힌이 어리둥절할 정도로 격한 반응을 보이는 이반 이바니치에게서 하나의 실마리를 발견할 수도 있을 것이다. 바로 자신의 삶에 만족한다는 명목하에 "상자 속 사나이들"은 주변 사람들의 비극적 상황은 외면하는, 이반 이바니치의 표현대로라면 파렴치한 "돼지들"이라는 것을 말이다. 벨리코프의 도피의 상자든, 니콜라이 이바니치의 만족의 상자든, 알료힌의 체념의 상자든 "상자 속 사나이들"은 각자의 이유로 자신만의 상자에 갇혀 「애수」의 이오나 같은 이들이 겪고 있는 불행은 안중에도 없다. 자신들 역시, 이반 이바니치의 말에 따르면, 반드시 어떤 불행을 맞을 미래의 '이오나들'이 될 것임에도 말이다. 다양한 인물들의 삶을 짧은 호흡으로 한 단편斷片으로 다루다 보니, 체호프를 상대적으로 사회나 시대를 아우르는 의식은 부족한 작가로 치부하는 경향이 없지 않다. 하지만 체호프의 단편短篇들이 지극히 개인적인 한 사건을 부각함으로써 오히려 모두의 공감대를 형성해 낼 뿐만 아니라 각자에게 진정한 삶의 가치와 우선순위를 어디에 두어야 하는지를 얼마나 정중하게 고민하게 만들고 있는지를 간과해서는 안 된다. 또한 이반 이바니치가 핏대 올려 쏟아 내는 열변은 다른 "비극적 상황"을 다룬 체호프의 작품들을 이해하는 키워드가 되기도 하는데, 그런데도 이런 작가의 중요한 의도가 담긴 메시지가 바로 옆에서 듣고 있는 부르킨과 알료힌에게는 공감대를 얻지 못하도록 설정된 것은 "스승"이 아닌 이념과 사상에서 자유로운 예술가이기를 원했던 체호프의 작가관에서 비롯된 것으로 이해할 수 있을 것이다. 체호프에게 작가란 문제를 해결하는 역할이 아닌 독자가 문제를 해결할 수 있도록 그 본질을 최대한 잘 드러내도록 하는 사람이기 때문이다(이런 점에서 체호프는 개인의 주관을 강요하지 않는 정중한 작가이기도 하다).

얄타로 거주지를 옮긴 뒤에 게재된 「귀여운 여인」(1898)은 체호프가 10년 정도 구상한 작품으로, 세상에 나오자마자 큰 반향을 일으켰다. 톨스토이가 집에 오는 사람마다 체호프의 새 작품을 읽어 봤냐고 묻고는 아직 못 읽어 본 손님에게 직접 「귀여운 여인」을 읽어 주면서 웃긴 대목에서는 박장대소를, 슬픈 대목에서는 눈물을 글썽였다는 일화가 나돌 정도로 말이다. 올렌카는 소위 줏대 없는 사람으로 자신의 모든 생각과 행동, 말투까지 모방할 사람이 없으면 한순간도 살 수 없는 여인이다. 그렇게 그녀는 사랑하는 사람을 찾았다. 자신의 모든 것을 내어 줄 수 있는 사람을 말이다. 올렌카가 극장장 남편과 살 때는 극장이 이 세상 전부였다. 목재 판매하는 남편과 살 때는 꿈에서도 목재가 나왔고, 수의사를 사랑하게 되었을 때는 가축 걱정을, 그의 아들 사샤를 사랑하게 되었을 때는 공부, 사샤의 미래만을 생각했다. 올렌카의 삶, 그 어디에도 올렌카는 없다. 그리고 사랑할 대상이 없을 때도 올렌카는 없었다. 올렌카는 사랑의 대상에게 자신의 전부를 이입하는 사람이다. 어쩌면 그의 모든 것을 흡수하는 사람일지도 모른다. 어쨌든 그런 올렌카를 주변 사람들과 체호프는 '귀여운 여인'이라고 부른다. 주변의 시선 따위는 안중에도 없이 온몸과 마음으로 사랑하는 올렌카에게서 톨스토이는 귀여움을 넘어선 숭고함을 느꼈을지도 모른다. 의대 시절 체호프는 같은 질병이라도 환자에 따라 치료법을 달리해야 한다는 사상을 배웠다. 「사랑에 관하여」에서 알료힌이 사랑도 각각의 경우대로 개별적으로 설명해야 한다고 말한 것도 이와 같은 맥락이다. 올렌카가 도덕적 비난이나 질타를 피해 '귀여운 여인'이 될 수 있는 이유도 여기에 있다. 비단 올렌카만이 아니라 체호프의 작품 속에 등장하는 모든 인물이 다 그렇다. 인물 하나하나가 '귀여운 여인'으로 형상화되어 있기 때문이다. 이처럼 체호프는 작품을 통해 죽음을 향해 걸을 수밖에 없는 우리 한 사람 한 사람에게 '귀여운 여인'으로 격려했고, 여전히 격려하고 있다.

## 작가 연보

**1860**  1월 29일 러시아 남부 타간로크에서 파벨 예고로비치 체호프와 예브게니
야 야코블레브나 모로조바 사이에서 여섯 남매 중 셋째로 태어남. 체호프
의 아버지는 엄격하고 정치와 종교에 열심인 상인이었으며, 어머니는 다정
하고 예술을 사랑하는 성격이었음.

**1867**  타간로크에 있는 그리스 정교회 소속 예비학교에 입학. 독서를 즐기며 예
술에 대한 관심을 키워 감.

**1869**  명문 타간로크 김나지움으로 옮겨 학업을 계속함.

**1873**  처음으로 극장에 가서 오페레타를 관람함. 이때부터 공연 관람을 즐겼으
며 극장이 그에게 큰 영향을 미침.

**1876**  아버지가 파산한 후, 가족은 모스크바로 이주. 그러나 체호프는 타간로크
에 남아 학업을 이어 가며 생계를 유지하기 위해 가정교사 등을 하며 고
학함.

**1879**  타간로크 김나지움을 졸업하고 모스크바 국립대학교 의학부에 입학. 이
시기부터 가족을 부양하며 학업과 문학 활동을 병행함.

**1880**  잡지에 단편 소설을 기고하기 시작. 안토샤 체혼테를 비롯한 다양한 필명
을 사용해 소설을 발표하며 문학 활동을 이어 감.

**1884** 모스크바 국립대학교 의학부를 졸업하고 의사로서 활동을 시작함. 이후에도 "의사는 나의 법적인 아내이고, 문학은 내 애인"이라며 의료과 집필을 병행. 의사로서의 경험은 그의 작품에서 인간의 고통과 질병, 죽음에 대한 깊은 성찰로 이어짐.

**1886** 단편 소설 「애수」로 문단의 주목을 받기 시작함. 작가 그리고로비치의 편지를 받고, 진지하게 작가의 길을 걷기로 결심함.

**1887** 초기 희곡 「이바노프」가 초연됨. 이 작품은 당대의 기준으로는 혁신적이었으나, 첫 공연에서는 큰 성공을 거두지 못했음. 그러나 이후 이 작품으로 극작가로서 역량을 인정받음.

**1888** 중편 「초원」이 러시아의 자연과 인간 존재에 대한 심오한 묘사로 널리 호평을 받음. 단편집 『황혼』으로 푸시킨상을 받으며 러시아 문학계에서 명성을 확고히 함.

**1890** 극동의 사할린섬으로 긴 여행을 떠남. 그곳에서 죄수 생활을 조사하고, 현지 주민들과 인터뷰를 진행하며 『사할린섬』을 집필. 이 여행은 체호프의 사회의식을 자극했고, 이후 작품부터 사회 문제와 인간 고통에 대한 묘사가 더욱 깊어짐.

**1892** 모스크바 외곽의 멜리호보에 있는 영지를 사들여 이곳에서 가족과 함께 지냄. 이 시기에 농촌 주민들을 위해 의료 봉사를 했고, 콜레라 퇴치 및 기근 구호 활동에 참여함.

**1896** 희곡 「갈매기」가 상트페테르부르크에서 초연되었으나, 첫 공연은 대실패로 끝남.

**1898** 모스크바 예술극장에서 「갈매기」가 다시 공연되며 큰 성공을 거둠. 이 시기를 기점으로 체호프는 이 극장과 긴밀하게 협력하며, 이후 「바냐 삼촌」(1898), 「세 자매」(1901), 「벚나무 동산」(1904) 등 여러 명작을 발표함.

**1900** 러시아 학술원의 명예 회원으로 선출됨.

**1901** 모스크바 예술극장의 배우 올가 크니페르와 결혼했으나 체호프가 건강 악화로 얄타에서 요양 생활을 시작하면서 부부는 주로 떨어져 지냄.

**1902**  고리키의 학술원 명예 회원 자격 박탈에 항의하여 명예 회원직을 사퇴함.

**1904**  마지막 희곡 「벚나무 동산」이 모스크바 예술극장에서 성공적으로 초연 됨. 이 작품은 러시아 귀족 사회의 몰락과 새로운 시대의 도래를 상징적으로 묘사하며, 체호프의 대표작으로 남게 됨.

7월 15일 독일 바덴바일러 근처의 작은 마을에서 폐결핵으로 사망. 시신 은 러시아로 운구되어 모스크바 노보데비치 수도원 묘지에 안장됨.

작가 연보

사랑에 관하여　　　　　　클래식 라이브러리　014

1판 1쇄 인쇄　2024년 10월 23일
1판 1쇄 발행　2024년 10월 30일

지은이　안톤 체호프
옮긴이　김현정
펴낸이　김영곤
펴낸곳　아르테

편집팀　정지은 박지석 김지혜 이영애 김경애 양수안
출판마케팅팀　한충희 남정한 나은경 최명렬 한경화
영업팀　변유경 김영남 강경남 황성진 김도연 권채영
　　　　전연우 최유성
제작팀　이영민 권경민
교정교열　이진아
디자인　최원석

출판등록　2000년 5월 6일 제406-2003-061호
주소　(우 10881) 경기도 파주시 회동길 201(문발동)
대표전화　031-955-2100
팩스　031-955-2151

ISBN　979-11-7117-866-7 04800
ISBN　978-89-509-7667-5 (세트)

아르테는 (주)북이십일의 문학 브랜드입니다.

『슬픔이여 안녕』『평온한 삶』『자기만의 방』『워더링 하이츠』『변신』『1984』『인간 실격』『도리언 그레이의 초상』
『월든』『코·초상화』『수레바퀴 아래서』『데미안』『비갯덩어리』『사랑에 관하여』『라쇼몬』『이방인』『노인과 바다』
『위대한 개츠비』『작은 아씨들』

클래식 라이브러리 시리즈는 계속 출간됩니다.